美文阅读精品

世界上最优美的
感恩美文

鸿儒文轩　主编

内蒙古出版集团
内蒙古文化出版社

图书在版编目(CIP)数据

世界上最优美的感恩美文 / 鸿儒文轩主编 .—呼伦
贝尔 : 内蒙古文化出版社，2012.3
ISBN 978-7-5521-0009-9

Ⅰ.①世…Ⅱ.①鸿…Ⅲ.①散文集 – 世界 Ⅳ.
① I16

中国版本图书馆 CIP 数据核字（2012）第 053177 号

世界上最优美的感恩美文
SHIJIESHANG ZUI YOUMEI DE GANEN MEIWEN

鸿儒文轩　主编

责任编辑	吴桂荣
装帧设计	红十月设计室

出版发行	内蒙古文化出版社
地　　址	呼伦贝尔市海拉尔区河东新春街4 – 3号
直销热线	0470 – 8241422　　邮编　021008

排版制作	北京鸿儒文轩文化传播有限公司
印刷装订	三河市华东印刷有限公司
开　　本	710mm × 1000mm　1/16
字　　数	200千
印　　张	18
版　　次	2012年7月第1版
印　　次	2022年4月第2次印刷
印　　数	6001—10000 册
书　　号	ISBN 978-7-5521-0009-9
定　　价	52.00元

〔前 言〕

感恩是一种处世哲学，也是生活中的大智慧。小草因为感谢土地使它有了栖身之所，因此献给人间万顷碧绿；鲜花由于感恩大地对它的滋养之恩，所以呈现给人间万紫千红。感恩是一束金色的阳光，它能融化冰雪，温暖万物，传播大爱。让我们学会感恩，让这束阳光永远照耀在我们心底。

感恩应该是发自内心的。俗话说："滴水之恩，当涌泉相报。"父母是赐予我们生命的人，从你呱呱坠地的那一刻起，父母就倾注了他们对你的无尽的爱意。或许，他们不能给你奢华的生活，但是，他们会为你撑起一片爱的天空。当你受伤时，哭泣时，忧郁时，难过时，你随时都可以享受到他们的无私之爱。因此，我们要感恩父母。

感恩父母，并不需要你付出多少金钱，多少物质，只要你在他们劳累时献上一杯暖茶，在他们生日时递上一张卡片，在他们失落时奉上一番安慰就足够了。

老师是赐予我们知识的人。一支支粉笔，是他们耕耘的犁头；三尺讲台，是他们奉献的战场。老师就像是一支红烛，一点一点地融化我们心灵的冰川，慢慢充实我们的心灵。他给我们的爱，轻轻的，柔柔的，像茉莉一般，散发着沁人心脾的香味。老师的爱，无私中透露着平凡，却又暗含一些伟大。它像一股暖流，渗入我们的心田；像一阵春风，给我们温暖和温馨。

感恩老师，也无需用豪言壮语、高谈阔论去取悦他们，你只要用优异的成绩，用你一点一滴的进步来告诉他们，你没有辜负他们的希望，他们就于愿足矣。

人生在世，离不开亲朋好友的扶持。正是因为他们存在，我们才会用微笑去对待人生，对待困难，才会化腐朽为神奇，化冰峰为春暖，化干戈为玉帛。

感恩亲朋好友，不在乎觥筹交错，酒甜歌美，一句简单的话语，一个细微的动作，一抹淡淡的微笑都可以是你感恩的方式。洞开心扉，学会感恩，你的生活会春意盎然，你的心灵就会阳光四射，你就会是一个可爱的人。

"感恩"之心，犹如我们每个人生活中不可或缺的阳光雨露，一刻也不能少。无论你是何等的尊贵，或是怎样的卑微；无论你生活在何地何处，或是有怎样特别的生活经历，只要你常怀一颗感恩的心，你的生活就一定会辉煌灿烂，无限风光。

我们现在推出的《世界上最优美的感恩美文》，既包罗了近百年来中外广泛流传的名家名作，它们的作者大都是在历史上享有崇高地位，曾经影响过文坛的大师、巨匠、泰斗，也选择了近年来活跃在文坛的新锐的隽永佳作，这些感恩作品发乎于心，动之于情，感人肺腑，动人心魄。作家们以特有的直觉表达了我们生活和生命中随时能感受到却无法表现的真实情感，他们将激情与柔情倾注于笔端，在有限的篇幅里，浓缩了无限的情感，激发起人们强烈的阅读欲望。

本书内容丰富，思想深沉，闪耀着智慧的光芒，非常适合广大青少年阅读，也是各级图书馆陈列和珍藏的最佳版本。

〔目 录〕

第一部分 感恩母亲

第二部分 感恩父亲

第三部分
感恩亲人

第四部分
感恩老师

第五部分
感恩朋友

第一部分

感恩母亲

我的母亲

◎胡　适

　　我小时候身体弱，不能跟着野蛮的孩子们一块儿玩。我母亲也不准我和他们乱跑乱跳。小时不曾养成活泼游戏习惯，无论在什么地方，我总是文绉绉地。所以家乡老辈都说我"像个先生样子"，遂叫我做"糜先生"。这个绰号叫出去之后，人都知道三先生的小儿子叫做糜先生了。即有"先生"之名，我不能不装出点"先生"样子，更不能跟着顽童们"野"了。有一天，我在我家八字门口和一班孩子"掷铜钱"，一位老辈走过，见了我，笑道："糜先生也掷铜钱吗？"我听了羞愧的面红耳热，觉得太失了"先生"身份！

　　大人们鼓励我装先生样子，我也没有嬉戏的能力和习惯，又因为我确是喜欢看书，故我一生可算是不曾享过儿童游戏的生活。每年秋天，我的庶祖母同我到田里去"监割"（顶好的田，水旱无忧，收成最好，佃户每约田主来监割，打下谷子，两家平分），我总是坐在小树下看小说。十一二岁时，我稍活泼一点，居然和一群同学组织了一个戏剧班，做了一些木刀竹枪，借得了几副假胡须，就在村口田里做戏。我做的往往是诸葛亮，刘备一类的文角儿；只有一次我做史文恭，被花荣一箭从椅子上射倒下去，这算是我最活泼的玩艺儿了。

　　我在这九年（1895—1904）之中，只学得了读书写字两件事。在文字和思想的方面，不能不算是打了一点底子。但别的方面都没有发展的机会。有一次我们村"当朋"（八都凡五村，称为"五朋"，每年一村轮着做太子会，名为"当朋"）筹备太子会，有人提议要派我加入前村的昆腔队里学习吹笙或吹笛。族里长辈反对，说我年纪太小，不能跟着太子会走遍五朋。于是我便失掉了学习音乐的唯一机会。三十年来，我不曾拿过乐器，也全不懂音乐；究竟我有没有一点学音乐的天资，我至今不知道。至于学图画，更是不可能的事。我常常用竹纸蒙在小说书的石印绘像上，摹画书上的英雄美人。有一天，被先生看见了，挨了一顿大骂，抽屉里的图画都被搜出撕毁了。于是我又失掉了学做画家的机会。

但这九年的生活，除了读书看书之外，究竟给了我一点做人的训练。在这一点上，我的恩师便是我的慈母。

每天天刚亮时，我母亲便把我喊醒，叫我披衣坐起。我从不知道她醒来坐了多久了。她看我清醒了，便对我说昨天我做错了什么事，说错了什么话，要我认错，要我用功读书。有时候她对我说父亲的种种好处，她说："你总要踏上你老子的脚步。我一生只晓得这一个完全的人，你要学他，不要跌他的股。"（跌股便是丢脸出丑。）她说到伤心处，往往掉下泪来。到天大明时，她才把我的衣服穿好，催我去上早学。学堂门上的锁匙放在先生家里；我先到学堂门口一望，便跑到先生家里去敲门。先生家里有人把锁匙从门缝里递出来，我拿了跑回去，开了门，坐下念生书，十天之中，总有八九天我是第一个去开学堂门的。等到先生来了，我背了生书，才回家吃早饭。

我母亲管束我最严，她是慈母兼任严父。但她从来不在别人面前骂我一句，打我一下，我做错了事，她只对我一望，我看见了她的严厉眼光，便吓住了。犯的事小，她等到第二天早晨我眠醒时才教训我。犯的事大，她等到晚上人静时，关了房门，先责备我，然后行罚，或罚跪，或拧我的肉。无论怎样重罚，总不许我哭出声音来，她教训儿子不是借此出气叫别人听的。

有一个初秋的傍晚，我吃了晚饭，在门口玩，身上只穿着一件单背心。这时候我母亲的妹子玉英姨母在我家住，她怕我冷了，拿了一件小衫出来叫我穿上。我不肯穿，她说："穿上吧，凉了。"我随口回答："娘（凉）什么！老子都不老子呀。"我刚说了这句话，一抬头，看见母亲从家里走出，我赶快把小衫穿上。但她已听见这句轻薄的话了。晚上人静后，她罚我跪下，重重的责罚了一顿。她说："你没了老子，是多么得意的事！好用来说嘴！"她气得坐着发抖，也不许我上床去睡。我跪着哭，用手擦眼泪，不知擦进了什么微菌，后来足足害了一年多的翳病。医来医去，总医不好。我母亲心里又悔又急，听说眼翳可以用舌头舔去，有一夜她把我叫醒，她真用舌头舔我的病眼。这是我的严师，我的慈母。

我母亲二十三岁做了寡妇，又是当家的后母。这种生活的痛苦，我的笨笔写不出一万分之一二。家中财政本不宽裕，全靠二哥在上海经营调度。大哥从小便是败子，吸鸦片烟、赌博，钱到手就光，光了便回家打主意，见了香炉便拿出去卖，捞着锡茶壶便拿出押。我母亲几次邀了本家长辈来，给他定下每月用费的数目。但他总不够用，到处都欠下烟债赌债。每年除夕我家中总有一大群讨债的，每人一盏灯笼，坐在大厅上不肯去。大哥早已避出去了。大厅的两排椅子上满满的都是灯笼和债主。我母亲走进走出，料理年夜饭，谢灶神，压岁钱等事，只当做不曾看见这一群人。到了近半夜，快要"封门"了，我母亲才走后门出去，央一位邻居本家到我家来，每一家债户开发一点钱。做好做歹的，这一群讨债的才一个一个提着灯笼走出去。一会儿，大哥敲门回来了。我母亲从不骂他一句。并且因为是新年，她脸上从不露出一点怒色。这样的过年，我过了六七次。

大嫂是个最无能而又最不懂事的人，二嫂是个能干而气量很窄小的人。他们常常闹意见，只因为我母亲的和气榜样，他们还不曾有公然相骂相打的事。她们闹气时，只是不说话，不答话，把脸放下来，叫人难看；二嫂生气时，脸色变青，更是怕人。她们对我母亲闹气时，也是如此，我起初全不懂得这一套，后来也渐渐懂得看人的脸色了。我渐渐明白，世间最可厌恶的事莫如一张生气的脸；世间最下流的事莫如把生气的脸摆给旁人看，这比打骂还难受。

我母亲的气量大，性子好，又因为做了后母后婆，她更事事留心，事事格外容忍。大哥的女儿比我只小一岁，她的饮食衣服总是和我的一样。我和她有小争执，总是我吃亏，母亲总是责备我，要我事事让她。后来大嫂二嫂都生了儿子了，她们生气时便打骂孩子来出气，一面打，一面用尖刻有刺的话骂给别人听。我母亲只装做不听见。有时候，她实在忍不住了，便悄悄走出门去，或到左邻立大嫂家去坐一会，或走后门到后邻度嫂家去闲谈。她从不和两个嫂子吵一句嘴。

每个嫂子一生气，往往十天半个月不歇，天天走进走出，板着脸，咬着嘴，打骂小孩子出气。我母亲只忍耐着，到实在不可再忍的一天，她也有她的法子。这一天的天明时，她便不起床，轻轻的哭一场。她不骂一个人，只哭她的丈夫，哭她自己苦命，留不住她丈夫来照管她。她先哭时，声音很低，渐渐哭出声来。我醒了起来劝她，她不肯住。这时候，我总听得见前堂（二嫂住前堂东房）或后堂（大嫂住后堂西房）有一扇房门开了，一个嫂子走出房向厨房走去。不多一会，那位嫂子来敲我们的房门了。我开了房门，她走进来，捧着一碗热茶，送到我母亲床前，劝她止哭，请她喝口热茶。我母亲慢慢停住哭声，伸手接了茶碗。那位嫂子站着劝一会，才退出去。没有一句话提到什么人，也没有一个字提到这十天半个月来的气脸，然而各人心里明白，泡茶进来的嫂子总是那十天半个月来闹气的人。奇怪的很，这一哭之后，至少有一两个月的太平清静日子。

我母亲待人最仁慈，最温和，从来没有一句伤人感情的话；但她有时候也很有刚气，不受一点人格上的侮辱。我家五叔是个无正业的浪人，有一天在烟馆里发牢骚，说我母亲家中有事总请某人帮忙，大概总有什么好处给他。这句话传到了我母亲耳朵里，她气得大哭，请了几位本家来，把五叔喊来，她当面质问他，她给了某人什么好处。直到五叔当众认错赔罪，她才罢休。

我在我母亲的教训之下住了九年，受了她的极大极深的影响。我十四岁（其实只有十二零两三个月）便离开她了，在这广漠的人海里独自混了二十多年，没有一个人管束过我。如果我学得了一丝一毫的好脾气，如果我学得了一点点待人接物的和气，如果我能宽恕人，体谅人——我都得感谢我的慈母亲。

《二十四孝图》

◎鲁　迅

　　我总要上下四方寻求，得到一种最黑，最黑，最黑的咒文，先来诅咒一切反对白话，妨害白话者。即使人死了真有灵魂，因这最恶的心，应该堕入地狱，也将决不改悔，总要先来诅咒一切反对白话，妨害白话者。

　　自从所谓"文学革命"以来，供给孩子的书籍，和欧，美，日本的一比较，虽然很可怜，但总算有图有说，只要能读下去，就可以懂得的了。可是一班别有心肠的人们，便竭力来阻遏它，要使孩子的世界中，没有一丝乐趣。北京现在常用"马虎子"这一句话来恐吓孩子们。或者说，那就是《开河记》上所载的，给隋炀帝开河，蒸死小儿的麻叔谋；正确地写起来，须是"麻胡子"。那么，这麻叔谋乃是胡人了。但无论他是甚么人，他的吃小孩究竟也还有限，不过尽他的一生。妨害白话者的流毒却甚于洪水猛兽，非常广大，也非常长久，能使全中国化成一个麻胡，凡有孩子都死在他肚子里。

　　只要对于白话来加以谋害者，都应该灭亡！

　　这些话，绅士们自然难免要掩住耳朵的，因为就是所谓"跳到半天空，骂得体无完肤，——还不肯罢休。"而且文士们一定也要骂，以为大悖于"文格"，亦即大损于"人格"。岂不是"言者心声也"么？"文"和"人"当然是相关的，虽然人间世本来千奇百怪，教授们中也有"不尊敬"作者的人格而不能"不说他的小说好"的特别种族。但这些我都不管，因为我幸而还没有爬上"象牙之塔"去，正无须怎样小心。倘若无意中竟已撞上了，那就即刻跌下来罢。然而在跌下来的中途，当还未到地之前，还要说一遍：

　　只要对于白话来加以谋害者，都应该灭亡！

　　每看见小学生欢天喜地地看着一本粗拙的《儿童世界》之类，另想到别国的儿童用书的精美，自然要觉得中国儿童的可怜。但回忆起我和我的同窗小友的童年，却不能不以为他幸福，给我们的永逝的韶光一个悲哀的吊唁。我们那时有什么可看呢，只要略有图画的本子，就要被塾师，就是当时的

"引导青年的前辈"禁止，呵斥，甚而至于打手心。我的小同学因为专读"人之初性本善"读得要枯燥而死了，只好偷偷地翻开第一叶，看那题着"文星高照"四个字的恶鬼一般的魁星像，来满足他幼稚的爱美的天性。昨天看这个，今天也看这个，然而他们的眼睛里还闪出苏醒和欢喜的光辉来。

在书塾以外，禁令可比较的宽了，但这是说自己的事，各人大概不一样。我能在大众面前，冠冕堂皇地阅看的，是《文昌帝君阴骘文图说》和《玉历钞传》，都画着冥冥之中赏善罚恶的故事，雷公电母站在云中，牛头马面布满地下，不但"跳到半天空"是触犯天条的，即使半语不合，一念偶差，也都得受相当的报应。这所报的也并非"睚眦之怨"，因为那地方是鬼神为君，"公理"作宰，请酒下跪，全都无功，简直是无法可想。在中国的天地间，不但做人，便是做鬼，也艰难极了。

然而究竟很有比阳间更好的处所：无所谓"绅士"，也没有"流言"。

阴间，倘要稳妥，是颂扬不得的。尤其是常常好弄笔墨的人，在现在的中国，流言的治下，而又大谈"言行一致"的时候。前车可鉴，听说阿尔志跋绥夫曾答一个少女的质问说，"唯有在人生的事实这本身中寻出欢喜者，可以活下去。倘若在那里什么也不见，他们其实倒不如死。"于是乎有一个叫作密哈罗夫的，寄信嘲骂他道，"……所以我完全诚实地劝你自杀来祸福你自己的生命，因为这第一是合于逻辑，第二是你的言语和行为不至于背驰。"

其实这论法就是谋杀，他就这样地在他的人生中寻出欢喜来。阿尔志跋绥夫只发了一大通牢骚，没有自杀。密哈罗夫先生后来不知道怎样，这一个欢喜失掉了，或者另外又寻到了"什么"了罢。诚然，"这些时候，勇敢，是安稳的；情热，是毫无危险的。"

然而，对于阴间，我终于已经颂扬过了，无法追改；虽有"言行不符"之嫌，但确没有受过阎王或小鬼的半文津贴，则差可以自解。总而言之，还是仍然写下去罢：

我所看的那些阴间的图画，都是家藏的老书，并非我所专有。我所收得的最先的画图本子，是一位长辈的赠品：《二十四孝图》。这虽然不过薄薄的一本书，但是下图上说，鬼少人多，又为我一人所独有，使我高兴极了。那里面的故事，似乎是谁都知道的；便是不识字的人，例如阿长，也只要一看图画便能够滔滔地讲出这一段的事迹。但是，我于高兴之余，接着就是扫兴，因为我请人讲完了二十四个故事之后，才知道"孝"有如此之难，对于先前痴心妄想，想做孝子的计划，完全绝望了。

"人之初，性本善"么？这并非现在要加研究的问题。但我还依稀记得，我幼小时候实未尝蓄意忤逆，对于父母，倒是极愿意孝顺的。不过年幼无知，只用了私见来解释"孝顺"的做法，以为无非是"听话"，"从命"，以及长大之后，给年老的父母好好地吃饭罢了。自从得了这一本孝子的教科书以后，才知道并不然，而且还要难到几十几百倍。其中自然也有可以勉力仿效的，如"子路负米"，"黄香扇枕"之类。"陆绩怀橘"也并不难，只要有阔人请我吃饭。"鲁迅先生作宾客而怀橘乎？"我便跪答云，"吾母性之所爱，欲归以遗母。"阔人大佩服，于是孝子就做稳了，也非常省事。"哭竹生笋"就可疑，怕我的精诚未必会这样感动天地。但是哭不出笋来，还不过抛脸而已，一到"卧冰求鲤"，可就有性命之虞了。我乡的天气是温和的，严冬中，水面也只结一层薄冰，即使孩子的重量怎样小，躺上去，也一定哗喇一声，冰破落水，鲤鱼还不及游过来。自然，必须不顾性命，这才孝感神明，会有出乎意料之外的奇迹，但那时我还小，实在不明白这些。

其中最使我不解，甚至于发生反感的，是"老莱娱亲"和"郭巨埋儿"两件事。

我至今还记得，一个躺在父母跟前的老头子，一个抱在母亲手上的小孩子，是怎样地使我发生不同的感想呵。他们一手都拿着"摇咕咚"。这玩意儿确是可爱的，北京称为小鼓，盖即鞉也，朱熹曰，"鞉，小鼓，两旁有耳；持其柄而摇之，则旁耳还自击，"咕咯咕咚地响起来。然而这东西是不该拿在老莱子手里的，他应该扶一枝拐杖。现在这模样，简直是装佯，侮辱了孩子。我没有再看第二回，一到这一叶，便急速地翻过去了。

那时的《二十四孝图》，早已不知去向了，目下所有的只是一本日本小田海仙所画的本子，叙老莱子事云，"行年七十，言不称老，常著五色斑斓之衣，为婴儿戏于亲侧。又常取水上堂，诈跌仆地，作婴儿啼，以娱亲意。"大约旧本也差不多，而招我反感的便是"诈跌"。无论忤逆，无论孝顺，小孩子多不愿意"诈"作，听故事也不喜欢是谣言，这是凡有稍稍留心儿童心理的都知道的。

然而在较古的书上一查，却还不至于如此虚伪。师觉授《孝子传》云，"老莱子……常著斑斓之衣，为亲取饮，上堂脚跌，恐伤父母之心，僵仆为婴儿啼。"（《太平御览》四百十三引）较之今说，似稍近于人情。不知怎地，后之君子却一定要改得他"诈"起来，心里才能舒服。邓伯道弃子救侄，想来也不过"弃"而已矣，昏妄人也必须说他将儿子捆在树上，使他追不上来才肯歇手。正如将"肉麻当作有趣"一般，以不情为伦纪，诬蔑了古人，教坏了后人。老莱子即是一例，道学先生以为他白璧无瑕时，他却已在孩子的心中死掉了。

至于玩着"摇咕咚"的郭巨的儿子，却实在值得同情。他被抱在他母亲的臂膊上，高高兴兴地笑着；他的父亲却正在掘窟窿，要将他埋掉了。说明云，"汉郭巨家贫，有子三岁，母尝减食与之。巨谓妻曰，贫乏不能供母，子又分母之食。盍埋此子？"但是刘向《孝子传》所说，却又有些不同：巨家是富的，他都给了两弟；孩子是才生的，并没有到三岁。结末又大略相像了，"及掘坑二尺，得黄金一釜，上云：天赐郭巨，官不得取，民不得夺！"

我最初实在替这孩子捏一把汗，待到掘出黄金一釜，这才觉得轻松。然而我已经不但自己不敢再想做孝子，并且怕我父亲去做孝子了。家景正在坏下去，常听到父母愁柴米；祖母又老了，倘使我的父亲竟学了郭巨，那么，该埋的不正是我么？如果一丝不走样，也掘出一釜黄金来，那自然是如天之福，但是，那时我虽然年纪小，似乎也明白天下未必有这样的巧事。

现在想起来，实在很觉得傻气。这是因为现在已经知道了这些老玩意，本来谁也不实行。整饬伦纪的文电是常有的，却很少见绅士赤条条地躺在冰上面，将军跳下汽车去负米。何况现在早长大了，看过几部古书，买过几本新书，什么《太平御览》咧，《古孝子传》咧，《人口问题》咧，《节制生育》咧，《二十世纪是儿童的世界》咧，可以抵抗被埋的理由多得很。不过彼一时，此一时，彼时我委实有点害怕：掘好深坑，不见黄金，连"摇咕咚"一同埋下去，盖上土，踏得实实的，又有什么法子可想呢。我想，事情虽然未必实现，但我从此总怕听到我的父母愁穷，怕看见我的白发的祖母，总觉得她是和我不两立，至少，也是一个和我的生命有些妨碍的人。后来这印象日见其淡了，但总有一些留遗，一直到她去世——这大概是送给《二十四孝图》的儒者所万料不到的罢。

五月十日

本篇最初发表于一九二六年五月二十五日《莽原》半月刊第一卷第十期

母亲的中秋

◎ 石评梅

母亲！这是我离开你，第五次度中秋，在这异乡——在这愁人的异乡。

我不忍告诉你，我凄酸独立在枯池旁的心境，我更不忍问你团圆宴上偷咽清泪的情况。

我深深地知道：系念着漂泊天涯的我，只有母亲；然而同时感到凄楚黯然，对月挥泪，梦魂犹唤母亲的，也只有你的女儿！

节前许久未接到你的信，我知道你并未忘记中秋；你不写的缘故，我知道了，只为了规避你心幕底的悲哀。月儿的清光，揭露了的，是我们枕上的泪痕；她不能揭露的，确是我们一丝一缕的离恨！

我本不应将这凄楚的秋心寄给母亲，重伤母亲的心；但是与其这颗心，悬在秋风吹黄的柳梢，沉在败荷残茎的湖心，最好还是寄给母亲。假使我不愿留这墨痕，在归梦的枕上，我将轻轻地读给母亲。假使我怕别人听到，我将折柳枝，蘸湖水，写给月儿，请月儿在母亲的眼里映出这一片秋心。

挹清嫂很早告诉我，她说："妈妈这些时为了你不在家怕谈中秋，然而你的顽皮小侄女昆林，偏是天天牵着妈妈的衣角，盼到中秋。我正在愁着，当家宴团圆时，我如何安慰妈妈？更怎能安慰千里外凝眸故乡的妹妹？我望着月儿一度一度圆，然而我们的家宴从未曾一次团圆。"

自从读了这封信，我心里就隐隐地种下恐怖，我怕到月圆，和母亲一样了。但是她已慢慢地来临，纵然我不愿撕月份牌，然而月儿已一天一天圆了！

十四的下午，我拿着一个月的薪水，由会计室出来，走到我办公处时，我的泪已滴在那一卷钞票上。母亲！不是为了我整天的工作，工资微少，不是为了债主多，我的钱对付不了，不是为了发的迟，不能买点异乡月饼，献给母亲尝尝，博你一声微笑。只因：为了这一卷钞票我才流落在北京，不能在故乡，在母亲的膝下，大嚼母亲赐给的果品。然而，我不是为了钱离开母亲，我更不是为了钱弃故乡。

你不是曾这样说吗，母亲："你是我的女儿，同时你也是上帝的女儿，为了上帝你应该去爱别人，去帮助别人。去吧！潜心探求你所不知道的，勤恳工作你所能尽力的。去吧！离开我，然而你却在上帝的怀里。"

因之，我离开你漂泊到这里。我整天的工作，当夜晚休息时，揭开帐门，看见你慈爱的像片时，我跪在地下，低低告诉你："妈妈！我一天又完了。然而我只有忏悔和惭愧！我莫有检得什么，同时我也未曾给人什么！"

有时我胜利的微笑，有时我痛恨的大哭，但是我仍这样工作，这样每天告诉你。

这卷钞票我如今非常爱惜，她曾滴满了我思亲泪！但是我想到母亲的叮咛时，我很不安，我无颜望着这重大的报酬。

因此，我更想着母亲——我更对不起遥远的山城里，常默祝我尽职的母亲！

十五那天早晨很早就醒了，然而我总不愿起来；母亲，你能猜到我为了什么吗？

林家弟妹，都在院里唱月儿圆，在他们欢呼高吭的歌声里，激荡起我潜伏已久的心波，揭现了心幕底沉默的悲哀。我悄悄地咽着泪，揭开帐门走下床来；打开我的头发，我一丝一丝理着，像整理烦乱一团的心丝。母亲！我故意慢慢地迟延，两点钟过去了，我成功了的是很松乱的髻。

小弟弟走进来，给我看他的新衣裳，女仆走进来望着我拜节，我都付之一笑。这笑里映出我小时候的情形，映出我们家里今天的情形；母亲！你们春风沉醉的团圆宴上，怎堪想想寄人篱下的游子！

我想写信，不能执笔；我想看书，不辨字迹；我想织手工，我想抄心经；但是都不能。我后来想拿下墙上的洞箫，把我这不宁的心绪吹出；不过既非深宵，又非月夜，哪是吹箫的时节！后来我想最好是翻书箱，一件一件拿出，一本一本放回，这样挨过了半天，到了吃午餐时候。

不晓的怎样，在这里住了一年的旅客，今天特别局促起来，举箸时，我的心颤跳得更利害；不知是否，母亲你正在念着我？一杯红滟滟的葡萄酒，放在我面前，我不能饮下去，我想家里的团圆宴上少了我，这里的团圆宴上却多了我。虽然人生旅途，到处是家，不过为了你，我才缱绻着故乡；母怀是我永久倚凭的柱梁，也是我破碎灵魂，最终归宿的坟墓。

母亲！你原谅我吧！当我情感流露时，允许我说几句我心里要说的话，你不要迷信不吉祥而阻止，或者责怪我。

我吃饭时候，眼角边看见炉香绕成个 A 字，我忽然想到你跪在观音面前烧香的样子，你唯一祷告的一定是我在外边"身体康健，一切平安"！母亲！我已看见你龙钟的身体，慈笑的面孔；这时候我连饭带泪一块儿咽下去。干咳了一声，他们都用怜悯的目光望我，我不由地低下头，觉着脸有点烧了。

母亲！这是我很少见的羞涩。

林家妹妹，和昆林一样大；她叫我"大姊姊"；今天吃饭时，我屡次偷看她，不晓得为什么因为她，我又想起围绕你膝下，安慰欢愉你的侄女。惭愧！你枉有偌大的女儿；母亲！

你枉有偌大的女儿！

吃完饭，晶清打电话约我去万牲园。这是我第一次去看她们创造成功的学校：地址虽不大，然而结构确很别致，虽不能及石驸马大街富丽的红楼，但似乎仍不失小家碧玉的居处。

因此，我深深地感到了她们缔造艰难的苦衷了！

清很凄清，因她本有几分愁，如今又带了几分孝，在一棵垂柳下，转出来低低唤了一声"波微"时，我不禁笑了，笑她是这般娇小！

我们聚集了八个人，八个人都是和我一样离开了母亲，和我一样在万里外漂泊，和我一样压着凄哀，强作欢笑地度这中秋节。

母亲！她们家里的母亲，也和你想我一样想着她们；她们也正如我般绻怀着母亲。

我们漂零的游子能凑合着在天涯一角底勉为欢笑，然而你们做母亲的，连凑合团聚，互谈谈你们心思的机会都莫有。

因之，我想着母亲们的悲哀一定比女孩儿们的深沉！

我们缘着倾斜乱石，摇摇欲坠的城墙走，枯干一片，不见一株垂柳绿荫。砖缝里偶而有几朵小紫花，也莫有西山上的那样令人注目；我想着这世界已是被人摒弃了的。

一路走着，她们在前边，我和清留在后边。我们谈了许多去年今日，去年此则的情景；并不曾令我怎样悲悼，我只低低念着：

惊节序，

叹沉浮，

秾华如梦水东流；

人间何事堪惆怅，

莫向横塘问旧游。

走到西直门，我们才雇好车。这条路前几月我曾走过，如今令我最惆怅的，便是找不到那一片翠绿的稻田，和那吹人醺醉的惠风；只感到一阵阵冷清。

进了门，清低低叹了口气，我问问"为什么事你叹息？"她莫有答应我。多少不相识的游人从我身旁过去，我想着天涯漂泊者的滋味，沉默地站在桥头。这时，清握着我手说："想什么？我已由万里外归来。"

母亲！你当为了她伤心，可怜她无父无母的孤儿，单身独影漂泊在这北京城；如今歧路徘徊，她应该向那处去呢？纵然她已从万里外归来，我固然好友相逢，感到快愉。但是她呢？她只有对着黄昏晚霞，低低唤她死了的母亲；只有望着皎月繁星洒几点悲悼父亲的酸泪！

猴子为了食欲，做出种种媚人的把戏，栏外的人也用了极少的诱惑，逗着她的动作；而且在每人的脸上，都轻泛着一层胜利的微笑，似乎表示他们是聪明的人类。

我和清都感到茫然，到底怎样是生存竞争的工具呢？当我们笑着小猴子的时候，我觉着似乎猴子也正在窃笑着我们。

她们许多人都回头望着我们微笑，我不知道为了什么！琼妹忍不住了。她说："你看梅花小鹿！"

我笑了，她们也笑了；清很注意的看着栏里。琼妹过去推她说："最好你进去陪着她，直到月圆时候。"

母亲！梅花小鹿的故事，是今夏我坐在葡萄架下告诉过你的；当你想到时，一定要拿起你案上那只泥做的梅花小鹿，看着她是否依然无恙；母亲！这是我永远留着它伴着你的。

经过了眠鸥桥，一池清水里，漂浮着几个白鹅；我望着碧清的池水，感到四周围的寂静。我的心轻轻地跳了，在这样死静的小湖畔，我的心不知为什么反而这样激荡着？我寻着人们遗失了的，在我偶然来临的路上；然而却失丢了我自己竟守着的，在这偶然走过的道上。

在这小桥上，我凝望着两岸无穷的垂柳。垂柳！你应该认识我，在万千来往的游人里，只有我是曾经用心的眼注视着你，这一片秋心，曾在你的绿荫深处停留过。

天气渐渐黯淡了，阳光慢慢叫云幕罩了；我们踏着落叶，信步走向不知道的一片野地里去。过了福香桥，我们在一个小湖边的山石上坐着，清告诉我她在这里的一段故事。

四个月前清、琼、逸来到这里。过了福香桥有一个小亭，似乎是从未叫人发现过的桃源。那时正是花开得十分鲜艳的时候，逸和琼折下柳条和鲜花，给她编了一顶花冠，逸轻轻地加在她的头上。晚霞笑了，这消息已由风儿送遍园林，许多花草树林都垂头朝贺她！

她们恋恋着不肯走，然而这顶花冠又不能带出园去，只好仍请逸把它悬在柳丝上。

归来的那晚上就接到翠湖的凶耗！清走了的第二个礼拜，琼和逸又来到这里，那顶花冠依然悬在柳丝上，不过残花败柳，已憔悴得不忍再睹。这时她们猛觉得一种凄凉紧压着，不禁对着这枯萎的花冠痛哭！不愿她再受风雨的摧残，拿下来把她埋在那个小亭畔；虽然这样，但是她却造成一段绮艳的故事。

我要虔诚地谢谢上帝，清能由万里外载着那深重的愁苦归来，更能来到这里重凭吊四月前的遗迹。在这中秋，我们能团集着；此时此景，纵然凄惨也可自豪自慰！

母亲！我不愿追想如烟如梦的过去，我更不愿希望那荒渺未卜的将来，我只尽兴尽情地快乐，让幻空的繁华都在我笑容上消灭。

母亲！我不敢欺骗你，如今我的生活确乎大大改变了，我不诅咒人生，我不悲欢人生，我只让属于我的一切事境都像闪电，都像流星。我时时刻刻这样盼着！当箭放在弦上时，我已想到我的前途了。

我们由动物园走到植物园，经过许多残茎枯荷的池塘，荒芜落叶的小径；这似我心湖一样的澄静死寂，这似我心湖边岸一样的枯憔荒凉。我在豳风堂前望着那一池枯塘，向韵姊说："你看那是我的心湖！"

她不能回答我，然而她却说："我应该向你说什么？"

我深深地了解她的心，她的心是这般凄冷。不过在这样旧境重逢时，她能不为了过去的春光惆怅吗？母亲！她是那年你曾鉴赏过她的大笔的；然而，她如椽的大笔，未必能写尽她心中的惆怅，因为她的愁恨是那样深沉难测呵！

天气阴沉地令人感着不快，每个人都低了头幻想着自己心境中的梦乡；偶然有几句极勉强的应酬话，然而不久也在沉寂的空气中消失了。

清似乎想起什么一样，站起身来领着我就走，她说："我领你到个地方去看看。"

这条道上，莫有逢到一个人。缘道的铁线上都晒着些枯干的荷叶，我低着头走了几十步，猛抬头看见巍峨高耸的四座塔形的墓。荒丛中走不过去，未能进去细看；我回头望望四周的环境，我觉着不如陶然亭的寥阔而且凄静，萧森而且清爽。陶然亭的月亮，陶然亭的晚霞，陶然亭的池塘芦花，都是特别为坟墓布置的美景，在这个地方埋葬几个烈士或英雄，确是很适宜的地方。

母亲！在陶然亭芦苇池塘畔，我曾照了一张独立苍茫的小像；当你看见它时，或许因为我爱的地方，你也爱它；我常常这样希望着。

我们见了颓废倾圮，荒榛没胫的四烈士墓，真觉为了我们的先烈难过。万牲园并不是荒野废墟，实不当忍使我们的英雄遗骨，受这般冷森和凄凉！就是不为了纪念先贤，也应该注意怎样点缀风景！我知道了，这或许便是中国内政的缩影吧！

隔岸有鲜红的山查果，夹着鲜红的枫树，望去像一片彩霞。我和清拂着柳丝慢慢走到印月桥畔；这里有一块石头，石头下是一池碧清的流水；这块石头上，还刊着几行小诗，是清四月间来此假寐过的。她是这样处处留痕迹，我呢，我愿我的痕迹，永远留在我心上，默默地留在我心上。

我走到枫树面前，树上树下，红叶铺集着。远望去像一条红毡。我想拣一片留个纪念，但是我莫有那样勇气，未曾接触它前，我已感到凄楚了。母亲！我想到西湖紫云洞口的枫叶，我想到西山碧云寺里的枫叶；我伤心，那一片片绯红的叶子，都给我一样的悲哀。

月儿今夜被厚云遮着，出来时或许要到夜半，冷森凄寒这里不能久留了；园内的游人都已归去，徘徊在暮云暗淡的道上的只有我们。

远远望见西直门的城楼时，我想当城圈里明灯辉煌，欢笑歌唱的时候，城外荒野尚有我们无家的燕子，在暮云底飞去飞来。母亲！你听到时，也为我们漂泊的游儿伤心吗？不过，怎堪再想，再想想可怜穷苦的同胞，除了悬梁投河，用死去办理解决一切生活逼迫的问题外，他们求如我们这般小姐们的呻吟而不可得。

这样佳节，给富贵人作了点缀消遣时，贫寒人确作了勒索生命的符咒。

七点钟回到学校，琼和清去买红玫瑰，芝和韵在那里料理果饼；我和侠坐在床沿上谈话。她是我们最佩服的女英雄，她曾游遍江南山水，她曾经过多少困苦；尤其令人心折的是她那娇嫩的玉腕，能飞剑取马上的头颅！我望着她那英姿潇洒的丰神，听她由上古谈到现今，由欧洲谈到亚洲。

八时半，我们已团团坐在这天涯地角，东西南北凑合成的盛宴上。月儿被云遮着，一层一层刚褪去，又飞来一块一块的絮云遮上；我想执杯对月儿痛饮，但不能践愿，我只陪她们浅浅地饮了个酒底。

我只愿今年今夜的明月照临我，我不希望明年今夜的明月照临我！假使今年此日月都不肯窥我，又那能知明年此日我能望月！在这模糊阴暗的夜里，凄凉肃静的夜里，我已看见了此后的影事。母亲！逃躲的，自然努力去逃躲，逃躲不了的，也只好静待来临。我想到这里，我忽然兴奋起来，我要快乐，我要及时行乐；就是这几个人的团宴，明年此夜知道还有谁在？是否烟消灰熄？是否风流云散？

母亲！这并不是不祥的谶语，我觉着过去的凄楚，早已这样告诉我。

虽然陈列满了珍馐，然而都是含着眼泪吃饭；在轻笼虹彩的两腮上，隐隐现出两道泪痕。月儿朦胧着，在这凄楚的筵上，不知是月儿愁，还是我们愁？

杯盘狼藉的宴上，已哭了不少的人；琼妹未终席便跑到床上哭了，母亲！这般小女孩，除了母亲的抚慰外，谁能解劝她们？琼和秀都伏在床上痛哭！这谜揭穿后谁都是很默然地站在床前，清的两行清泪，已悄悄地滴满襟头！她怕我难过，跑到院里去了。我跟她出来时，忽然想到亡友，他在凄凉的坟墓里，可知道人间今宵是月圆。

夜阑人静时，一轮皎月姗姗地出来；我想着应该回到我的寓所去了。到门口已是深夜，悄悄的一轮明月照着我归来。

月儿照了窗纱，照了我的头发，照了我的雪帐；这里一切连我的灵魂，整个都浸在皎清如水的月光里。我心里像怒涛涌来似的凄酸，扑到床缘，双膝脆在地下，我悄悄地哭了，在你的慈容前。

醒后的惆怅

◎石评梅

深夜梦回的枕上，我常闻到一种飘浮的清香，不是冷艳的梅香，不是清馨的兰香，不是金炉里的檀香，更不是野外雨后的草香。不知它来自何处，去至何方？它们伴着皎月游云而来，随着冷风凄雨而来，无可比拟，凄迷辗转之中，认它为一缕愁丝，认它为几束恋感，是这般悲壮而缠绵。世界既这般空寂，何必追求物象的因果。

汝负我命，我还汝债，以是因缘，经百千劫常在生死。
汝爱我心，我爱汝色，以是因缘，经百千劫常在缠缚。

——楞严经

寂灭的世界里，无大地山河，无恋爱生死，此身既属臭皮囊，此心又何尝有物，因此我常想毁灭生命，锢禁心灵。至少把过去埋了，埋在那苍茫的海心，埋在那崇峻的山峰；在人间永不波荡，永不飘飞；但是失败了，仅仅这一念之差，铸塑成这般罪恶。

当我在长夜漫漫，转侧呜咽之中，我常幻想着那云烟一般的往事，我感到哽酸，轻轻来吻我的是这腔无处挥洒的血泪。

我不能让生命寂灭，更无力制止她的心波澎湃，想到时总觉对不住母亲，离开她五年把自己摧残到这般枯悴。

要写什么呢？生命已消逝得飞掠去了，笔尖逃逸的思绪，何曾是纸上留下的痕迹。母亲！这些话假如你已了解时，我又何必再写呢！只恨这是埋在我心冢里的，在我将要放在玉棺时，把这束心的挥抹请母亲过目。

天辛死以后，我在他尸身前祷告时，一个令我缱绻的梦醒了！我爱梦，我喜欢梦，她是浓雾里阑珊的花枝，她是雪纱轻笼了苹果脸的少女，她如苍海飞溅的浪花，她如归鸿云天里一闪的翅影。因为她既不可捉摸，又不容凝视，那轻渺渺游丝般梦痕，比一切都使人醺醉而迷惘。诗是可以写在纸上的，画是可以绘在纸上的，而梦呢，永远留在我心里。母亲！假如你正在寂寞时候，我告诉你几个奇异的梦。

光底死

◎许地山

光离开他底母亲去到无量无边，一切生命的世界上。因为他走底时候脸上常带着很忧郁的容貌，所以一切能思维、能造作底灵体也和他表同情；一见他，都低着头容他走过去；甚至带着泪眼避开他。

光因此更烦闷了。他走得越远，力量越不足；最后，他躺下了。他躺下底地方，正在这块大地。在他旁边有几位聪明的天文家互相议论说："太阳底光，快要无所附丽了，因为他冷死底时期一天近似一天了。"

光垂着头，低声诉说："唉，诸大智者，你们为何净在我母亲和我身上担忧？你们岂不明白我是为饶益你们而来么？你们从没有〔在〕我面前做过我曾为你们做底事。你们没有接纳我，也没有……"

他母亲在很远的地方，见他躺在那里叹息，就叫他回去说："我底命儿，我所爱底，你回去罢。我一天一天任你自由地离开我，原是为众生底益处；他们既不承受，你何妨回来？"

光回答说："母亲，我不能回去了。因为我走遍了一切世界，遇见一切能思维、能造作底灵体，到现在还没有一句话能够对你回报。不但如此，这里还有人正咒诅我们哪！我哪有面目回去呢？我就安息在这里罢。"

他底母亲听见这话，一种幽沉的颜色早已现在脸上。他从地上慢慢走到海边，带着自己底身体、威力，一分一厘地浸入水里。母亲也跟着晕过去了。

怪母亲

◎柔 石

六十年的风吹，六十年的雨打，她底头发白了，她底脸孔皱了。

她——我们这位老母亲，辛勤艰苦了六十年，谁说不应该给她做一次热闹的寿日。四个儿子孝敬她，在半月以前。

现在，这究竟为什么呢？她病了，唉，她自己寻出病了。一天不吃饭，两天不吃饭，第三天稀稀地吃半碗粥。懒懒地睡在床上，濡濡地流出泪来，她要慢慢地饿死她自己了。

四个儿子急忙地，四个媳妇惊愕地，可是各人低着头，垂着手，走进房内，又走出房外。医生来了，一个，两个，三个，都是按着脉搏，问过症候，异口同声这么说："没有病，没有病。"

可是老母亲一天一天地更瘦了———一天一天地少吃东西，一天一天地悲伤起来。

大儿子流泪地站在她床前，简直对断气的人一般说："妈妈，你为什么呢？我对你有错处吗？我妻对你有错处么？你打我几下罢！你骂她一顿罢！妈妈，你为什么要饿着不吃饭，病倒你自己呢？"

老母亲摇摇头，低声说："儿呀，不是；你俩是我满意的一对。可是我自己不愿活了，活到无可如何处，儿呀，我只有希望死了！"

"那么，"儿说，"你不吃东西，叫我们怎样安心呢？"

"是，我已吃过多年了。"

大儿子没有别的话，仍悲哀地走出房门，忙着去请医生。

可是老母亲底病一天一天地厉害了，已经不能起床了。

第二个儿子哭泣地站在她床前，求她底宽恕，说道："妈妈，你这样，我们底罪孽深重了！你养了我们四兄弟，我们都被养大了。现在，你要饿死你自己，不是我和妻等对你不好，你会这样么？但你送我到监狱去罢！送我妻回娘家去罢！你仍吃饭，减轻我们底罪孽！"

老母亲无力地摇摇头，眼也无光地眨一眨，表示不以为然，说："不是，不是，儿呀，我有你俩，我是可以瞑目了！病是我自己找到的，我不愿吃东西！我只有等待死了！"

"那么，"儿说，"你为什么不愿吃东西呢？告诉我们这理由罢。"

"是，但我不能告诉的，因为我老了！"

第二个儿子没有别的话，揩着眼泪走出门，仍忙着去请医生。

可是老母亲的病已经气息奄奄了。

第三个儿子跪在她床前，几乎咽不成声地说："妈妈，告诉我们这理由罢！使我们忏悔罢！连弟弟也结了婚，正是你老该享福的时候。你劳苦了六十年，不该再享受四十年的快乐么？你百岁归天，我们是愿意的，现在，你要饿死你自己，叫我们怎么忍受呢？妈妈，告诉我们这理由，使我们忏悔罢！"

老母亲微微地摇一摇头，极轻的说："不是，儿呀，我是要找你们底爸爸去的。"

于是第三个儿子荷荷大哭了。

"儿呀，你为什么哭呢？"

"我也想到死了几十年的爸爸了。"

"你为什么想他呢？"

儿哀咽着说："爸爸活了几十年，是毫无办法地离我们去了！留一个妈妈给我们，又苦得几十年，现在偏要这样，所以我哭了！"

老母亲伸出她枯枝似的手，摸一摸她三儿底头发，苦笑说："你无用哭，我还不会就死的。"

第三个儿子呆着没有别的话；一时，又走出门，忙着去请医生，可是医生个个推辞说："没有病；就病也不能医了。这是你们底奇怪母亲，我们底药无用的。"

四个儿子没有办法，大家团坐着愁起来，好像筹备殇事一样。于是第四个儿子慢慢走到她床前，许久许久，向他垂死的老母叫："妈妈！"

"什么？"她似乎这样问。

"也带我去见爸爸罢！"

"为什么？"她稍稍吃惊的样子。

"我活了十九岁，还没有见过爸爸呢！"

"可是你已有妻了！"她声音极低微地说。

"妻能使妈妈回复健康么？我不要妻了。"

"你错误，不要说这呆话罢。"她摇头不清楚地说。

"那妈妈究竟为什么？妈妈要自己饿死去找爸爸呢？"

"没有办法。"她微微叹息了一声。

第四个儿子发呆了，一时，又叫："妈妈！"

"什么？"她又似这样问。

"没有一点办法了么？假如爸爸知道，他也愿你这样饿死去找他么？"

老母亲沉思了一下，轻轻说："方法是有的。"

"有方法？"

第四个儿子大惊了。简直似跳地跑出房外，一齐叫了他底三个哥哥来。在他三个哥哥底后面还跟着他底三位嫂嫂和他妻，个个手脚失措一般。

"妈妈，快说罢，你要我们怎样才肯吃饭呢？"

"你们肯做么？"她苦笑地轻轻地问。

"无论怎样都肯做，卖了身子都愿意！"个个勇敢地答。

老母亲又沉想了一息，眼向他们八人望了一圈，他们围绕在她前面。她说："还让我这样死去罢！让我死去去找你们底爸爸罢！"

一边，她两眶涸池似的眼，充上泪了。

儿媳们一齐哀泣起来。

第四个儿子逼近她母亲问道："妈妈没有对我说还有方法么？"

"实在有的，儿呀。"

"那么，妈妈说罢！"

"让我死在你们四人底手里好些。"

"不能说的吗？妈妈，你忘记我们是你底儿子了！你竟一点也不爱我们，使我们底终身，带着你临死未说出来的镣链么？"

老母亲闭着眼又沉思了一忽，说："那先给我喝一口水罢。"

四位媳妇急忙用炉边的参汤，提在她底口边。

"你们记着罢，"老母亲说了，"孤独是人生最悲哀的！你年少时，我虽早死了你们底爸爸，可是仍留你们，我扶养，我教导，我是不感到寂寞的。以后，你们一个娶妻了，又一个娶妻了；到四儿结婚的时候，我虽表面快乐——去年底非常的快乐，而我心，谁知道难受到怎样呢？娶进了一位媳妇，就夺去了我底一个亲吻；我想到你们都有了妻以后的自己底孤独，寂寞将使我如何度日呀！而你们终究都成对了，一对一对在我眼前；你们也无用讳言，有了妻以后的人底笑声，对母亲是假的，对妻是真的。因此，我勉强地做过了六十岁的生辰，光耀过自己底脸孔，我决计自求永诀了！此后的活是累赘的，剩余的，也无聊的，你们知道。"

四个儿子与四位媳妇默然了。个个低下头，屏着呼吸，没有声响。老母亲接着说："现在，你们想救我么？方法就在这里了。"

各人底眼都关照着各人自己底妻或夫，似要看他或她说出什么话。19 岁的第四个儿子正要喊出，"那让我妻回娘家去罢！"而老母亲却先开口了："呆子们，听罢，你们快给我去找一个丈夫来，我要转嫁了！你们既如此爱你们底妈妈，那照我这一条方法救我罢，我要转嫁了。"稍稍停一忽，"假如你们认为不可，那就让我去找你们已死的父亲去罢！没有别的话了，——"

60 年的风吹，60 年的雨打；她底头发白了，她底脸孔皱了！

　　　　　　　　　　　　　　　　　　　1929 年 7 月 14 日夜

守岁烛

◎缪崇群

蔚蓝静穆的空中，高高地飘着一两个稳定不动的风筝，从不知道远近的地方，时时传过几声响亮的爆竹，——在夜晚，它的回音是越发地撩人了。

岁是暮了。

今年侥幸没有他乡做客，也不曾颠沛在那迢遥的异邦，身子就在自己的家里；但这个陋小低晦的四围，没有一点生气，也没有一点温情，只有像垂死般地宁静，冰雪般地寒冷。一种寥寂与没落的悲哀，于是更深地把我笼罩了，我永日沉默在冥想的世界里。因为想着逃脱这种氛围，有时我便独自到街头徜徉去，可是那些如梭的车马，鱼贯的人群，也同样不能给我一点兴奋或慰藉，他们映在我眼睑的不过是一幅熙熙攘攘的世相，活动的，滑稽的，杂乱的写真，看罢了所谓年景归来，心中越是惆怅地没有一点皈依了。

啊！What is a home without mother?

我又陡然地记忆起这句话了——它是一个歌谱的名字，可惜我不能唱它。

在那五年前的除夕的晚上，母亲还能斗胜了她的疾病，精神很焕发地和我们在一起聚餐，然而我不知怎么那样地不会凑趣，我反郁郁地沉着脸，仿佛感到一种不幸的预兆似的。

"你怎么了？"母亲很担心地问。

"没有怎么，我是好好的。"

我虽然这样回答着，可是那两股辛酸的眼泪，早禁不住就要流出来了。我急忙转过脸，或低下头，为避免母亲的视线。

"少年人总要放快活些，我像你这般大的年纪，还一天玩到晚，什么心思都没有呢。"

母亲已经把我看破了。

我没有言语。父亲默默地呷着酒；弟弟尽独自挟他所喜欢吃的东西。自己因为早熟一点的原故，不经意地便养成了一种易感的性格。每当人家欢喜的时刻，自己偏偏感到哀愁；每当人家热闹的时刻，自己却又感到一种莫名的孤独。究竟为什么呢？我是回答不出来的……

——没有不散的筵席，这句话的黑影，好像正正投满了我的窄隘的心胸。

饭后过了不久，母亲便拿出两个红纸包儿来，一个给弟弟，一个给我，给弟弟的一个，立刻便被他拿走了，给我的一个，却还在母亲的手里握着。红纸包里裹着压岁钱，这是我们每年所最盼切而且数目最多的一笔收入，但这次我是没有一点兴致接受它的。

"妈，我不要罢，平时不是一样地要么？再说我已经渐渐长大了。"

"唉，孩子，在父母面前，八十岁也算不上大的。"

"妈妈自己尽辛苦节俭，哪里有什么富余的呢。"我知道母亲每次都暗暗添些钱给我，所以我更不愿意接受了。

"这是我心愿给你们用的……"母亲还没说完，这时父亲忽然在隔壁带着笑声地嚷了：

"不要给大的了，他又不是小孩子。"

"别睬他，快拿起来吧。"母亲也抢着说，好像哄着一个婴孩，唯恐他受了惊吓似的……

佛前的香气，蕴满了全室，烛光是煌煌的。那慈祥，和平，闲静的烟纹，在黄金色的光幅中缭绕着，起伏着，仿佛要把人催得微醉了，定一下神，又似乎自己乍从梦里醒觉过来一样。

母亲回到房里的时候，父亲已经睡了；但她并不立时卧下休息，她尽沉思般地坐在床头，这时我心里真凄凉起来了，于是我也走进了房里。

房里没有灯，靠着南窗底下，烧着一对明晃晃的蜡烛。

"妈今天累了罢？"我想赶去这种沉寂的空气，并且打算伴着母亲谈些家常。我是深深知道我刚才那种态度太不对了。

"不——"她望了我一会儿又问，"你怎么今天这样不喜欢呢？"

我完全追悔了，所以我也很坦白地回答母亲：

"我也说不出为什么，逢到年节，心里总感觉着难受似的。"

"年轻的人，不该这样的，又不像我们老了，越过越淡。"

——是的，越过越淡，在我心里，也这样重复地念了一遍。

"房里也点蜡烛作什么？"我走到烛前，剪着烛花问。

"你忘记了么？这是守岁烛，每年除夕都要点的。"

那一对美丽的蜡烛，它们真好像穿着红袍的新人。上面还题着金字：寿比南山……

"太高了，一点吧？"

"你知道守岁守岁，要从今晚一直点到天明呢。最好是一同熄——所谓同始同终——如果有剩下的便留到清明晚间照百虫，这烛是一照影无踪的……"

…… ……

在烛光底下，我们不知坐了多久；我们究竟把我们的残余的，唯有的一岁守住了没有呢，那怕是蜡烛再高一点，除夕更长一些？

外面的爆竹，还是密一阵疏一阵地响着，只有这一对守岁烛是默默无语，它的火焰在不定的摇曳，泪是不止的垂滴，自始至终，自己燃烧着自己。

明年，母亲便去世了，过了一个阴森森的除夕。第二年，第三年，我都不在家里……是去年的除夕罢，在父亲的房里，又燃起了"一对"明晃晃的守岁烛了。

——母骨寒了没有呢？我只有自己问着自己。

又届除夕了，环顾这陋小，低晦，没有一点生气与温情的四围——比去年更破落了的家庭，唉，我除了凭吊那些黄金的过往以外，哪里还有一点希望与期待呢？

岁虽暮，阳春不久就会到来……

心暮了，生命的火焰，将在长夜里永久逝去了！

1930 年，6 月改作

选自《啼露集》

鬼

◎ 叶 紫

关于迷信，我不知道和母亲争论多少次了。我照书本子上告诉她说：

"妈妈，一切的神和菩萨，耶稣和上帝……都是没有的。人——就是万能！而且人死了就什么都完了，没有鬼也没有灵魂……"

我为了使她更加明白起见，还引用了许多科学上的证明，分条逐项地解释给她听。然而，什么都没有用。她老是带着忧伤的调子，用了几乎是生气似的声音，嚷着她那陷进去了，昏黄的眼睛，说：

"讲到上帝和耶稣，我知道——是没有的。至于菩萨呢，我敬了一辈子了。我亲眼看见过许多许多……在夜里，菩萨常常来告诉我的吉凶祸福！……我有好几次，都是蒙菩萨娘娘的指点，才脱了苦难的！……鬼，也何尝不是一样呢？他们都是人的阴灵呀，他们比菩萨还更加灵验呢。有一次，你公公半夜里从远山里回来，还给鬼打过一个耳光，脸都打青了！并且我还看见……

我能解释得出的，都向她解释过了：那恰如用一口钉想钉进铁板里去似的，我不能将我的理论灌入母亲的脑子里。我开始感觉到：我和母亲之间的时代，实在相差得太远了；一个在拼命向前，一个却想拉回到十八或十九世纪的遥远的坟墓中去。

就因为这样，我非常艰苦地每月要节省一元钱下来给母亲做香烛费。家里也渐渐成为菩萨和鬼魂的世界了。铜的、铁的、磁的、木的……另外还有用红纸条儿写下来的一些不知名的鬼魂的牌位。

大约在一个月以前，为了实在的生活的窘困，想节省着这一元香烛钱，我又向母亲宣传起"无神论"来了。那结果是给她大骂一场，并且还口口声声要脱离家庭，背了她的菩萨和鬼魂，到外乡化缘去！

我和老婆都害怕起来了。想想为了一元钱欲将六十三岁的老娘赶到外乡化缘去，那无论如何是罪孽的，而且不可能的事情。我们屈服了。并且从那时起，母亲就开始了一些异样的，使我们难于捉摸的行动。譬如有时夜晚通宵不睡，早晨不等天亮就爬起来，买点心吃必须亲自上街去等等。

我们谁都不敢干涉或阻拦她。我们想：她大概又在敬一个什么新奇的菩萨吧。一直到阴历的七月十四日，她突然跑出去大半天不回家来，我和老婆都着急了。

"该不是化缘去了吧！"我们分头到马路上去找寻时，老婆半开玩笑半焦心地说。

天幸，老婆的话没有猜中！在回家的马路上寻过一通之后，母亲已经先我们而回家了。并且还一个人抱着死去的父亲和姊姊的相片在那里放声大哭！在地上——是一大堆不知道从什么地方弄来的鱼肉、纸钱、香烛和长锭之类的东西。

"到哪里去了呢？妈妈！"我惶惑地，试探地说。

"你们哪里还有半点良心记着你们的姊姊和爹爹呢？……"母亲哭得更加伤心起来，跺着脚说"放着我还没有死，你就将死去的祖宗、父亲都忘记得干干净净了！……明天就是七月半，你们什么都不准备……我将一个多月的点心钱和零用钱都省下来……买来这一点点东西……我每天饿着半天肚子！……"

我们一句话都说不出，对于母亲的这样的举动，实在觉得气闷而且伤心！自己已经这样大的年纪了，还时时刻刻顾念着死去的鬼魂，甘心天天饿着肚子，省下钱来和鬼魂作交代！……同时，更悔恨自家和老婆都太大意，太不会体验老人家的心情了。竟让她这样的省钱，挨饿，一直延续了一个多月。

"不要哭了呢！妈妈！"我忧愁地、劝慰地说，"下次如果再敬菩萨，你尽管找我要钱好了，我会给你老人家的！……现在，咏兰来——"我大声地转向我的老婆叫着："把鱼肉拿到晒台上去弄一弄，我来安置台子，相片和灵牌……"

老婆弯着腰，沉重地咳嗽着拿起鱼肉来，走了。母亲便也停止哭泣，开始和我弄起纸钱和长锭来。孩子们跳着，叫着，在台子下穿进穿出：

"妈妈弄鱼肉我们吃呢！妈妈弄鱼肉我们吃呢！"

"不是做娘的一定要强迫你们敬鬼，实在的……"母亲哽着喉咙，吞声地说，"你爹爹和姊姊死得太苦了，你们简直都记不得！……我梦见他们都没有钱用，你爹爹叫化子似的……而你们——"

"是的!"我困惑地,顺从地说:"实在应该给他们一些钱用用呢!⋯⋯"

记起了爹爹和姊姊的死去的情形来,我的心里的那些永远不能治疗的创痕,又在隐隐地作痛!照母亲梦中的述说,爹爹们是一直做鬼都还在闹穷,还在阎王的重层压迫之下过生活——啊,那将是一个如何的,令人不可想象的鬼世界啊!

老婆艰难地将菜肴烧好的时候,已经是午后三四时了。孩子们高兴地啃着老婆给他们的一些小小的肉骨头,被母亲拉到相片的面前机械地跪拜着:

"公公保佑你们呢!⋯⋯"

然后,便理一理她自家的白头发,喃喃地跪到所有鬼魂面前祈祷起来。那意思是:保佑儿孙们康健吧!多赚一点钱吧!明年便好更多地烧一些长锭给你们享用!⋯⋯

我和老婆都被一一地命令着跪倒了!就恰如做傀儡戏似的,老婆咳嗽着首先跳了起来,躲上晒台去了。我却还在父亲和姊姊的相片上凝视了好久好久!一种难堪的酸楚与悲痛,突然地涌上了我的心头!自己已经在外飘流八九年了,有些什么能对得住姐姐和爹爹呢?⋯⋯不但没有更加努力地走着他们遗留给我的艰难的、血污的道路,反而卑怯地躲在家中将他们当鬼敬起来了!啊啊,我还将变成怎样的一种无长进的人呢?⋯⋯

夜晚,母亲烧纸钱和长锭时对我说:

"再叩一个头吧!今夜你爹爹有了钱用了,他一定要报一个快乐的、欢喜的梦给你听的!"

可是,我什么好梦都没有做,瞪着一双眼睛直到天亮!脑子里,老是浮着爹爹那满是血污的严峻的脸相,并且还仿佛用了一根无形的、沉重的鞭子,着力地捶打我的懦怯的灵魂!"再叩一个头吧!今夜你爹爹有了钱用了,他一定要报一个快乐的、欢喜的梦给你听的!"

可是,我什么好梦都没有做,瞪着一双眼睛直到天亮!脑子里,老是浮着爹爹那满是血污的严峻的脸相,并且还仿佛用了一根无形的、沉重的鞭子,着力地捶打我的懦怯的灵魂!

回忆我的母亲

◎朱　德

得到母亲去世的消息，我很悲痛。我爱我母亲，特别是她勤劳一生，很多事情是值得我永远回忆的。

我家是佃农。祖籍广东韶关，客籍人，在"湖广填四川"时迁移四川仪陇县马鞍场。世代为地主耕种，家境是贫苦的，和我们来往的朋友也都是老老实实的贫苦农民。

母亲一共生了十三个儿女。因为家境贫穷，无法全部养活，只留下了八个，以后再生下的被迫溺死了。这在母亲心里是多么惨痛悲哀和无可奈何的事情啊！母亲把八个孩子一手养大成人。可是她的时间大半被家务和耕种占去了，没法多照顾孩子，只好让孩子们在地里爬着。

母亲是个好劳动的人。从我能记忆时起，总是天不亮就起床。全家二十多口人，妇女们轮班煮饭，轮到就煮一年。母亲把饭煮了，还要种田，种菜，喂猪，养蚕，纺棉花。因为她身体高大结实，还能挑水挑粪。

母亲这样地整日劳碌着。我到四五岁时就很自然地在旁边帮她的忙，到八九岁时就不但能挑能背，还会种地了。记得那时我从私塾回家，常见母亲在灶上汗流满面地烧饭，我就悄悄把书一放，挑水或放牛去了。有的季节里，我上午读书，下午种地；一到农忙，便整日在地里跟着母亲劳动。这个时期母亲教给我许多生产知识。

佃户家庭的生活自然是艰苦的，可是由于母亲的聪明能干，也勉强过得下去。我们用桐子榨油来点灯，吃的是豌豆饭、菜饭、红薯饭、杂粮饭，把菜籽榨出的油放在饭里做调料。这类地主富人家看也不看的饭食，母亲却能做得使一家人吃起来有滋味。赶上丰年，才能缝上一些新衣服，衣服也是自己生产出来的。母亲亲手纺出线，请人织成布，染了颜色，我们叫它"家织布"，有铜钱那样厚。一套衣服老大穿过了，老二老三接着穿还穿不烂。

勤劳的家庭是有规律有组织的。我的祖父是一个中国标本式的农民，到八九十岁还非耕田不可，不耕田就会害病，直到临死前不久还在地里劳动。祖母是家庭的组织者，一切生产事务由她管理分派，每年除夕就分派好一年的工作。每天天还没亮，母亲就第一个起身，接着听见祖父起来的声音，接着大家都离开床铺，喂猪的喂猪，砍柴的砍柴，挑水的挑水。母亲在家庭里极能任劳任怨。她性格和蔼，没有打骂过我们，也没有同任何人吵过架。因此，虽然在这样的大家庭里，长幼、伯叔、妯娌相处都很和睦。母亲同情贫苦的人——这是朴素的阶级意识，虽然自己不富裕，还周济和照顾比自己更穷的亲戚。她自己是很节省的。父亲有时吸点旱烟，喝点酒；母亲管束着我们，不允许我们染上一点。母亲那种勤劳俭朴的习惯，母亲那种宽厚仁慈的态度，至今还在我心中留有深刻的印象。

但是灾难不因为中国农民的和平就不降临到他们身上。庚子年（1900）前后，四川连年旱灾，很多的农民饥饿、破产，不得不成群结队地去"吃大户"。我亲眼见到，六七百穿得破破烂烂的农民和他们的妻子儿女被所谓官兵一阵凶杀毒打，血溅四五十里，哭声动天。在这样的年月里，我家也遭受更多的困难，仅仅吃些小菜叶、高粱，通年没吃过白米。特别是乙未（1895）那一年，地主欺压佃户，要在租种的地上加租子，因为办不到，就趁大年除夕，威胁着我家要退佃，逼着我们搬家。在悲惨的情况下，我们一家人哭泣着连夜分散。从此我家被迫分两处住下。人手少了，又遇天灾，庄稼没收成，这是我家最悲惨的一次遭遇。母亲没有灰心，她对穷苦农民的同情和对为富不仁者的反感却更强烈了。母亲沉痛的三言两语的诉说以及我亲眼见到的许多不平事实，启发了我幼年时期反抗压迫追求光明的思想，使我决心寻找新的生活。

我不久就离开母亲，因为我读书了。我是一个佃农家庭的子弟，本来是没有钱读书的。那时乡间豪绅地主的欺压，衙门差役的横蛮，逼得母亲和父亲决心节衣缩食培养出一个读书人来"支撑门户"。我念过私塾，光绪三十一年（1905）考了科举，以后又到更远的顺庆和成都去读书。这个时候的学费都是东挪西借来的，总共用了二百多块钱，直到我后来当护国军旅长时才还清。

光绪三十四年（1908）我从成都回来，在仪陇县办高等小学，一年回家两三次去看母亲。那时新旧思想冲突得很厉害。我们抱了科学民主的思想，想在家乡做点事情，守旧的豪绅们便出来反对我们。我决心瞒着母亲离开家乡，远走云南，参加新军和同盟会。我到云南后，从家信中知道，我母亲对我这一举动不但不反对，还给我许多慰勉。

从宣统元年（1909）到现在，我再没有回过一次家，只在民国八年（1919）我曾经把父亲和母亲接出来。但是他俩劳动惯了，离开土地就不舒服，所以还是回了家。父亲就在回家途中死了。母亲回家继续劳动，一直到最后。

中国革命继续向前发展，我的思想也继续向前发展。当我发现了中国革命的正确道路时，我便加入了中国共产党。大革命失败了，我和家庭完全隔绝了。母亲就靠那三十亩地独立支持一家人的生活。抗战以后，我才能和家里通信。母亲知道我所做的事业，她期望着中国民族解放的成功。她知道我们党的困难，依然在家里过着勤苦的农妇生活。七年中间，我曾寄回几百元钱和几张自己的照片给母亲。母亲年老了，但她永远想念着我，如同我永远想念着她一样。去年收到侄儿的来信说："祖母今年已有八十五岁，精神不如昨年之健康，饮食起居亦不如前，甚望见你一面，聊叙别后情景。"但我献身于民族抗战事业，竟未能报答母亲的希望。

母亲最大的特点是一生不曾脱离过劳动。母亲生我前一分钟还在灶上煮饭。虽到老年，仍然热爱生产。去年另一封外甥的家信中说："外祖母大人因年老关系，今年不比往年健康，但仍不辍劳作，尤喜纺棉。"

我应该感谢母亲，她教给我与困难作斗争的经验。我在家庭中已经饱尝艰苦，这使我在三十多年的军事生活和革命生活中再没感到过困难，没被困难吓倒。母亲又给我一个强健的身体，一个勤劳的习惯，使我从来没感到过劳累。

我应该感谢母亲，她教给我生产的知识和革命的意志，鼓励我以后走上革命的道路。在这条路上，我一天比一天更加认识：只有这种知识，这种意志，才是世界上最可宝贵的财产。

母亲现在离我而去了，我将永不能再见她一面了，这个哀痛是无法补救的。母亲是一个平凡的人，她只是中国千百万劳动人民中的一员，但是，正是这千百万人创造了和创造着中国的历史。我用什么方法来报答母亲的深恩呢？我将继续尽忠于我们的民族和人民，尽忠于我们的民族和人民的希望——中国共产党，使和母亲同样生活着的人能够过快乐的生活。这是我能做到的，一定能做到的。

愿母亲在地下安息！

母爱是一剂药

◎罗　西

舒仪要远嫁到福州来，她的妈妈是极力反对的："上海这么大？为什么非要嫁到乡下去？"女儿大了，女儿有自己的想法，也应该有自己的感情生活了。但是，妈妈的态度仍然强硬。

舒仪没有退路了，因为她不小心已经怀上了亲密爱人的孩子，她以为生米煮成熟饭，会让妈妈改变主意，给他们以祝福。但是，她错了，母亲有些不可理喻地勃然大怒："我最恨被人家要挟，你有种，就不要再回这个家，也不要认我这个妈！"

两年前的暮春，舒仪牵着丈夫的手，在上海浦东机场，他们办完了所有登机手续，但是舒仪仍执著地往安检门外张望着。她希望奇迹出现，那个奇迹就是妈妈的身影，她泪眼婆娑，心情复杂，广播里不断响起他俩的名字："请……到四号登机口登机！"

这一走，母女仿佛就成了陌路人。

多少次，她打电话回上海家里，独居的妈妈总是不肯接。舒仪曾一度认为，极端的母爱才导致了如此的病态。可是，她并不知道，妈妈伤心的梦里，全是女儿幼时清脆的笑声。多少次，母亲一个人在家，也想给女儿反拨一个电话过来，但是，她最终都只拨了区号就停了下来。母亲很早时候就与父亲离婚，所以，舒仪是妈妈一手带大的，可以说是相依为命。如今"身上掉下来的那块肉"已经不再属于妈妈了，她回忆起和女儿4岁时的一次对话，不禁会心一笑。

女儿问：妈妈，我是从哪里来的？

母亲答：你是妈妈身上掉下来的一块肉啊。

女儿恍然大悟：难怪妈妈这么瘦！

屈指算着，女儿离开自己已经快800天了。去年7号台风前夕，母亲在中央台《新闻联播》后，又准时地坐在电视机前看天气预报。她每天都特别关注福州的天气，因为女儿在那里，她以这种特别的方式继续爱着女儿关注着女儿。

就在这时，电话铃响起来了，一看来电显示，还是福州的。今天已经三次拒接了，这次不知道为何母亲居然把话筒拿了起来。电话那头是女婿的声音："妈，舒仪生病了，你可不可以过来看一下……"

母亲心一沉，几乎是撑着身体听完电话的。

第二天，母亲搭了第一班的飞机到了福州。机场，女婿接她的时候，她感叹一句："原来没有我想象得远。"

当她获知女儿在家里而不是医院里，她的犟脾气又来了："是不是你们骗我来的？"女婿只好坦白交代说，因为他和舒仪的女儿得了小儿肺炎不治夭折，都已经一个月了，舒仪还是没有从悲痛的心境里走出来。

最近情况更是严重，丈夫她都不认识了……每次给她喂药，她都会极力地抗拒，有时甚至挥舞着菜刀，咆哮着："你们都是凶手，想害我女儿，给我滚……"

听到这里，母亲老泪纵横，不停地喊着："我的傻宝贝啊，我的傻宝贝……"当她步履蹒跚地跟着一行人刚进门，舒仪便举着刀迎了上来。危急之际，没有人敢上去，唯独六十多岁的老母亲，佝偻向前，哭喊着舒仪的乳名，舒仪无神的眼睛似乎闪亮了一下，扔下菜刀，坐在地上喃喃自语……

接着，老母亲一口一口地小心喂着已年过30岁的舒仪。"真乖，再吃一口！"舒仪的母亲含泪声声地劝慰着，而舒仪则幸福如小宝宝似地偎在她身旁，嬉皮笑脸的，那么轻松自在……

在场的人先是惊讶，之后都泪流满面。舒仪，她什么都忘了，唯一记得的，只有母亲。经过一段时间的治疗，加上母亲寸步不离的陪护，舒仪终于清醒过来了。当她喊出第一声"妈"的时候，在场的人无不动容，医生说，这是奇迹，母亲是她最好的药。

忧伤母性

◎ 陆克寒

同学的丈夫与她离了婚。同学猝不及防，唯有与年幼的儿子相依为命。儿子在一所寄宿学校上学，双休日回家。儿子不在身边的日子，同学天天和他通电话，晚七点半，准时。

那一天同学和女伴来到我们谋生的小城，大家都聚集来，陪她。我们喝了点酒，说起学生时代的往事，唱那些经久弥醇的老歌。我们不愿多提及同学伤心的婚变；这年头，离婚的理由千奇百怪，但男子的见异思迁却是司空见惯的前因。

道德谴责对于负心人软弱无力，我们只能用友谊和歌声让同学重温生活的美丽，抚慰她伤痛的心。同学说：现在，儿子是她生命的太阳。那天晚上七点半前，同学心神不宁，惦念在别一城市的儿子；与儿子通话后回来，同学一脸灿烂。

——那是我见到的最温馨的笑，母性的笑，牵挂与欣慰，还有一抹凄婉和无奈，就像轻风拂动碧绿叶片，美丽而忧伤。

此前一星期，我匆匆过江到另一城市。那里有我大学时代的一位同学，毕业后十四年从未谋面，他却因车祸夭亡在人生半途。在一座墙色斑驳的老旧庙宇里，我们追念他远去的亡灵。殿室外砖地院落里，四月阳光白亮、活泼，我想起许多年前那个暴雨之夜，我们一寝室人在那座美丽古城的马路上赤足狂奔——其中就有亡友；我依旧看见地上的积水从亡友脚下啪啪飞溅，还有他兴奋的青春吼叫从遥远的故都传来，鲜活如初。

而今，他十一岁的儿子在一旁低头翻看一本书，沉默不语。年幼的孩子在渐渐长大的过程里会更深地步入父亲早逝留下的巨大空白。孩子的母亲伫立在宽阔的屋檐下，在僧人们千遍一律的吟唱里，她的身影倒伏在古庙石阶上像树影在风中瑟缩，任四月明媚阳光在周围铺陈流淌……

那一刻我蓦然想起一家远房老亲：儿子自小就患癫痫，丈夫早年因故而亡，母亲孤身带着孩子活下去：数十年光阴，母亲老了，儿子也老了。如今，在故乡小镇一间空落的旧房里，七十多岁的老母亲看护着五十多岁的老儿子，夕阳透过西窗，照亮他们悠远绵长的苦寂和母亲额头稀疏的白发——我总是不敢面对鲜黄落晖里那忧伤而谦卑的微笑———辈子一种微笑！

　　为什么母亲的神情里常有这种深邃的忧伤把我们打动？

第二部分

感恩父亲

父亲的绳衣

◎石评梅

"荣枯事过都成梦，忧喜情忘便是禅。"人生本来一梦，在当时兴致勃然，未尝不感到香馥温暖，繁华清丽。至于一枕凄凉，万象皆空的时候，什么是值得喜欢的事情，什么是值得流泪的事情？我们是生在世界上的，只好安于这种生活方程，悄悄地让岁月飞逝过去。消磨着这生命的过程，明知是镜花般不过是一瞥的幻梦，但是我们的情感依然随着遭遇而变迁。为了天辛的死，令我觉悟了从前太认真人生的错误，同时忏悔我受了社会万恶的蒙蔽。死了的明显是天辛的躯壳，死了的惨淡潜隐便是我这颗心，他可诅咒我的残忍，但是我呢，也一样是啮残下的牺牲者呵！

我的生活是陷入矛盾的，天辛常想着只要他走了，我的腐蚀的痛苦即刻可以消逝。这是一个错误的观念，事实上矛盾痛苦是永不能免除的。现在我依然沉陷在这心情下，为了这样矛盾的危险，我的态度自然也变了，有时的行为常令人莫明其妙。

这种意思不仅父亲不了解，就连我自己何尝知道我最后一日的事实；就是近来倏起倏灭的心思，自己每感到奇特惊异。

清明那天我去庙里哭天辛，归途上我忽然想到与父亲和母亲结织一件绳衣。我心里想的太可怜了，可以告诉你们的就是我愿意在这样心情下，作点东西留个将来回忆的纪念。母亲他们穿上这件绳衣时，也可起到他们的女儿结织时的忧郁和伤心！这个悲剧闭幕后的空寂，留给人间的固然很多，这便算埋葬我心的坟墓，在那密织的一丝一缕之中，我已将母亲交付给我的那心还她了。

我对于自己造成的厄运绝不诅咒，但是母亲，你们也应当体谅我，当我无力扑到你怀里睡去的时候，你们也不要认为是缺憾吧！

当夜张着黑翼飞来的时候，我在这凄清的灯下坐着，案头放着一个银框，里面刊装着天辛的遗像，像的前面放着一个紫玉的花瓶，瓶里插着几枝玉簪，在花香迷漫中，我默默地低了头织衣；疲倦时我抬起头来望望天辛，心里的感想，我难以写出。深夜里风声掠过时，尘沙向窗上瑟瑟地扑来，凄凄切切似乎鬼在啜泣，似乎鸥鹚的翅儿在颤栗！我仍然低了头织着，一直到我伏在案上睡去之后。这样过了七夜，父亲的绳衣成功了。

父亲的信上这样说：

> ……明知道你的心情是如何的恶劣，你的事务又很冗繁，但是你偏在这时候，日夜为我结织这件绳衣，远道寄来，与你父防御春寒。你的意思我自然喜欢，但是想到儿一腔不可宣泄的苦衷时，我焉能不为汝凄然！……

读完这信令我惭愧，纵然我自己命运负我，但是父母并未负我；他们希望于我的，也正是我愿为了他们而努力的。父亲这微笑中的泪珠，真令我良心上受了莫大的责罚，我还有什么奢望呢！我愿暑假快来，我扎挣着这创伤的心神，扑向母亲怀里大哭！我廿年的心头埋没的秘密，在天辛死后，我已整个的跪献在父母座下了。我不忍那可怕的人间隔膜，能阻碍了我们天性的心之交流，使他们永远隐蔽着不知道他们的女儿——不认识他们的女儿。

在天辛死后，我已整个的跪献在父母座下了。我不忍那可怕的人间隔膜，能阻碍了我们天性的心之交流，使他们永远隐蔽着不知道他们的女儿——不认识他们的女儿。弄人间的心太狠毒了，但是我不能不忍再去捉弄素君，我忏悔着罪恶的时候，我又哪能重履罪恶呢！天呵！让我隐没于山林中吧！让我独居于海滨吧！我不能再游于这扰攘的人寰了。

素君喜欢听我的诗歌，我愿从此搁笔不再做那些悲苦欲泣的哀调以引他的同情。素君喜欢读我过去记录，我愿从此不再提到往事前尘以动他的感慨。素君喜欢听我抚琴，我愿从此不再向他弹琴以乱他的心曲。素君喜欢我的行止丰韵，我愿此后不再见他以表示绝决。玲弟！我已走了，你们升天入地怕也觅不到我的踪迹，我是向远远地天之角地之涯独自漂流去了。不必虑到什么，也许不久就毁灭了这躯壳呢！那时我可以释去此生的罪戾，很清洁光明的去见上帝。

姑母的小套间内储存着一只大皮箱，上面有我的封条。我屋里中间桌上抽屉内有钥匙，请你开开，那里边就是我的一生，我一生的痕迹都在那里。

你像看戏或者读小说一样检收我那些遗物，你不必难受。有些东西也不要让姑母表妹她们知道，我希望你能知道我了解我，我不愿使不了解不知道我的人妄加品评。那些东西都是分别束缚着。你不是快放暑假了吗？你在闲暇时不妨解开看看，你可以完全了解我这苦悲的境界和一切偶然的捉弄，一直逼我到我离开这世界。这些都是刺伤我的毒箭，上边都沾着我淋漓的血痕，和粉碎的心瓣。

唉！让我追忆一下吧！小时候，姑父说蕙儿太聪慧了，怕没有什么福气，她的神韵也太清峭了。父亲笑道：我不喜欢一个女孩儿生得笨蠢如牛，一窍不通。那时大家都笑了，我也笑了！如今才知道自己的命运，已早由姑父鉴定了；我很希望黄泉下的姑父能知道如今流落无归到处荆棘的蕙儿。而一援手指示她一条光明超脱的路境以自救并以救人哩！

不说闲话吧！你如觉这些东西可以给素君看时，不妨让他看看。他如果看完我那些日记和书信，他一定能了然他自己的命运，不是我过分的薄情，而是他自己的际遇使然了。这样可以减轻我许多罪恶，也可以表示我是怎样的一个女子，不然怕诅咒我的人连你们也要在内呢！如果素君对于我这次走不能谅解时，你还是不必让他再伤心看这些悲惨的遗物，最好你多寻点证据来证明我是怎样一个堕落无聊自努力的女子，叫他把我给他那点稀薄的印象完全毁灭掉才好，皮箱内有几件好玩具珍贵的东西，你最好替我分散给表妹妹们。但是素君，你千万不能把我的东西给他，你能原谅我这番心才对，我是完全想用一个消极的方法来毁灭了我在他的心境内的。

皮箱上边夹袋内有一个银行存款折子，我这里边的钱是留给母亲的一点礼物，你可以代收存着；过一两个月，你用我名义写一封信汇一些钱去给母亲，一直到款子完了再说，那时这世界也许已变过了。这件事比什么都重要，你一定要念我的可怜，念我的孤苦，念我母亲的遭遇，替我办到这很重要的事。另有一笔款子，那是特别给文哥修理坟墓用的。今年春天清明节我已重新给文哥种植了许多松树，我最后去时，已葱笼勃然大有生气，我是希望这一生的血泪来培植这几株树的，但是连这点微小的希望环境都不允许我呢！我走后，他墓头将永永远远地寂寞了，永永远远再看不见缟素衣裳的女郎来挥泪来献花了，将永永远远不能再到那湖滨那土丘看晚霞和春霭了。秋林枫叶，冬郊寒雪。芦苇花开，稻香弥漫时，只剩了孤寂无人凭吊的墓了，这也许是永永远远的寂寞泯灭吧！以后谁还知道这块黄土下埋着谁呢？更有谁想到我的下落，已和文哥隔离了千万里呢！

深山村居的老母，此后孤凄仃伶的生活，真不堪设想，暮年晚景伤心如此，这都是我重重不孝的女儿造成的，事已到此，夫复何言。黄泉深埋的文哥，此后异乡孤魂，谁来扫祭？这孤冢石碑，环墓朽树，谁来灌浇？也许没有几年就冢平碑倒，树枯骨暴呢！我也只好尽我的力量来保存他，因此又要劳你照拂一下，这笔款子就是预备给他修饰用的。玲弟！我不敢说我怎样对你好，但是我知道你是这世界上能够了解我，可怜我，同情我的一个人。这些麻烦的未了之件也只有你可以托付了。我用全生命来感谢你的盛意，玲弟！你允许我这最后的请求吗？

这世界上。事业我是无望了，什么事业我都做过，但什么都归失败了。这失败不是我的不努力而是环境的恶劣使然。名誉我也无望了。什么虚荣的名誉我都得到了，结果还是空虚的粉饰。而且牺牲了无数真诚的精神和宝贵的光阴去博那不值一晒的虚荣，如今，我还是依然故我，徒害得心身俱碎。我悔，悔我为了一时虚名博得终身的怨愤。有一个时期我也曾做过英雄梦，想轰轰烈烈，掀天踏海的闹一幕悲壮武剧。结果，我还未入梦，而多少英雄都在梦中死了，也有侥幸逃出了梦而惊醒的，原来也是一出趣剧，和我自己心里理想的事迹绝不是一件事，相去有万万里，而这万万里又是黑黯崎岖的险途，光明还是在九霄云外。

有时自己骗自己说：不要分析，不要深究，不要清楚，昏昏沉沉糊涂混日子吧！因此奔波匆忙，微笑着，敷衍着，玩弄面具，掉换枪花，当时未尝不觉圆满光彩。但是你一沉思凝想，才会感觉到灵魂上的尘土封锁创痕斑驳的痛苦，能令你鄙弃自己，痛悔所为，而想跃人苍海一洗这重重的污痕和尘土呢！这时候，怎样富贵荣华的物质供奉，那都不能安慰这灵魂高洁纯真的需要。这痛苦，深夜梦醒，独自沉思忏悔着时：玲弟！我不知应该怎样毁灭这世界和自己？

社会——我也大略认识了。人类——我也依稀会晤了。不幸的很，我都觉那些一律无讳言吧，罪恶，虚伪的窝薮和趣剧表演的舞台而已。虽然不少真诚忠实的朋友，可以令我感到人世的安慰和乐趣，但这些同情好意；也许有时一样同为罪恶，揭开面具还是侵夺霸占，自利自私而已。这世界上什么是值得我留恋的事，可以说如今都在毁灭之列了。

这样在人间世上，没有一样东西能系连着继续着我生命的活跃，我觉这是一件最痛苦的事。不过我还希望上帝能给我一小点自由能让我灵魂静静地蜷伏着，不要外界的闲杂来扰乱我；有这点自由我也许可以混下去，混下去和人类自然生存着，自然死亡着一样。这三年中的生活，我就是秉此心志延长下来的。我自己又幻想任一个心灵上的信仰寄托我的情趣，那就是文哥的墓地和他在天的灵魂，我想就这样百年如一日过去。谁会想到，偶然中又有素君来破坏捣乱我这残余的自由和生活，使我躲避到不能不离开母亲，和文哥而奔我渺茫不知栖止的前程。

都是在人间不可避免的，我想避免只好另觅道路了。但是那样乱哄哄内争外患的中国，什么地方能让我避免呢！回去山里伴母亲渡这残生，也是一个良策，但是我的家乡正在枪林弹雨下横扫着，我又怎能归去，绕道回去，这行路难一段，怕我就没有勇气再挣扎奋斗了，我只恨生在如此时代之中国，如此时代之社会，如此环境中之自我；除此外，我不能再说什么了。玲弟！这是蕙姊最后的申诉，也是我最后向人间忏悔的记录，你能用文学家的眼光鉴明时，这也许是偶然心灵的组合，人生皆假，何须认真，心情阴晴不定，人事变化难测，也许这只是一封信而已。

姑母前替我问好，告诉她我去南洋群岛一个华侨合资集办的电影公司，去做悲剧明星去了。素君问到时，也可以告诉他说蕙姊到上海后已和一个富翁结婚，现在正在西湖度蜜月呢。

父亲的玳瑁

◎鲁　彦

在墙脚根刷然溜过的那黑猫的影，又触动了我对于父亲的玳瑁的怀念。

净洁的白毛的中间，夹杂些淡黄的云霞似的柔毛，恰如透明的妇人的玳瑁首饰的那种猫儿，是被称为"玳瑁猫"的。我们家里的猫儿正是那一类，父亲就给了它"玳瑁"这个名字。

在近来的这一匹玳瑁之前，我们还曾有过另外的一匹。它有着同样的颜色，得到了同样的名字，同是从我姊姊家里带来，一样地为我们所爱。

但那是我不幸的妹妹的玳瑁，它曾经和她盘桓了十二年的岁月。

而现在的这一匹，是属于父亲的。

它什么时候来到我们家里，我不很清楚，据说大约已有三年光景了。父亲给我的信，从来不曾提过它。在他的理智中，仿佛以为玳瑁毕竟是一匹小小的兽，比不上任何的家事，足以通知我似的。

但当我去年回到家里的时候，我看到了父亲和玳瑁的感情了。

每当厨房的碗筷一搬动，父亲在后房餐桌边坐下的时候，玳瑁便在门外"咪咪"地叫了起来。这叫声是只有两三声，从不多叫的。它仿佛在问父亲，可不可以进来似的。

于是父亲就说了，完全像对什么人说话一样：

"玳瑁，这里来!"

我初到的几天，家里突然增多了四个人，在玳瑁似乎感觉到热闹与生疏的恐惧，常不肯即刻进来。

"来吧，玳瑁! 父亲望着门外，不见它进来，又说了。"

但是玳瑁只回答了两声"咪咪"，仍在门外徘徊着。

"小孩一样，看见生疏的人，就怕进来了。"父亲笑着对我们说。

但是过了一会儿，玳瑁在大家的不注意中，已经跃上了父亲的膝上。

"哪，在这里了。"父亲说。

我们弯过头去看，它伏在父亲的膝上，睁着略带惧怯的眼望着我们，仿佛预备逃遁似的。

父亲立刻理会它的感觉，用手抚摩着它的颈背，说："困吧，玳瑁。"一面他又转过来对我们说："不要多看它，它像姑娘一样的呢。"

我们吃着饭，玳瑁从不跳到桌上来，只是静静地伏在父亲的膝上。有时鱼腥的气息引诱了它，它便偶尔伸出半个头来望了一望，又立刻缩了回去。它的脚不肯触着桌。这是它的规矩，父亲告诉我们说，向来是这样的。

父亲吃完饭，站起来的时候，玳瑁便先走出门外去。它知道父亲要到厨房里去给它预备饭了。那是真的。父亲从来不曾忘记过，他自己一吃完饭，便去添饭给玳瑁的。玳瑁的饭每次都有鱼或鱼汤拌着。父亲自己这几年来对于鱼的滋味据说有点厌，但即使自己不吃，他总是每次上街去，给玳瑁带了一些鱼来，而且给它储存着的。

白天，玳瑁常在储藏东西的楼上，不常到楼下的房子里来。但每当父亲有什么事情将要出去的时候，玳瑁像是在楼上看着的样子，便溜到父亲的身边，绕着父亲的脚转了几下，一直跟父亲到门边。父亲回来的时候，它又像是在什么地方远远望着，静静地倾听着的样子，待父亲一跨进门限，它又在父亲的脚边了。它并不时时刻刻跟着父亲，但父亲的一举一动，父亲的进出，它似乎时刻在那里留心着。

晚上，玳瑁睡在父亲的脚后的被上，陪伴着父亲。

我们回家后，父亲换了一个寝室。他现在睡到弄堂门外一间从来没有人去的房子里了。

玳瑁有两夜没有找到父亲，只在原地方走着，叫着。它第一夜跳到父亲的床上，发现睡着的是我们，便立刻跳了出去。

正是很冷的天气。父亲记念着玳瑁夜里受冷，说它恐怕不会想到他会搬到那样冷落的地方去的。而且晚上弄堂门又关得很早。

但是第三天的夜里，父亲一觉醒来，玳瑁已在床上睡着了，静静地，"咕咕"念着猫经。

半个月后，玳瑁对我也渐渐熟了。它不复躲避我。当它在父亲身边的时候，我伸出手去，轻轻抚摩着它的颈背，它伏着不动。然而它从不自己走近我。我叫它，它仍不来。就是母亲，她是永久和父亲在一起的，它也不肯走近她。父亲呢，只要叫一声"玳瑁"，甚至咳嗽一声，它便不晓得从什么地方溜出来了，而且绕着父亲的脚。

有两次玳瑁到邻居去游走，忘记了吃饭。我们大家叫着"玳瑁玳瑁"，东西寻找着，不见它回来。父亲却猜到它那里去了。他拿着玳瑁的饭碗走出门外，用筷子敲着，只喊了两声"玳瑁"，玳瑁便从很远的邻屋上走来了。

"你的声音像格外不同似的，"母亲对父亲说，"只消叫两声，又不大，它便老远地听见了。"

"是哪，它只听我管的哩。"

对于寂寞地度着残年的老人，玳瑁所给与的是儿子和孙子的安慰，我觉得。

六月四日的早晨，我带着战栗的心重到家里，父亲只躺在床上远远地望了我一下，便疲倦地合上了眼皮。我悲苦地牵着他的手在我的面上抚摩。他的手已经有点生硬，不复像往日柔和地抚摩玳瑁的颈背那么自然。据说在头一天的下午，玳瑁曾经跳上他的身边，悲鸣着，父亲还很自然地抚摩着它，亲密地叫着"玳瑁"。而我呢，已经迟了。

从这一天起，玳瑁便不再走进父亲的以及和父亲相连的我们的房了。我们有好几天没有看见玳瑁的影子。我代替了父亲的工作，给玳瑁在厨房里备好鱼拌的饭，敲着碗，叫着"玳瑁"。玳瑁没有回答，也不出来。母亲说，这几天家里人多，闹得很，它该是躲在楼上怕出来的。于是我把饭碗一直送到楼上。然而玳瑁仍没有影子。过了一天，碗里的饭照样地摆在楼上，只饭粒干瘪了一些。

玳瑁正怀着孕，需要好的滋养。一想到这，大家更其焦虑了。

第五天早晨，母亲才发现给玳瑁在厨房预备着的另一只饭碗里的饭略略少了一些。大约它在没有人的夜里走进了厨房。它应该是非常饥饿了。然而仍像吃不下的样子。

一星期后，家里的戚友渐渐少了。玳瑁仍不大肯露面。无论谁叫它，都不答应，偶然在楼梯上溜过的后影，显得憔悴而且瘦削，连那怀着孕的肚子也好像小了一些似的。

一天一天家里愈加冷静了。满屋里主宰着静默的悲哀。一到晚上，人还没有睡，老鼠便吱吱叫着活动起来，甚至我们房间的楼上也在叫着跑着。玳瑁是最会捕鼠的。当去年我们回家的时候，即使它跟着父亲睡在远一点的地方，我们的房间里从没有听见过老鼠的声音，但现在玳瑁就睡在隔壁的楼上，也不过问了。我们毫不埋怨它。我们知道它所以这样的原因。

可怜的玳瑁。它不能再听到那熟识的亲密的声音，不能再得到那慈爱的抚摩，它是在怎样的悲伤呵！

三星期后，我们全家要离开故乡。大家预先就在商量，怎样把玳瑁带出来。但是离开预定的日子前一星期，玳瑁生了小孩了。我们看见它的肚子松瘪着。

怎样可以把它带出来呢？

然而为了玳瑁，我们还是不能不带它出来。我们家里的门将要全锁上。邻居们不会像我们似地爱它，而且大家全吃着素菜，不会舍得买鱼饲它。单看玳瑁的脾气，连对于母亲也是冷淡淡的，决不会喜欢别的邻居。

我们还是决定带它一道来上海。

它生了几个小孩，什么样子，放在那里，我们虽然极想知道，却不敢去惊动玳瑁。我们预定在饲玳瑁的时候，先捉到它，然后再寻觅它的小孩。因为这几天来，玳瑁在吃饭的时候，已经不大避人，捉到它应该是容易的。

但是两天后，我们十几岁的外甥遏抑不住他的热情了。不知怎样，玳瑁的孩子们所在的地方先被他很容易地发见了。它们原来就在楼梯门口，一只半掩着的糠箱里。玳瑁和它的小孩们就住在这里，是谁也想不到的。外甥很喜欢，叫大家去看。玳瑁已经溜得远远地在惧怯地望着。

我们想，既然玳瑁已经知道我们发觉了它的小孩的住所，不如便先把它的小孩看守起来，因为这样，也可以引诱玳瑁的来到，否则它会把小孩衔到更没有人晓得的地方去的。

于是我们便做了一个更安适的窠，给它的小孩们，携进了以前父亲的寝室，而且就在父亲的床边。

那里是四个小孩，白的，黑的，黄的，玳瑁的，都还没有睁开眼睛。贴着压着，钻做一团，肥圆的。捉到它们的时候，偶然发出微弱的老鼠似的吱吱的鸣声。

"生了几只呀？"母亲问着。

"四只。"

"嗨，四只！怪不得！扛了你父亲的棺材，不要再扛我的呢！"母亲叹息着，不快活地说。

大家听着这话，愣住了。

"把它们丢出去！"外甥叫着说，但他同时却又喜悦地抚摩着玳瑁的小孩们，舍不得走开。

玳瑁现在在楼上寻觅了，它大声地叫着。

"玳瑁，这里来，在这里，"我们学着父亲仿佛对人说话似地叫着玳瑁说。

但是玳瑁像只懂得父亲的话，不能了解我们说什么。它在楼上寻觅着，在弄堂里寻觅着，在厨房里寻觅着，可不走进以前父亲天天夜里带着它睡觉的房子。我们有时故意作弄它的小孩们，使它们发出微弱的鸣声。玳瑁仍像没有听见似的。

过了一会儿，玳瑁给我们女工捉住了。它似乎饿了，走到厨房去吃饭，却不妨给她一手捉住了颈背的皮。

"快来！快来！捉住了！"她大声叫着。

我扯了早已预备好的绳圈，跑出去。

玳瑁大声地叫着，用力地挣扎着。待至我伸出手去，还没抱住玳瑁，女工的手一松，玳瑁溜走了。

它再不到厨房里去，只在楼上叫着，寻觅着。

几点钟后，我们只得把玳瑁的小孩们送回楼上。它们显然也和玳瑁似地在忍受着饥饿和痛苦。

玳瑁又静默了，不到十分钟，我们已看不见它的小孩们的影子。现在可不必再费气力，谁也不会知道它们的所在。

有一天一夜，玳瑁没有动过厨房里的饭。以后几天，它也只在夜里。待大家睡了以后到厨房里去。

我们还想设法带玳瑁出来，但是母亲说：

"随它去吧，这样有灵性的猫，哪里会不晓得我们要离开这里。要出去自然不会躲开的。你们看它，父亲过世以后，再也不忍走进那两间房里，并且几天没有吃饭，明明在非常的伤心。现在怕是还想在这里陪伴你们父亲的灵魂呢。它原是你父亲的。"

我们只好随玳瑁自己了。它显然比我们还舍不得父亲，舍不得父亲所住过的房子，走过的路以及手所抚摸过的一切。父亲的声音，父亲的形象，父亲的气息，应该都还很深刻地萦绕在它的脑中。

可怜的玳瑁，它比我们还爱父亲！

然而玳瑁也太凄惨了。以后还有谁再像父亲似地按时给它好的食物，而且慈爱地抚摩着它，像对人说话似地一声声地叫它呢？

离家的那天早晨，母亲曾给它留下了许多给孩子吃的稀饭在厨房里。门虽然锁着，玳瑁应该仍然晓得走进去。邻居们也曾答应代我们给它饲料。然而又怎能和父亲在的时候相比呢？

现在距我们离家的时候又已一月多了。玳瑁应该很健康着，它的小孩们也该是很活泼可爱了吧？

我希望能再见到和父亲的灵魂永久同在着的玳瑁。

父　亲

◎彭家煌

　　仲夏的一晚，乌云棉被似的堆满在天空，风儿到海滨歇凉去了，让镜梅君闷热的躺着。在平时，他瞧着床上拖踏的情形，就爱"尺啊，布啊，总欢喜乱丢！"的烦着，但这晚他在外浪费回来，忏悔和那望洋兴叹的家用的恐慌同时拥入他的脑门，恰巧培培又叽嘈的陪着他丧气，于是他那急待暴发的无名火找着了出路啦，眉头特别的绷起，牙齿咬着下唇，痧眼比荔枝还大的睁着，活像一座门神，在床上挺了一阵，就愤愤的爬起来嚷："是时候啦，小东西，得给他吃啊！"

　　照例，晚上九点钟时，培培吃了粥才睡。这时夫人闻声，端了粥来，抱起培培。培培在母亲怀里吃粥，小嘴一开一闭，舌头顶着唇边，像只小鲫鱼的嘴。镜梅君看得有趣，无名火又熄灭了，时时在他的脸上拨几下，在屁股上敲几下，表示对孩子的一点爱。粥里的糖似乎不够，培培无意多吃，口含着粥歌唱，有时喷出来，头几摇几摆，污了自己的脸，污了衣服，夫人不过"嗯，宝宝，用心吃！"的催着，羹匙高高的举起来等，可是镜梅君又恼起来啦，他觉着那是"养不教父之过"，不忍坐视的将培培夺过来，挟着他的头一瓢一瓢的灌。培培也知道一点怕，痴痴的瞧着镜梅君那睁大的眼和皱着的眉，将粥一口一口的咽，吃完了，镜梅君将他放在席子上。

　　培培肚子饱了，就忘记一切，攀着床的栏杆跳跃着站起来，小眼睛笑迷迷的，舌儿撑着下巴颚开开的，口涎直往胸部淌，快乐充满宇宙的尖脆的叫声在小喉里婉转，镜梅君的威严的仪表又暂时放弃了，搂起他在怀里紧紧的，吻遍了他的头颈，只少将这小生物吞下去，毛深皮厚的手又在他那柔嫩的股上拍。培培虽则感着这是一种处罚的不舒畅，但究竟是阿爹的好意，镜梅君也很自慰，即刻就想得到报酬似的命令着："嗨，爹，爹，爹！培培，叫我一声阿爹看。"培培不知道服从，只是张着口预备镜梅君来亲吻似的。颇久的抱着玩，培培可就任意撒尿了，小鸡鸡翘起来不辨方向的偏往镜梅君的身上淋，这是培培一时改不掉的大毛病，也可以说是一种过分的扰乱，而在镜梅君的脑中演绎起来，那可断定培培一生的行为与成就，于是他的面孔就不得不板起，牙齿从兜腮胡子里露出来："东西，你看，你看，迟不撒，早不撒，偏在这时撒在我身上，忤逆胚！"他骂着，手不拘轻重的拍培培。培培起首惊愕的瞧着他，即刻扁着嘴，头向着他妈哭。但这怎么能哭？"你哭，你哭，我敲死你，讨厌的东西！"镜梅君更加严厉了，培培越哭他越使力打！打完了，扔在席上。培培，年纪十个月大的男孩，美观的轮廓，为着营养不足而瘦损，黯黄的脸，表现出血液里隐藏着遗传下来的毒质，容颜虽不丰润，倒还天真伶俐。他常为着饿，屁股脏，坐倦了就"嗯——嗳——"的哭，但必得再睡了一觉醒才得满足他的需求，因此，他妈非常可怜他。"他懂什么，你没轻没重的打他？你索兴打死他啦！也没看见这样不把孩子当人的！"培培遭了打，夫人看得很心痛，等到自己抱着培培在怀里，才敢竖着眉毛向着丈夫咒。

"不抱走，你看我不打他个臭死！讨厌的东西！"镜梅君本懒于再打，但语气里却不肯收敛那无上的威严。

"讨厌！？你不高兴时，他就讨厌；你高兴时，他就好玩，他是给你开玩笑的吗？"

"不是啊！他撒湿我的衣服，还不讨厌，还不该打！"

"干吗要给你打，我养的？"

"不怕丑！"

夫妻俩常为孩子吵，但不曾决裂过，其原因是镜梅君担负家庭间大半经济的责任，他常觉自己是负重拉车的牛马，想借故吵着好脱离羁绊，好自个儿在外面任情享乐，幸而他的夫人会见风转舵，每每很审慎的闹到适可而止，因而夫妻的感情始终维系着，镜梅君也就暂时容忍下去。那时，他觉着过于胜利，静默了一会，又觉着夫人的责备不为无理，同时便心平气和的感到有一种文明人的高玄的理想不能不发表出来似的，因为文明人的智识和态度不能落后于妇女们，见笑于妇女们。于是他用半忏悔半怀疑的语气说：

"不知怎样，我心里不快乐时，就爱在孩子身上出气；其实我也知道尊重孩子的地位，知道哭是满足他的欲求的工具，爱吵爱闹是他天赋的本能。他的一切是自然的，真实的，我也想细心观察他，领导他，用新颖而合理的教育方法陶冶他，使他的本能顺遂的在多方面健全的发展，但我不知如何，一听见他哭，或看见他撒屎撒尿撒了满地，就不高兴！"

"是呀，你就爱这样，我知道是你肝火太盛的缘故，明天上医院去看看吧，老是吵着也不是事。"

好，孩子被毒打了一顿，已归罪于肝火，一切便照旧安静。培培瞌睡来了，他妈将他安置在床上，自己也在旁边睡了，镜梅君也一个人占一头，睡了。

不管天气闷热不，到了晚上，在培培便是凄惨黯淡的晚上。蚊子臭虫在大人的身上吮吸点血液，他们不觉着痛痒，即令觉着了，身体一转，手一拍，那蓬饱的小生物，可就放弃了它们的分外之财，陈尸在大的肉体之下；但它们遇着培培呢，自己任意吃饱了还雍容儒雅的踱着，叫它们的伙伴来。培培不敢奈何它们，只知道哭，在床上滚，给全床以重大的扰乱，而镜梅君之陶冶他，处理他，也就莫过于这时来得妥当，公道，严肃而最合新颖的教育原理！

五尺宽的床本不算很窄，但镜梅君爱两脚摊开成个太字形的躺着，好像非如此，腋下胯下的一弯一角的秽气无由发挥，而疲劳也无由恢复似的。那时培培睡得很安静，连镜梅君的闲毛都没冒犯过，镜梅君得恬静的躺着，于是悠然神往的忆起白天的事，众流所归的脑海忽然浮起一支"白板"来。那是C家麻雀席上的下手放出的。当时，他如中了香槟票的头彩一般，忙将自己手里的"中风""白板"对倒的四番牌摊开，战栗恐惧的心得到无穷的快慰，可是正等着收钱进来，对门也将一支"白板"晾出来，自己的"四番"给他的"念八和"截住了。那次是他的末庄，捞本的机会错过了，一元一张的五张钞票进了别人的袋，于是他血液沸腾的愤懑的睁着眼睛瞧着对门。他回忆到这里，不觉怒气磅礴的。这时候，培培不知天高地厚的像一条蚯蚓样在他的脚边蠕动了，"嗯——嗳——"的声浪破静寂而传入他的耳膜，愤懑的情绪里搀入了厌恶，于是所有的怨毒都集中在这小蚯蚓的身上，直等床上不再有什么扰乱，于是，"蚯蚓""对门"随着那支"白板"漂漂荡荡的在脑海里渺茫了，继之而起的是一阵漾动着的满含春意的微波。

那微波也是C家麻雀席上起的：一位年轻的寡妇是他的上手，她那伶俐的眼睛时时溜着他，柔嫩的手趁着机会爱在他的手上碰，那似是有意，在她的枯燥生活中应该是有意。他的手好像附在她的手下蚁行前进着，到腋下，到胸膛，由两峰之间一直下去。想到了玄妙的地方，他便俯着身体想寻求满足，在没得到满足时，那怕半颗灰尘侮辱了他，也足够惹起他那把肝火的，漫说那末大的培培在他的脚边有扰乱的行为。

那时，夫人被挤在一边倒是静静的，可是培培竟又昏天黑地莽撞起来，左翻右滚，在床角俨然是个小霸王，但这是小丑跳梁，在镜梅君的领域里是不作兴的。起首，镜梅君忍着性子，临崖勒马似的收住脚力，只将培培轻轻的踹开，诚虔的约束起自己那纷乱的心，将出了轨的火车一般的思潮，猛力一挟，挟上正轨，然后照旧前进着；可是不久培培仍是毫无忌惮的滚，他可就加力的踹着，开始烦起来啦："讨厌的东西，闹得人家觉都不能睡！"

"好，又起了波浪啦，我真害怕！"夫人恐惧的说，连忙唱着睡歌想稳住培培，但培培受了镜梅君的踢，更加叽嘈了。

"我不是爱起波浪，我的肝火又在冒啦，我告你！家里叽叽嘈嘈，就容易惹起我的肝火，我真是不希望有家庭，家庭于我有什么？"镜梅君已经仰转身体睡，想寻求满足的目的地已给夫人和孩子扰乱得满目荒凉了！"你总爱说这种话，我知道你早有了这付心肠，你要如何就如何吧，我不敢和你说话，反正我是天生成的命苦！"

"来啦，鬼来啦，来了这末一大串！哼，晚上吵得这样安不了生，就只想压住我不说话，我早有了这付心肠！就有了你要怎么样？这小畜生……"镜梅君手指着培培，一条小蚯蚓，"你瞧，一个月总得花八九块钱的代乳粉，吃得饱饱的还要闹，屎尿撒得满屋臭熏熏的，光是娘姨服侍他还不够！"

"唉，那家没有孩子，那个孩子不这样，像他还是顶乖的，你怪三怪四的埋怨干什么？""我埋怨，我埋怨我自己当初不该……"这时培培又在镜梅君的脚边滚，他不由得使劲的踹着说，"喏，你瞧，这家伙还在我脚边讨厌，他好像爱在人家肝火盛的时候故意来呕人，九点吃的粥，滚到现在……"说着他坐起，在培培的腿上捏了两把，又继续的嚷，"你寻死吗，老是滚来滚去的。"培培不但不静止，反而"哇"的哭起来，镜梅君的肝火的势焰也随着冲到了极地。"你哭，你哭，我打死你，小畜生，闹得人家觉都不能睡，我花钱受罪，我为的什么，我杀了你，可恶的小杂种！"他口里一句一句的数，巴掌一记一记的在培培的脸上股上拍。夫人起首忍着，渐渐心痛起来了：

"唉，他连苍蝇站在脸上都得哭一阵，蚊子臭虫想咬他还找他不着呢，这么大的孩子，那能受得起这样粗重的手脚踢啊，打啊！欺侮孩子罪过的！"

"放屁，放屁，我不懂得这些！谁讨厌，我就得解决谁！女人，我知道很清楚，很会瞎着眼睛去爱孩子，宠得他将来打自己的耳巴，除此之外就会吃醋争风，吃喝打扮，有的是闲工夫去寻缝眼跟丈夫吵嘴。你当然不是这种人，受过教育的，我知道，但是，你还是收起你的那张嘴巴强。"镜梅君压服了夫人，便专心来对付培培："这杂种，他什么地方值得爱？像这打不怕的畜生，将来准是冥顽的强盗，我说的错不错，到那时候你会知道。现在我得赶早收拾他，你瞧，他还往我这边滚！"镜梅君想使孩子的罪恶有彰明的证据，颤着手指给夫人看，顺势将那只手纷纷的打培培。"轻轻的打你几下就送了你的终吗？你这该杀的，我就杀了你也并不过分啊！"

培培只是拚命的哭，夫人闷着一肚子的气，本想不睬不理，但她抑制不住母亲对孩子的慈悲，终于伸出手去抱，但她的手给镜梅君的拦回了。

"不行，不行，我不能让谁抱起他！我要看他有多末会哭，会滚！我知道他是要借着吵闹为消遣，为娱乐；我也要借着打人消遣消遣看，娱乐娱乐看。"镜梅君阻住了夫人又向着培培骂："你这世间罕有的小畜生，你强硬得过我才是真本事！你哭，你滚，你索兴哭个痛快，滚个痛快吧！妈妈的，我没有你算什么，我怕乳粉没人吃，我怕一人安静的睡得起不了床！"他很气愤，认真的动起武来了，打得培培的脸上屁股上鲜红的，热热的，哇一声，隔了半天又哇一声。夫人坐在旁边没办法，狠心的溜下床，躲开了。她不忍目睹这凄惨的情景，一屁股坐在邻室的马桶盖上，两手撑着无力的头，有一声没一声的自怨着："唉，为什么要养下孩子来，我？——培培，你错投了胎啦，你能怪我吗？——这种日子我怎么能过得去，像今晚这日子——我早知道不是好兆头，耗子会白天跑到我的鞋上的，唉！"

这种断续的凄楚的语音，在镜梅君的拍打声中，在培培的嚎叫声中，隐约的随着夜的延续而微细，而寂然。培培愈哭愈招打，愈打愈哭；打一阵哭一阵之后，他竟自翻身爬起来，身体左右转动，睁开泪眼望着，希冀他妈来救援，但他妈不知去向了，在他前面的只有镜梅君那幅阎罗似的凶脸，在惨淡的灯光之下愈显得吓人，黯灰的斗室中，除泰然的时钟"踢踏"的警告着夜是很深了而外，只有他这绝望的孤儿坐以待毙的枯对着夜叉，周围似是一片渺茫的黄沙千里的戈壁，耳鼻所接触的似是怒嚎的杀气与腥风。于是，人世的残酷与生命的凄凉好像也会一齐汇上他那小小的心灵上，他伏在席上本能的叫出一声不很圆熟的，平常很难听到的"姆妈"来，抬头望了一下又伏着哭，等再抬头看他妈来了不的时候，眼前别无所有，只镜梅君的手高高的临在他的额前，一刹那就要落下。他呆木的将眼睛死死的钉住那只手，又向旁边闪烁着，似乎要遁逃，但他是走不动的孩子，不能遁逃，只得将万种的哀愁与生平未曾经历过的恐惧，一齐堆上小小的眉头，终于屈服的将哭声吞咽下去。微细的抽噎着；惨白而瘦削的脸上的泪流和发源于蓬蓬的细长的头发里的热汗汇合成一条巨大的川流，晃晃的映出那贼亮贼亮的灯光的返照，他像是个小小的僵尸，又像是个悲哀之神，痉挛似的小腿在席上无意义的伸缩，抖战的小手平平的举起，深深的表现出他的孤苦与还待提抱的怯弱来。

　　人穷了喊天，病倒了喊妈，这是自然的，培培喊"姆妈"算得什么，然而在这时的镜梅君的心上竟是一针一针的刺着一样。他蓦然觉着刚才的举动不像是人类的行为；用这种武力施之于婴儿，也像不是一个英雄的事业，而且那和文明人的言论相去太远，于是他的勇气销沉了，心上好像压了一块冰。他感到自己也是爹妈生的。爹虽活着，但那是在受磨折，勉强的度着残年，和自己年年月月给迢迢万里的河山阻隔着，连见一面也难。许多兄弟中，他独为爹所重视，他虽则对爹如路人一般，但爹容忍的过着愁苦日子，毫无怨言，至今还满身负着他读书时所欠的巨债；岂仅无怨言，还逢人饰词遮掩儿子的薄情，免避乡人的物议，说："这衣服是镜梅寄回的。这玳瑁边眼镜值三四十元，也是镜梅寄回的。"妈呢，辛苦的日子过足了，两手一撒，长眠在泥土里，连音容都不能记忆。她曾在危险的麻豆症中将他救起，从屎尿堆里将他抚养大，而他在外面连半个小钱都没寄给她缝补缝补破旧的衣服，逢年过节也不寄信安慰安慰她倚闾念子的凄愁，于今感恩图报，可还来得及？爹妈从来不曾以他对付培培的手段对付他过，将来培培对他又应怎样？培培的将来虽不能说，或许也如他对爹妈一样，应遭天谴，但他对于仅十个月大的培培，那有像爹妈对他那末的深恩厚德！何况这么小的培培还吃不住这种苦啊！反复的推敲，他的眼泪几乎潮涌上来，立即将培培抱起，轻轻的拍着在室内踱着，凶残的硬块似已溶解于慈祥的浓液中了，但偶然听见一声啼哭时，他觉着又是一种扰乱来了，那又是一种该处罚的忤逆行为，慈祥的脸子骤然变了，不肯轻易放弃的威严又罩下来，口里又是："还哭啊，还哭啊，我打你！"的威吓着。他好像不这样便示了弱，失了自己的身份似的。培培在他的怀里缩做一团的低声抽噎，经过许久也就打起瞌盹来了。夫人悲哀得够了，也就上床睡了，于是镜梅君将培培放在夫人的身边，自己也尽兴的躺着，随着肝火的余烬，悠悠的入梦，更深夜静，只有培培在梦中断断续续的抽噎的声音。

　　第二天，清早，第一个醒的是培培。他那肉包子似的小拳在自己的脸上乱摇了一阵，头左右摇几下，打了一个呵欠，小眼睛便晶明透亮的张开了。他静静的看看天花板，看看窗上的白光，渐渐的，小腿儿伸了几伸，小手在空中晃了几晃，便又天真烂漫的跟窗外的小鸟儿一样，婉转他的歌喉，散播着乐音如快乐之神一般的，昨宵的恐惧与创伤便全然忘却了，他眼中的宇宙依然是充满着欢愉，他依然未失他固有的一切！

第二个醒的是夫人，她也忘了一切，高兴的逗着培培玩，格支格支的用手轻轻的抓着他的腰胁，有时抱着他狂吻。培培发出婴儿的尖脆的笑声，非常好听！最后醒的是镜梅君。他是给大门外的粪车声惊醒的，他当那是天雷。那雷是从昨宵那满堆着乌云的天空中打出的。但他张着眼睛向窗边一闪，射入他的眼帘的不是闪电，却是灿烂的晨光，那光照出他的羞惭的痕迹，于是他怯生的将眼门重新关了，用耳朵去探听；培培的笑声，夫人的打趣声，一阵一阵传送进来，室内盈溢着母子自由自在的在乐着的欢忏。镜梅君觉着那又是故意呕他享受不到那种天伦之乐，心中起了些恼愤，但同时又反衬出其所以致此之由，全然是自己的罪恶，情绪完全陷入懊悔的漩涡里，不好意思抬头望夫人，更难为情看那天真烂漫的孩子；但又不能长此怯羞下去，于是念头一转，重要的感觉却又是：犯不上对属于自己统治之下的妻儿作过分踌躇的丑态；犯不上在妇孺之前露出文明人的弱点来。他只得大胆的将眼门开了，故意大模大样的咳嗽着，抬头唾出一泡浓痰，望了培培几眼，又嬉皮笑脸的逗他玩："Hello，Ba-by！Sorry，Sorry！"

"不要脸的！"夫人斜着眼，竖着眉头，啐了他一口。培培听了奇怪的喊声，旋转头来向镜梅君愕眙的瞧了一眼，他认识了那是谁，便脸色灰败的急往他妈的怀里爬！

一九二七，八，一九，三次改作

原载一九二七年九月《民铎杂志》九卷一期

父亲和他的故事

◎胡也频

我常常听别人说到我父亲；有的说他是个大傻子，有的说他是个天下最荒唐的人，有的说……总而言之人家所说的都没有好话，不是讥讽就是嘲笑。有一次养鸡的那个老太婆骂她的小孩子，我记得，她是我们乡里顶凶的老太婆，她开口便用一张可怕的脸——

"给你的那个铜子呢?"

"输了。"那孩子显得很害怕。

"输给谁呢?"

"输——输给小二。"

"怎么输的?"

"两条狗打架……我说黄的那条打赢，他说不，就这样输给他了。"那孩子一面要哭的鼓起嘴。

"你这个小毛虫!"老太婆一顺手便是一个耳光，接着骂道："这么一点年纪就学坏，长大了，你一定是个败家子，也像那个高鼻子似的……"所谓高鼻子，这就是一般乡人只图自己快活而送给我父亲的绰号。

真的，对于我父亲，全乡的人并没有谁曾生过一些敬意——不，简直在人格上连普通的待遇也没有，好像他是一个罪不可赦的罪人，什么人只要不象他。便什么都好了。

然而父亲在我的心中，却实在并不同于别人那样的轻视，我看见我父亲，我觉得他可怜了。

父亲的脸总是沉默的，沉默得可怕，轻易看不到他的笑容。他终日工作的辛苦，使得他的眼睛失了充足的光彩。因为他常常蹙着眉头，那额上，便自自然然添出两条很深的皱纹了。我不能在他这样的脸貌上看出使人家侮蔑的证据。并且，父亲纵然是非常寡言，但是并不冷酷，只有一次他和母亲生气打破一只饭碗之外，我永远觉得父亲是慈爱可亲的。我一看见我父亲就欢喜了。

不过人言也总有它的力量。听别人这样那样说，我究竟也对于父亲生过怀疑。我想：为什么人家不说别人的坏话，单单要说父亲一个呢？可是一看见到父亲，我就觉得这种怀疑是我的罪过，我不该在如此慈爱可亲的父亲面前怀疑他年青时曾做过什么不合人情的事。父亲的确是个好父亲，好人，我这样确定。倘若象父亲这样的人是个坏人，那末全世界的人就没有一个好的，我并且想。

虽说我承认我父亲并不是乡人所说的那种人，但人家一说到坏处就拿"高鼻子"做比喻，却是永远继续下去了。

这直到有一天，我记得，就是那只黄母鸡连生两个蛋的那一天。这天一天亮太阳就是红的。父亲拿着锄头到菜园里去了。母亲为了病的缘故还躺在床铺上。她把我推醒了，说："你也该起来了，狗狗！"

我擦着眼屎回答："今天不去。"

"为什么？"

"两只母牛全有病，那只公牛又要牵到城里去。"

"那末，"母亲忽然欢喜了。"趁今天，你多睡一会吧，好孩子，你天天总没有睡够的！"

我便合上眼睛，然而总不能睡，一种习惯把我弄得非醒着不可了，于是我问到父亲。

"到菜园去了。"

想着父亲每天不是到菜园就是到田里去作工，那怜悯他的心情，又油然而生：在我，我是只承认父亲应该在家里享福的，象别的有钱的人在家里享福一样。然而父亲是穷人，他只能到田里或菜园去，把锄头捐在白脑壳后面（因为他的头发全白了），这就是我很固执地可怜他的缘故。

我这时并且联想到许多人言——那每一个字音都是不怀好意的侮蔑，我不禁又怀疑起父亲了。我觉得，倘若这人言是有因的，那末母亲一定知道这秘密。

"爸爸是好人，可是全乡的人都讲他不好。"我开头说。

母亲不作声。她用惊疑的眼光看我，大约我说的话太出她意外了。

"人家一说到不好的事情就拿他做比喻……"

母亲闭起眼睛，想着什么似的。

我又说："为什么呢，大家都这样鄙视爸爸？为什么他们不鄙视别人？爸爸是好人，我相信——"

母亲把眼睛张开了，望了我一眼，便叹了一口气。于是我疑惑了。母亲的这举动，使我不能不猜疑到父亲或者真有了什么故事，为大家所瞧不起的。

我默着。我不想再说什么了。我害怕母亲将说出父亲的什么坏事。我不愿在慈爱可亲的父亲身上发现了永远难忘的秘密。我望着母亲，我希望她告诉我：父亲是怎样值得敬重的人物……我又想着许多人言去了。

我一面极力保存我的信仰，这就是父亲仍然是一个慈爱可亲的父亲。他的那沉默苦闷的脸，那因了辛苦的白头发，便在一瞬间全浮到我心上来了。我便又可怜他。我觉得人家的坏话是故意捏造的，捏造的缘故，正是人们容不得有个好人。

然而母亲却开口了，第一句她就埋怨说："怪得别人么？"

这是怎样一种不幸事实的开头呢。我害怕。我不愿父亲变成不是我所敬爱的父亲。我几乎发呆的望着母亲，在我的心中我几乎要哭了，可是母亲并不懂得这意思，她只管说她的感慨。

"只怪他自己！"

显然父亲曾做过什么坏事了。我只想把母亲的嘴掩住，不要她再说出更不好的关于父亲的事情。

可是母亲又说下去了："自己做的事正应该自己去承受！"她又叹了一口气。"女人嫁到这样的男子，真是前世就做过坏梦的女人。"

我吓住了。我真个发呆的望着她。我央告的说："不——妈妈，你不要再说下去了。"

母亲不理会。也许她并不曾听见我所说的。她又继续她的感慨："真的，天下的男人（把女人也在内），可没有第二个人比你父亲还会傻的。傻得真岂有此理——"（她特别望了我一眼）

你以为我冤枉他么？冤枉，一点也不。他实在比天下人都傻。我从没有听说过有人会像他那样的荒唐！你想想，孩子，你爸爸做的是什么事情。

说来年代可久了。那是二十五年前的事——你还没有出世呢——我嫁给你父亲还不到两年。这两年以前的生活却也过得去。这两年以后么，见鬼啦，我永远恨这个傻子，荒唐到出奇的人。我到现在还没有寻死，也就是要恨他才活着的。

这一年是一个荒年。真荒得厉害。差不多三个月不下一滴雨。把水龙神游街了五次，并且把天后娘娘也请出宫来了，然而全白费。那里见一滴雨？田干了，池子干了，河水干了，鱼虾也干了。什么都变了模样！树叶是黄的，菜叶是黄的，秧苗也是黄的，石板发烧，木头快要发火了，牲畜拖着舌头病倒了，人也要热的发狂了。那情景，真是，好像什么都要暴动的样子：天也要暴动，地也要暴动……到处都是蝗虫。

直到现在，我还是害怕太阳比害怕死还害怕，说到那一年的旱荒，没有一个人有胆子再去回想一趟。（她咽了一下口水）你——有福气的孩子，没有遇上那种荒年，真是比什么人都有福气的。

你父亲干的荒唐事就在那时候。这个大傻子，我真不愿讲起他，讲起他来我的心就会不平，我永远不讲他才好。"

（母亲不自禁的却又讲下去：）

"你父亲除了一个菜园，一个小柴山，是还有三担田的。因为自己有田，所以对于那样的旱天，便格外焦心了。他天天跑到田里去看：那才出地三寸多长的秧慢慢的软了，瘪了，黄了，干了，秋收绝望了。这是何等重大的事情啊，一个秋收的绝望！其实还不止没有谷子收，连菜也没有，果木更不用说了——每一个枝上都生虫了。

你父亲整天的叹气：'完了，什么都完了！'

不消说，他也和别人一样，明知是秧干了，菜黄了，一切都死了，纵然下起雨来也没有救了，然而还是希望着下雨。你父亲希望下雨的心比谁都强。他竟至于发誓说：只要下雨的，把他的寿数减去十年，他也愿意的。

他的荒唐事就在这希望中发生了。这真是千古没有的荒唐事！你想想看是一种什么事呀？你父亲正在菜园里，一株一株的拔去那干死的油菜，那个——我这一辈子不会忘记他——那个曾当过刽子手的王大保，他走来了，你父亲便照例向他打招呼。两个人便开始谈话了。

他先说，'唉！今年天真干得可以！'

'可不是？'你父亲回答，'什么都死了。'

'天灾啊！'

'谁说不是呢？我们这一县从今年起可就穷到底了。'

'有田的人也没有米吃……'

'没有田的人更要饿死了。'

'你总可以过得去吧。去年你的田收成很好呀。'

'吃两年无论如何是不够的。说不定这田明年也下不得种：太干了，下种也不会出苗的。'

'干得奇怪！大约一百年所没有的。'

'再不下雨，人也要干死了。'

'恐怕这个月里面不会下吧。'

'不。我想不出三天一定会下的。'

'怎么见得呢?'

'我说不出理由。横直在三天之内一定会下的。'

'我不信。'

'一定会的。'

'你看这天气，三天之内能下雨么?'

'准能够。'

'我说，一定不会下的。'

'一定会——'

'三天之内能下雨，那才是怪事呢——'

'怎么，你不喜欢下雨么?'

'为什么说我不喜欢?'

'你自己没有田——'

'你简直侮辱人……'

'要是不，为什么你硬说要不会下雨呢?'

'看天气是不会下的。'

'一定会——'

'打个赌!'

'好的，你说打什么?'

'把我的人打进去都行。'

'那末，你说——'

'我有四担田——就是你知道的，我就把这四担田和你打赌。'

'那我只有三担田。'

'添上你的那个柴山好了。'

'好的。'

‘说赌就是真赌。’

‘不要脸的人才会反悔。’

其实你父亲并不想赢人家的田。他只是相信他自己所觉得的，三天之内的下雨。

谁知三天过去了，满天空还是火热的，不但不下雨，连一块像要下雨的云都没有。这三天的最后一天，你父亲真颓丧得像个什么，不吃饭，也不到田里去，只在房里独自地烦恼，愤怒得几乎要发疯了。”

于是第四天一清早，那个王大保就来了，他开头说：“打赌的事情你大约已经忘记了！”

‘谁忘记呢！’你父亲的生性是不肯受一点儿委曲的。‘那末这三天中你看见过下雨么？’

你父亲不作声。

他又说：‘那个赌算是真赌还是假赌？’

你父亲望着他。

‘不要脸的人才会反悔——这是你自己说的话呀。’

王大保冷冷的笑。

‘我反悔过没有？’你父亲动气了。

‘不反悔那就得实行我们的打赌。’

‘大丈夫一言既出——破产算个什么呢。’你父亲便去拿田契。

唉！（母亲特别感慨了）这是什么事情啊。我的天！为了讲笑话一样的打赌，就真的把仅有的三担田输给别人么？没有人干过的事！那时候我和你父亲争执了半天，我死命不让他把田契拿去，可是他终于把我推倒，一伸腿就跑开了。

我是一个女人，女人能够做什么事呢？我只有哭了。眼泪好几天没有干。可是流泪又有什么用处呢？

你父亲——这个荒唐鬼——大大方方的就把一个小柴山和三担田给人家去了。自己祖业已成为别人的财产了。什么事只有男子才干得出来的。我有什么能力？一个女人，女人固然是男子所喜欢的，但是女人要男子不做他任意的事情可不行。我哭，哭也没有用；我恨，恨死他，还不是空的。

啊，我记起了，我和你父亲还打了一场架呢。他说：‘与其让别人说我放赖，说我是一个打不起赌的怯汉，与其受这种羞辱，我宁肯做叫化子或是饿死的！'然而结果呢？把柴山给人家了，把田也给人家了，还不是什么人都说你父亲的坏话？这个傻子……"

母亲把话停住，我看见她的眼泪慢慢的流出来。

"要不是，"她又说，"我们也不会这样苦呀。"声音是呜咽了。我害怕母亲的哭，便悄悄的跑下楼去。

这一天的下午我看见到父亲，我便问：

"爸爸，你从前曾和一个刽子手打赌，是不是？"父亲吃了一惊。

"听谁说的？"他的脸忽然阴郁了。

"人家都说你不好，所以我问母亲，母亲告诉我的。"

父亲的眉头紧蹙起来，闭起眼睛，显得万分难过的样子。

"对了，爸爸曾有过这么一回事。"他轻轻的拍一下我的肩旁说，"这都是爸爸的错处，害得你母亲吃苦，害得你到现在还替人家看牛……"

父亲想哭似的默着走去了。

从这时起我便觉得我父亲是一个非凡的人物。而这故事便是证明他非凡的故事。

父亲的教鞭

◎郑春芳

走过了人生 19 年的路程，一路上觉得有点坎坎坷坷，也算是"风雨兼程"吧。似乎该怪之于父亲的那根不同寻常的教鞭。

"教鞭，是老师教学生识字时用来指示的工具，也是老师用来惩罚不听话学生的棒棒。可爸爸的教鞭为什么老跟我们作对呢？"童年时，我常向姐姐寻求答案。

姐姐总是耷拉着脑袋，一声不吭。难怪嘛，她不也是个"手无寸铁"的受压迫者？

"叫你考试认真，还看错了题……"一道道血痕刻进了手掌心。我又是哭又是叫。隔壁的小胖子听见响声把头伸进来，朝我扮鬼脸。当时那个气啊，我恨不得冲出去打他个仰面朝天。

"把这该死的教鞭扔掉！"有一天，我在姐姐耳旁把这绝密计划告诉给姐姐。

说干就干，星期天趁父亲下地时，我在门口放哨，姐姐溜进了他的房间……

在惶恐不安中度过了两日。还好，父亲没提起教鞭的事，只是一根同样的教鞭又落到了我手掌心。因为我考试时看错了题目；因为我读书时老打瞌睡；因为我撒谎。曾几何时，幼稚的我萌发了一个奇怪的念头，要是他不是我父亲，该多好啊。

父亲的教鞭陪伴我走过小学、中学。一次，我在一本发黄的《小学生作文》上读到一篇《老师的教鞭》，这是父亲的学生写的："郑老师有一根神奇的教鞭，它指引着我们进入科学的迷宫。但他的教鞭从不打我们，偶尔一两次发怒，教鞭总落到我们手边的桌子上……"

渐渐地，我的眼睛里蓄满了泪水。

前年 8 月，当姐姐收到大学录取通知书时，父亲刚从地里回来。黝黑的脸上满是泥浆与汗水，气喘吁吁的。他双手往衣襟上擦了又擦，颤抖着手接过录取通知书。父亲如释重负地笑了。是啊，女儿是争气的，她终于被"打"进了大学。

姐姐临走的前一天，父亲抚摸着教鞭，坐在那里紧皱双眉，浑浊的眼睛微闭着。许久，他开口了："芳，这教鞭拿去吧，以后实习时用得着它。但切记，这鞭子是不准打人的，可我……"父亲用衣襟一遍一遍地擦着教鞭，尔后小心地放进姐姐的行李袋。这时，我分明看见了父亲的嘴唇在颤抖。

姐姐走的时候，父亲没有去送，他反复叮嘱姐姐注意身体，努力学好专业知识……姐姐走了，带着父亲的教鞭，带着父亲大山般沉重的寄托走了。莹莹泪光中，我不由想起一句古话："可怜天下父母心"！

半个月后，姐姐来了一封信。信中说："小妹，说真的，也许爸爸教育子女的方法有点不对头，但他有他的教育原则'不打不成器'。可他的教鞭要承担着事业和家庭两副担子，确实不容易，但他没有半点怨言，我们做子女的应该体谅他……"

一封信解开了我心中的疙瘩。想想也是，父亲的教鞭不仅抵御着"下海捞金"的大潮，支撑着他站在三尺讲台前，演绎着平凡而又壮丽的教师人生，毫无怨言，默默奉献，而且承担着一个丈夫、一个父亲的家庭重任。同时，他的教鞭也打出了我们姐妹俩诚实勤奋和坚韧的性格，克服困难的信心和意志。

濛濛泪眼中，我仿佛又看见父亲花白的头发，瘦削的脸庞，熟悉的教鞭……

种田的父亲

◎陈礼贤

1

正午的时候，像看什么热闹似的，所有的阳光都拥到我们村里来了。树枝上、草尖上、甲壳虫背上、蝉翼上，到处都挤满阳光；一些没有立足之地的，在蛛丝上悬着飘来荡去。路边的草都蔫头蔫脑，像被很多双脚踩过似的。不见风的影子，或许都被阳光灼伤，逃到别处去了。村里的人都坐在屋里不住地摇扇。狗卧在屋檐下，把热得发红的舌头长长地拖出来，凉着。

父亲却在这时出门了。他戴着一顶草帽，穿过院坝，朝田坝走去。田里的稻子正在抽穗。父亲去，没别的事要干，只是想在田边走走，看田里还蓄着多少水，稻叶上是不是有虫。父亲觉得坐在家里为稻子们担忧是一件让人痛苦的事，不如到田坝里看一看。

父亲从屋檐下的荫凉里走进阳光那一刻，我们看见阳光晃了一下，似乎还有喧哗之声。父亲把阳光挤乱了。

阳光挨挨挤挤占据了村里所有的地方，父亲用他健壮的身子一挤，阳光就乱了，给父亲让出一条路。父亲和他的影子一路走过去，阳光都摇晃着闪到两边。

父亲在田坝里转来转去，一村的阳光都在晃动。村里很多人都听见阳光在喧哗……

父亲从田坝回来的时候，我们见他满脸是汗。跟那么多阳光挤来挤去，父亲费了很多力气。

2

那天傍晚，父亲从地里回来，连屋也没进，只走到院坝边，把手里的草帽往那棵樟树上一挂，就忙着到后山背牛草去了。

　　干完事回来，父亲没有想起草帽还挂在树上。吃过晚饭，父亲还闲不住，又找了两样活，一是把堆在柴房的木料重新归整了一下，二是搓了两根棕绳（预备秋天割稻时用）。这些事干完，夜很深了，父亲就打算熄灯睡觉。

　　父亲洗过手脸，已经上床睡下了，这才忽然记起那顶草帽。

　　父亲翻身下床，开门一看，淡淡的月光里，樟树上挂着一团白——草帽还在那儿。父亲觉得，草帽好像一直在那儿等他。

　　这天晚上，父亲做的最后一件事，是把他的草帽从门外收回屋来挂在墙上。

3

　　该吃早饭的时候，父亲丢下农具和地里没有干完的活，从田坝里往回走。他打算吃过饭又来接着干。

　　可是刚走不多远，在我们家那块麦地边，父亲停了下来。他看见一团牛粪堆在路上。

　　每家都养牛，牛粪在村里随处可见。山坡、地头、路边，我们常常碰上。但我们遇见牛粪总不大理睬，觑一眼就走了，让它堆在那儿，白白养肥一丛野草。父亲却不，他常常在一堆牛粪跟前停下来。

　　父亲看见那团牛粪新鲜而湿润，像座小圆塔一样堆在路上。肯定是谁家的牛刚拉下的。父亲蹲下身去。他嗅到一种熟悉的气息。父亲觉得牛粪的气息跟青草的气息差不多。牛粪其实就是青草变成了另一种样子，父亲想。

　　父亲看了看正在地里生长的麦苗，又看看在路上白白闲着的牛粪。他搓了搓手……

　　我们在家里等了好久，还不见父亲回来，就到田坝去找。我们去那儿的时候，看见那堆牛粪已经不在路上，而是移到麦田去了。父亲正在地边抚摸一些麦苗。

　　我们催他快回家吃饭，他说："麦苗长得多好。"

一声"爸爸"难出口

◎吴安臣

想认识继父，但还未等我认识他，他就从我眼前消失了，这是我小时候对继父的印象。而今有时间认识继父了，我却远在外地工作，同时认识到他和我是没有血缘关系的，只是因妈妈的关系，我该叫他爸爸而已，而今妈妈已不在了，我和他只是存在义务关系罢了，交流方式仍然是电话里轻描淡写的几句话，培养不出多浓的情义。

记得我刚读小学时，有一天回家，姥姥和妈妈强拉硬扯把我拖到一个操北方口音矮个男人跟前，叫我喊他爸爸，他笑着露出满口黄牙，哼，肯定是不讲卫生造成的，那时我想，有必要吗？一副对我巴结讨好的样子，我对他产生本能的厌恶。我拒绝喊他。同时明白妈妈为我找了一个爸爸，因为从我略略懂事起我的口语词典里就没有爸爸这个概念，不明白妈妈为什么会找这么一个其貌不扬的矮个子来给我做爸爸。那分钟妈妈差点揍我，他却嘿嘿地笑笑说："不要勉强他，小孩子嘛！"从此我就很少见到他了，我们这儿农忙时他就在这儿，忙完他就走了，仿佛一只候鸟，就这样飞来飞去。从此我生活中有了爸爸这个概念，他时时带给我北方一些吃的和玩的东西，吃惯南方零食的我根本不希罕那些东西，至于那些玩的还不如我用泥巴做的，我更看不起，不知我为何本能地抵触他。有一年我还穿上了他从北方带给我的小棉袄，虽然南方的冬季没那么寒冷与漫长，但穿上它，我着实在小伙伴面前神气了一阵。也许那时是时髦的东西。但不久我就忘了带给我一点虚荣心的小棉袄。

不久我相继有了两个妹妹。妹妹的出世，让我仿佛成了她俩的点缀和附属品。我试图从妈妈那儿找回一点宠爱，但或许是妈妈为了照顾两个妹妹忙晕了头，根本无暇多理我，甚至教我自己洗衣服，意思是自己能做的事自己做，但我总认为自己是一个男孩，怎么能做这种洗衣做饭的事呢？于是我暗恨继父，不是他的到来，怎么会有两个妹妹，我也不会来自己洗衣服，妈妈也有更多的时间唱歌、讲故事给我听，可现在这种权力已经被剥夺了。

接着，全家北迁到继父的老家，继父的老家在豫南平原上，在惯山窝的我仿佛到了一片崭新的天地，着实兴奋了一阵，但百年不遇的大水让家徒四壁的我们颗粒无收，雪上加霜，不久母亲携两个妹妹先行回了云南。狠心的妈妈不知为何要让我和继父单独相处。那时我读小学三年级，于是我从看不起继父到怕他，真不知他会如何折磨我。果然他在收完棉花后，就把我丢给他的兄弟一家，从此我开始寄人篱下，天地间无穷的悲哀和痛苦压向我。我多希望继父说的话能实现："别怕，不久你妈会来接的！"但等来等去，小学毕业了，我才相信那是一个美丽的谎言而已，他说的这些无非让小小的我不至绝望而会想到自杀，于是我对继父的恨积蓄着。我总认为两个妹妹比我幸福多了，晚上对着夜空数星星时总会想到母亲的眼睛，她怕忘了自己有个儿子在北方，不知继父用了什么方法骗得她相信我生活得很好。现在才明白他们是无能为力罢了。

继父的钱如期寄到，我认为这是他应该做的。我不清楚钱从哪来，自然不知挣钱的艰辛。慢慢地母亲的亲笔信少了，我觉察到一些不妙。后来回云南才知道母亲外出做生意，从此下落不明，茫茫人海，母亲失踪了，我更加恨继父，他的出现让我遭遇了一系列的不幸都不提了，连我享受母亲爱的权力也被剥夺了。

高中毕业回了云南，和继父真正生活在一起，彼此话语却非常少，慢慢从村人口中听到一些关于继父的事迹，男女老少都夸他是个好人。说他自从我妈出去后，既当爹又当妈，供我们兄妹读书。他甚至不叫我两个妹妹读完，完全是为了供我读书。他一个部北方人在瓦场上做瓦，起早贪黑不说，还把稻子、蚕豆伺候的非同一般，连我们南方一些种田的老把式都竖起大拇指夸他呢！后来又从妹妹口中得知，他每次都向她俩强调：你俩北方有个哥哥，我们可要节约点！曾经有一次一锅煮老南瓜，他们整整吃了三天，而今妹妹提起老南瓜就怕。这些都是真的吗？我甚至有点迷惑了，但我转而认为这一切都是为了减轻他曾对我不好灵魂不安而做的，他对我做的一切，让我饱尝了多少辛酸和不幸，我无法原谅他。后来考上了大学，半工半读，总算艰苦地读完了，走上讲台成为一名人民教师，当我给学生大讲道理时总会想到继父，但总不能释然。

我和他总像有疙瘩一样，回到家中，总是例行公事一样喊他吃饭，问候他一下身体状况。然后无言地对坐看电视。电话里也是他问候我多于我问候他，似乎他亏欠了我什么似的。

有一次病倒了，躺在椅子上，夕阳下看着继父为我忙碌，忽然发现他的头发白了，光虽然不强，但很扎眼。那一刻，鼻头有点酸。想不到他的晚景会如此颓唐与孤独，甚至凄凉无助。

真想叫一声爸爸，"您坐下，我给您捶捶背好吗?"儿子真想认识您，我想和您谈谈过去和将来……

为继父流泪

◎安 宁

　　我在距家70里外的大学读书，而50岁的继父，在学校旁的建筑工地上打工。他偶尔过来看我，总是脱掉满身泥浆的衣服，穿一身洗得干干净净的军装，站在女生宿舍楼下，有些滑稽地笑着，将大堆好吃的硬塞给我，说："这是你妈让我给你买的，我也不知道你喜欢吃什么，看人家买，就跟着买了些。"看我终于收下，他如释重负地松一口气，欢欢喜喜地回工地继续劳作。

　　我几乎没去他工作的地方转过，怕他会当着同学的面拦住我说话。偶有一次，要出门去办事，正碰见他打了饭回来。我见他碗里是我无法下咽的萝卜，便随口说："别老吃这些东西，油水太少。"他蜡黄的脸上几乎是瞬间便有了光彩，点头说，好，好。又热切地问："有什么东西需要我捎的吗？"我想了想，说，"你有空回家帮我把床头那本书捎来吧，过段时间我可能要用。"

　　等半小时后我办事回来，经过工地，突然看见原本蹲在地上的一群民工，跟着一辆飞奔过来的敞篷货车疯跑。我还没有明白是怎么回事，早有身强力壮的民工抓住依然急速向前的货车，翻身跳了上去。而那些年长体弱的，则慢慢被人挤在了后面。车上的人越来越多，几乎连站的地方也没有，有些人已经开始放弃追赶。随后，我便在那群继续向前奔跑的民工里，看到了头发灰白、身体瘦削的继父。那一刻的他，像一个突然被注入无限能量的超人，等我终于明白这是一辆可以免费捎载民工回家的货车时，继父已抓住车的后架，奋力地在一群吼叫着"没空了"的民工阻挡下，拼命往车厢里挤去。看着那么多人用力地往下推他蹬他挤他，像推一个没有生命的货物，而我的继父则死命地抓住依然飞奔着的货车，不肯松一下手，我的心，痉挛似的疼起来。

　　继父终于爬上去，和那些比他年轻二十多岁的民工们肩并肩地紧紧贴在一起。远远地，我看到他脸上鲜明又生动地笑，而我的眼睛，终于随着那渐渐远去的汽车，慢慢地模糊了。等我睡完午觉起来，听见楼下有人在叫我。

探出头去，我看到没有换掉工装的继父正举着一个东西，开心地向我晃着。我跑下楼去，在来往的女生里，劈头问他："你来干什么？"他依然笑着，说："怕你着急用书，我中午回家取回来了，没耽误你用吧？"我接过书来，抚摩着那上面新鲜的尘土，和继父温热的气息，终于忍住了眼泪，低声问他："怎么回来的？"

"骑着车子回来的。不过走的时候是坐的车，还挺快的，一点也不累。"我看着他脚上被人踩破了的布鞋，浑身湿透了的衣服，在那么鲜亮的人群里，他像一棵卑微的苦艾草。然而就是这样被我也轻视着的继父，却为了我一个小小的要求，拼尽全力。两个小时，我用午睡便轻松地打发掉了；而他，却为这样一本我并不急用的书，一刻也不停歇地耗在了七十多里的山路上！这个男人已经渐渐老去，他知道他所能给予我的亦是慢慢地减少，所以一旦需要，便可以舍掉一切，倾尽所有。尽管这样换来的，于他，已是全部；于我，依然是卑微的点滴。可是，我终于明白，卑微并不是卑贱，如果是以爱的名义。

与父亲的夜谈

◎林清玄

我和父亲觉得互相了解和亲近，是在我读高中二年级的时候。

有一次，我随父亲到我们的林场去住，我和父亲睡在一起，秉烛夜谈。父亲对我谈起他青年时代如何充满理想，并且只身到山上来开辟四百七十亩的山地。

他说："就在我们睡的这张床下，冬天有许多蛇爬进来盘着冬眠，半夜起来小便，都要踮着脚才不会踩到蛇。"

父亲告诉我："年轻人最重要的就是打拼和勇气。"

那一夜，我和父亲谈了很久很久，才沉沉睡去。

醒来后我非常感动，因为我从小到大，从来没有和父亲单独谈超过一小时的话，更不要说睡在一起了。

在我们的父母亲那一代，由于他们受的教育不多，加上中国传统和日本教育使他们变得严肃，不善于表达感情，往往使我们有代沟，不能互相了解和亲近。

经过三四十年的努力，这一代的父母较能和子女亲近了，却因为事情更繁忙，时间更少了。

从高中时代到现在已经二十几年了，我时常怀念起那与父亲秉烛夜谈的情景，可惜父亲已经过世，我再也不会有那种幸福了。

我们应该时常珍惜与父母、与子女亲近的时间，因为好时光稍纵即逝！

孝心就是美德

◎乔·科比

我外婆已经94岁了，耳朵也快聋啦。我们大声嚷嚷地对她说话，她也无动于衷。有时候，她孩子似的要求我们干这干那，干我们办不到的事情；有时候，她没头没脑地弄得我们无法安慰她。她可真难相处！

在外婆生活显然不能自理的时候，她被搬到我父母宽敞的房子里来了。他们照顾了她多年。但外婆总惦着她从前的那个小屋和清闲的日子，尽管她在那儿非常寂寞。现在，只要高兴，她就会回去看看。

外婆的视力、听力和脚力都明显开始衰退了。我们召开了多次家庭会议来讨论如何处置。不言而喻，谁也不想跟她一块过。我们谈到把她安置到养老院，可这种想法行不通。尽管外婆在那儿可以跟许多与她同年龄的人在一起，可一想到跟她的家人少见面，她就心碎了。而且像样的养老院花费很大，便宜的养老院又没人想去。

妈妈直截了当地说不能让外婆在养老院时过世。到了那个时刻，外婆可以住在她家里。外婆18岁时就不得不辍学来侍候她年迈的父母。她尽心竭力地照顾他们，直到他们过世。妈妈是不容她自己的母亲在一个陌生的环境里谢世的。我对母亲这种决定极为欣赏。对她来说，这不是一件好办的事，然而却是一件明智的事。在许许多多人冷漠地摆脱对他们上了年纪的父母的责任时，我妈妈却是带着极大的勇气站出来的。

在许多国家，从所谓原始文化到高度发达的文化，家中最老的人是被奉为一家之尊的。他不当家后，家庭的其他成员就会照料他的余生。我听说，若干年前，在一些文化落后的社会中，老人是被送到荒野，让他们死在自然手中的。虽然这听起来既残酷又没心肝，我有时却想：这种办法是否比我们今天把老人安置在陌生的环境中，让他们在寂寞与困惑的心情下度其残年更为无情呢？

许多在养老院住的老人都是体弱多病的，他们挣扎着求生。想想吧！如果你的儿女把你交给完全陌生的人去照顾你的起居，你对生活会感到多么诚惶诚恐！而更使人不堪忍受的是，你的自尊心将受到极大的损伤。

　　我妈妈精力充沛，又很能干。她展望未来，曾做了很多长远计划。可总有一天她又会变得衰弱，也会有这么一天，她五个孩子之一，或许就是我，会意识到照顾年老父母的日子来了。我们常常谈起这些事情，我开玩笑地对妈妈说，我会把她带到山上，就扔在那儿。这时，妈妈就讲了下面的故事回答我：

　　"有一天，一个年轻人看见自己的父亲用力拖着一个大篮子，步履蹒跚地在街上走着。当他走近父亲时才看出：篮子里是他老祖父。

　　'爸爸，你把爷爷带到哪儿去呀？'年轻人问。

　　'我把他带到山谷去，'父亲答道，'他老朽啦，一点用处都没有了。我准备把他扔到峭壁底下去。'

　　'行，爸爸，你只管往前走吧！'年轻人又加了一句，'不过你可别把篮子也一块扔掉，将来我还要拿它来装你哩。'"

　　总有一天，我们都会老弱起来。我们希望，所有幸福的家庭都不要忘记——孝心就是美德！

第三部分

感恩亲人

弟　兄

◎鲁　迅

公益局一向无公可办，几个办事员在办公室里照例的谈家务。秦益堂捧着水烟筒咳得喘不过气来，大家也只得住口。久之，他抬起紫涨着的脸来了，还是气喘吁吁的，说：

"到昨天，他们又打起架来了，从堂屋一直打到门口。我怎么喝也喝不住。"他生着几根花白胡子的嘴唇还抖着。"老三说，老五折在公债票上的钱是不能开公账的，应该自己赔出来……"

"你看，还是为钱，"张沛君就慷慨地从破的躺椅上站起来，两眼在深眼眶里慈爱地闪烁。"我真不解自家的弟兄何必这样斤斤计较，岂不是横竖都一样？……"

"像你们的弟兄，那里有呢。"益堂说。

"我们就是不计较，彼此都一样。我们就将钱财两字不放在心上。这么一来，什么事也没有了。有谁家闹着要分的，我总是将我们的情形告诉他，劝他们不要计较。益翁也只要对令郎开导开导……"

"那——里……"益堂摇头说。

"这大概也怕不成。"汪月生说，于是恭敬地看着沛君的眼，"像你们的弟兄，实在是少有的；我没有遇见过。你们简直是谁也没有一点自私自利的心思，这就不容易……"

"他们一直从堂屋打到大门口……"益堂说。

"令弟仍然是忙？……"月生问。

"还是一礼拜十八点钟功课，外加九十三本作文，简直忙不过来。这几天可是请假了，身热，大概是受了一点寒……"

"我看这倒该小心些，"月生郑重地说。"今天的报上就说，现在时症流行……"

"什么时症呢？"沛君吃惊了，赶忙地问。

"那我可说不清了。记得是什么热罢。"

沛君迈开步就奔向阅报室去。

"真是少有的,"月生目送他飞奔出去之后,向着秦益堂赞叹着。"他们两个人就像一个人。要是所有的弟兄都这样,家里那里还会闹乱子。我就学不来……"

"说是折在公债票上的钱不能开公账……"益堂将纸煤子插在纸煤管子里,恨恨地说。

办公室中暂时的寂静,不久就被沛君的步声和叫听差的声音震破了。他仿佛已经有什么大难临头似的,说话有些口吃了,声音也发着抖。他叫听差打电话给普悌思普大夫,请他即刻到同兴公寓张沛君那里去看病。

月生便知道他很着急,因为向来知道他虽然相信西医,而进款不多,平时也节省,现在却请的是这里第一个有名而价贵的医生。于是迎了出去,只见他脸色青青的站在外面听听差打电话。

"怎么了?"

"报上说……说流行的是猩……猩红热。我我午后来局的时,靖甫就是满脸通红……已经出门了么?请……请他们打电话找,请他即刻来,同兴公寓,同兴公寓……"

他听听差打完电话,便奔进办公室,取了帽子。汪月生也代为着急,跟了进去。

"局长来时,请给我请假,说家里有病人,看医生……"他胡乱点着头,说。

"你去就是。局长也未必来。"月生说。

但是他似乎没有听到,已经奔出去了。

他到路上,已不再较量车价如平时一般,一看见一个稍微壮大,似乎能走的车夫,问过价钱,便一脚跨上车去,道,"好。只要给我快走!"

公寓却如平时一般,很平安,寂静;一个小伙计仍旧坐在门外拉胡琴。他走进他兄弟的卧室,觉得心跳得更利害,因为他脸上似乎见得更通红了,而且发喘。他伸手去一摸他的头,又热得炙手。

"不知道是什么病?不要紧罢?"靖甫问,眼里发出忧疑的光,显系他自己也觉得不寻常了。

"不要紧的，……伤风罢了。"他支梧着回答说。

他平时是专爱破除迷信的，但此时却觉得靖甫的样子和说话都有些不祥，仿佛病人自己就有了什么豫感。这思想更使他不安，立即走出，轻轻地叫了伙计，使他打电话去问医院：可曾找到了普大夫？

"就是啦，就是啦。还没有找到。"伙计在电话口边说。

沛君不但坐不稳，这时连立也不稳了；但他在焦急中，却忽而碰着了一条生路：也许并不是猩红热。然而普大夫没有找到，……同寓的白问山虽然是中医，或者于病名倒还能断定的，但是他曾经对他说过好几回攻击中医的话：况且追请普大夫的电话，他也许已经听到了……

然而他终于去请白问山。

白问山却毫不介意，立刻戴起玳瑁边墨晶眼镜，同到靖甫的房里来。他诊过脉，在脸上端详一回，又翻开衣服看了胸部，便从从容容地告辞。沛君跟在后面，一直到他的房里。

他请沛君坐下，却是不开口。

"问山兄，舍弟究竟是……？"他忍不住发问了。

"红斑痧。你看他已经'见点'了。"

"那么，不是猩红热？"沛君有些高兴起来。

"他们西医叫猩红热，我们中医叫红斑痧。"

这立刻使他手脚觉得发冷。

"可以医么？"他愁苦地问。

"可以。不过这也要看你们府上的家运。"

他已经胡涂得连自己也不知道怎样竟请白问山开了药方，从他房里走出；但当经过电话机旁的时候，却又记起普大夫来了。他仍然去问医院，答说已经找到了，可是很忙，怕去得晚，须待明天早晨也说不定的。然而他还叮嘱他要今天一定到。

他走进房去点起灯来看，靖甫的脸更觉得通红了，的确还现出更红的点子，眼睑也浮肿起来。他坐着，却似乎所坐的是针毡；在夜的渐就寂静中，在他的翘望中，每一辆汽车的汽笛的呼啸声更使他听得分明，有时竟无端疑为普大夫的汽车，跳起来去迎接。但是他还未走到门口，那汽车却早经驶过去了；惘然地回身，经过院落时，见皓月已经西升，邻家的一株古槐，便投影地上，森森然更来加浓了他阴郁的心地。

突然一声乌鸦叫。这是他平日常常听到的；那古槐上就有三四个乌鸦窠。但他现在却吓得几乎站住了，心惊肉跳地轻轻地走进靖甫的房里时，见他闭了眼躺着，满脸仿佛都见得浮肿；但没有睡，大概是听到脚步声了，忽然张开眼来，那两道眼光在灯光中异样地凄怆地发闪。

"信么？"靖甫问。

"不，不。是我。"他吃惊，有些失措，吃吃地说，"是我。我想还是去请一个西医来，好得快一点。他还没有来……"

靖甫不答话，合了眼。他坐在窗前的书桌旁边，一切都静寂，只听得病人的急促的呼吸声，和闹钟的札札地作响。忽而远远地有汽车的汽笛发响了，使他的心立刻紧张起来，听它渐近，渐近，大概正到门口，要停下了罢，可是立刻听出，驶过去了。这样的许多回，他知道了汽笛声的各样：有如吹哨子的，有如击鼓的，有如放屁的，有如狗叫的，有如鸭叫的，有如牛吼的，有如母鸡惊啼的，有如呜咽的……他忽而怨愤自己：为什么早不留心，知道，那普大夫的汽笛是怎样的声音的呢？

对面的寓客还没有回来，照例是看戏，或是打茶围去了。但夜却已经很深了，连汽车也逐渐地减少。强烈的银白色的月光，照得纸窗发白。

他在等待的厌倦里，身心的紧张慢慢地弛缓下来了，至于不再去留心那些汽笛。但凌乱的思绪，却又乘机而起；他仿佛知道靖甫生的一定是猩红热，而且是不可救的。那么，家计怎么支持呢，靠自己一个？虽然住在小城里，可是百物也昂贵起来了……自己的三个孩子，他的两个，养活尚且难，还能进学校去读书么？只给一两个读书呢，那自然是自己的康儿最聪明，——然而大家一定要批评，说是薄待了兄弟的孩子……

后事怎么办呢，连买棺木的款子也不够，怎么能够运回家，只好暂时寄顿在义庄里……

忽然远远地有一阵脚步声进来，立刻使他跳起来了，走出房去，却知道是对面的寓客。

"先帝爷，在白帝城……"

他一听到这低微高兴的吟声，便失望，愤怒，几乎要奔上去叱骂他。但他接着又看见伙计提着风雨灯，灯光中照出后面跟着的皮鞋，上面的微明里是一个高大的人，白脸孔，黑的络腮胡子。这正是普悌思。

他像是得了宝贝一般，飞跑上去，将他领入病人的房中。两人都站在床面前，他擎了洋灯，照着。

"先生，他发烧……"沛君喘着说。

"什么时候，起的?"普悌思两手插在裤侧的袋子里，凝视着病人的脸，慢慢地问。

"前天。不，大……大大前天。"

普大夫不作声，略略按一按脉，又叫沛君擎高了洋灯，照着他在病人的脸上端详一回；又叫揭去被卧，解开衣服来给他看。看过之后，就伸出手指在肚子上去一摩。

"Measles……"普悌思低声自言自语似的说。

"疹子么?"他惊喜得声音也似乎发抖了。

"疹子。"

"就是疹子?……"

"疹子。"

"你原来没有出过疹子?……"

他高兴地刚在问靖甫时，普大夫已经走向书桌那边去了，于是也只得跟过去。只见他将一只脚踏在椅子上，拉过桌上的一张信笺，从衣袋里掏出一段很短的铅笔，就桌上飕飕地写了几个难以看清的字，这就是药方。

"怕药房已经关了罢?"沛君接了方，问。

"明天不要紧。明天吃。"

"明天再看?……"

"不要再看了。酸的，辣的，太咸的，不要吃。热退了之后，拿小便，送到我的，医院里来，查一查，就是了。装在，干净的，玻璃瓶里；外面，写上名字。"

普大夫且说且走，一面接了一张五元的钞票塞入衣袋里，一径出去了。他送出去，看他上了车，开动了，然后转身，刚进店门，只听得背后 gogo 的两声，他才知道普悌思的汽车的叫声原来是牛吼似的。但现在是知道也没有什么用了，他想。

房子里连灯光也显得愉悦；沛君仿佛万事都已做讫，周围都很平安，心里倒是空空洞洞的模样。他将钱和药方交给跟着进来的伙计，叫他明天一早到美亚药房去买药，因为这药房是普大夫指定的，说唯独这一家的药品最可靠。

"东城的美亚药房！一定得到那里去。记住：美亚药房！"他跟在出去的伙计后面，说。

院子里满是月色，白得如银；"在白帝城"的邻人已经睡觉了，一切都很幽静。只有桌上的闹钟愉快而平匀地札札地作响；虽然听到病人的呼吸，却是很调和。他坐下不多久，忽又高兴起来。

"你原来这么大了，竟还没有出过疹子？"他遇到了什么奇迹似的，惊奇地问。

"…… ……"

"你自己是不会记得的。须得问母亲才知道。"

"…… ……"

"母亲又不在这里。竟没有出过疹子。哈哈哈！"

沛君在床上醒来时，朝阳已从纸窗上射入，刺着他朦胧的眼睛。但他却不能即刻动弹，只觉得四肢无力，而且背上冷冰冰的还有许多汗，而且看见床前站着一个满脸流血的孩子，自己正要去打她。

但这景象一刹那间便消失了，他还是独自睡在自己的房里，没有一个别的人。他解下枕衣来拭去胸前和背上的冷汗，穿好衣服，走向靖甫的房里去时，只见"在白帝城"的邻人正在院子里漱口，可见时候已经很不早了。

靖甫也醒着了，眼睁睁地躺在床上。

"今天怎样？"他立刻问。

"好些……"

"药还没有来么？"

"没有。"

他便在书桌旁坐下，正对着眠床；看靖甫的脸，已没有昨天那样通红了。但自己的头却还觉得昏昏的，梦的断片，也同时闪闪烁烁地浮出：

——靖甫也正是这样地躺着，但却是一个死尸。他忙着收殓，独自背了一口棺材，从大门外一径背到堂屋里去。地方仿佛是在家里，看见许多熟识的人们在旁边交口赞颂……

——他命令康儿和两个弟妹进学校去了；却还有两个孩子哭嚷着要跟去。他已经被哭嚷的声音缠得发烦，但同时也觉得自己有了最高的威权和极大的力。他看见自己的手掌比平常大了三四倍，铁铸似的，向荷生的脸上一掌批过去……

他因为这些梦迹的袭击，怕得想站起来，走出房外去，但终于没有动。也想将这些梦迹压下，忘却，但这些却像搅在水里的鹅毛一般，转了几个围，终于非浮上来不可：

——荷生满脸是血，哭着进来了。他跳在神堂上……那孩子后面还跟着一群相识和不相识的人。他知道他们是都来攻击他的……

——"我决不至于昧了良心。你们不要受孩子的诳话的骗……"他听得自己这样说。

——荷生就在他身边，他又举起了手掌……

他忽而清醒了，觉得很疲劳，背上似乎还有些冷。靖甫静静地躺在对面，呼吸虽然急促，却是很调匀。桌上的闹钟似乎更用了大声札札地作响。

他旋转身子去，对了书桌，只见蒙着一层尘，再转脸去看纸窗，挂着的日历上，写着两个漆黑的隶书：廿七。

伙计送药进来了，还拿着一包书。

"什么？"靖甫睁开了眼睛，问。

"药。"他也从惝恍中觉醒，回答说。

"不，那一包。"

"先不管它。吃药罢。"他给靖甫服了药，这才拿起那包书来看，道，"索士寄来的。一定是你向他去借的那一本：《Sesame and Lilies》。"

靖甫伸手要过书去，但只将书面一看，书脊上的金字一摩，便放在枕边，默默地合上眼睛了。过了一会，高兴地低声说：

"等我好起来，译一点寄到文化书馆去卖几个钱，不知道他们可要……"

这一天，沛君到公益局比平日迟得多，将要下午了；办公室里已经充满了秦益堂的水烟的烟雾。汪月生远远地望见，便迎出来。

"嚄！来了。令弟全愈了罢？我想，这是不要紧的；时症年年有，没有什么要紧。我和益翁正惦记着呢；都说：怎么还不见来？现在来了，好了！但是，你看，你脸上的气色，多少……是的，和昨天多少两样。"

沛君也仿佛觉得这办公室和同事都和昨天有些两样，生疏了。虽然一切也还是他曾经看惯的东西：断了的衣钩，缺口的唾壶，杂乱而尘封的案卷，折足的破躺椅，坐在躺椅上捧着水烟筒咳嗽而且摇头叹气的秦益堂……

"他们也还是一直从堂屋打到大门口……"

"所以呀，"月生一面回答他，"我说你该将沛兄的事讲给他们，教他们学学他。要不然，真要把你老头儿气死了……"

"老三说，老五折在公债票上的钱是不能算公用的，应该……应该……"益堂咳得弯下腰去了。

"真是'人心不同'……"月生说着，便转脸向了沛君，"那么，令弟没有什么？"

"没有什么。医生说是疹子。"

"疹子？是呵，现在外面孩子们正闹着疹子。我的同院住着的三个孩子也都出了疹子了。那是毫不要紧的。但你看，你昨天竟急得那么样，叫旁人看了也不能不感动，这真所谓'兄弟怡怡'。"

"昨天局长到局了没有？"

"还是'杳如黄鹤'。你去簿子上补画上一个'到'就是了。"

"说是应该自己赔。"益堂自言自语地说。"这公债票也真害人，我是一点也莫名其妙。你一沾手就上当。到昨天，到晚上，也还是从堂屋一直打到大门口。老三多两个孩子上学，老五也说他多用了公众的钱，气不过……"

"这真是愈加闹不清了！"月生失望似的说。"所以看见你们弟兄，沛君，我真是'五体投地'。是的，我敢说，这决不是当面恭维的话。"

沛君不开口，望见听差的送进一件公文来，便迎上去接在手里。月生也跟过去，就在他手里看着，念道：

"'公民郝上善等呈：东郊倒毙无名男尸一具请饬分局速行拨棺抬埋以资卫生而重公益由'。我来办。你还是早点回去罢，你一定惦记着令弟的病。你们真是'鹡鸰在原'……"

"不！"他不放手，"我来办。"

月生也就不再去抢着办了。沛君便十分安心似的沉静地走到自己的桌前，看着呈文，一面伸手去揭开了绿锈斑斓的墨盒盖。

一九二五年十一月三日

本篇最初发表于一九二六年二月十日北京《莽原》半月刊第三期

琐 记

◎鲁 迅

衍太太现在是早经做了祖母，也许竟做了曾祖母了；那时却还年青，只有一个儿子比我大三四岁。她对自己的儿子虽然狠，对别家的孩子却好的，无论闹出什么乱子来，也决不去告诉各人的父母，因此我们就最愿意在她家里或她家的四近玩。

举一个例说罢，冬天，水缸里结了薄冰的时候，我们大清早起一看见，便吃冰。有一回给沈四太太看到了，大声说道："莫吃呀，要肚子疼的呢！"这声音又给我母亲听到了，跑出来我们都挨了一顿骂，并且有大半天不准玩。我们推论祸首，认定是沈四太太，于是提起她就不用尊称了，给她另外起了一个绰号，叫作"肚子疼"。

衍太太却决不如此。假如她看见我们吃冰，一定和蔼地笑着说，"好，再吃一块。我记着，看谁吃的多。"

但我对于她也有不满足的地方。一回是很早的时候了，我还很小，偶然走进她家去，她正在和她的男人看书。我走近去，她便将书塞在我的眼前道，"你看，你知道这是什么？"我看那书上画着房屋，有两个人光着身子仿佛在打架，但又不很像。正迟疑间，他们便大笑起来了。这使我很不高兴，似乎受了一个极大的侮辱，不到那里去大约有十多天。一回是我已经十多岁了，和几个孩子比赛打旋子，看谁旋得多。她就从旁计着数，说道，"好，八十二个了！再旋一个，八十三！好，八十四……"但正在旋着的阿祥，忽然跌倒了，阿祥的婶母也恰恰走进来。她便接着说道，"你看，不是跌了么？不听我的话。我叫你不要旋，不要旋……。"

虽然如此，孩子们总还喜欢到她那里去。假如头上碰得肿了一大块的时候，去寻母亲去罢，好的是骂一通，再给擦一点药；坏的是没有药擦，还添几个栗凿和一通骂。衍太太却决不埋怨，立刻给你用烧酒调了水粉，搽在疙瘩上，说这不但止痛，将来还没有瘢痕。父亲故去之后，我也还常到她家里去，不过已不是和孩子们玩耍了，却是和衍太太或她的男人谈闲天。我其时觉得很有许多东西要买，看的和吃的，只是没有钱。有一天谈到这里，她便说道，"母亲的钱，你拿来用就是了，还不就是你的么？"我说母亲没有钱，她就说可以拿首饰去变卖；我说没有首饰，她却道，"也许你没有留心。到大厨的抽屉里，角角落落去寻去，总可以寻出一点珠子这类东西……。"

这些话我听去似乎很异样，便又不到她那里去了，但有时又真想去打开大厨，细细地寻一寻。大约此后不到一月，就听到一种流言，说我已经偷了家里的东西去变卖了，这实在使我觉得有如掉在冷水里。流言的来源，我是明白的，倘是现在，只要有地方发表，我总要骂出流言家的狐狸尾巴来，但那时太年青，一遇流言，便连自己也仿佛觉得真是犯了罪，怕遇见人们的眼睛，怕受到母亲的爱抚。

好。那么，走罢！

但是，那里去呢？S 城人的脸早经看熟，如此而已，连心肝也似乎有些了然。总得寻别一类人们去，去寻为 S 城人所诟病的人们，无论其为畜生或魔鬼。那时为全城所笑骂的是一个开得不久的学校，叫作中西学堂，汉文之外，又教些洋文和算学。然而已经成为众矢之的了；熟读圣贤书的秀才们，还集了"四书"的句子，做一篇八股来嘲诮它，这名文便即传遍了全城，人人当作有趣的话柄。我只记得那"起讲"的开头是：

"徐子以告夷子曰：吾闻用夏变夷者，未闻变于夷者也。今也不然：鴃舌之音，闻其声，皆雅言也。……"

以后可忘却了，大概也和现今的国粹保存大家的议论差不多。但我对于这中西学堂，却也不满足，因为那里面只教汉文，算学，英文和法文。功课较为别致的，还有杭州的求是书院，然而学费贵。

无须学费的学校在南京，自然只好往南京去。第一个进去的学校，目下不知道称为什么了，光复以后，似乎有一时称为雷电学堂，很像《封神榜》上"太极阵""混元阵"一类的名目。总之，一进仪凤门，便可以看见它那二十丈高的桅杆和不知多高的烟通。功课也简单，一星期中，几乎四整天是英文："It is a cat." "Is it a rat?"一整天是读汉文："君子曰，颖考叔可谓纯孝也已矣，爱其母，施及庄公。"一整天是做汉文：《知己知彼百战百胜论》,《颖考叔论》,《云从龙风从虎论》,《咬得菜根则百事可做论》。

初进去当然只能做三班生,卧室里是一桌一凳一床,床板只有两块。头二班学生就不同了,二桌二凳或三凳一床,床板多至三块。不但上讲堂时挟着一堆厚而且大的洋书,气昂昂地走着,决非只有一本"泼赖妈"和四本《左传》的三班生所敢正视;便是空着手,也一定将肘弯撑开,像一只螃蟹,低一班的在后面总不能走出他之前。这一种螃蟹式的名公巨卿,现在都阔别得很久了,前四五年,竟在教育部的破脚躺椅上,发见了这姿势,然而这位老爷却并非雷电学堂出身的,可见螃蟹态度,在中国也颇普遍。

可爱的是桅杆。但并非如"东邻"的"支那通"所说,因为它"挺然翘然",又是什么的象征。乃是因为它高,乌鸦喜鹊,都只能停在它的半途的木盘上。人如果爬到顶,便可以近看狮子山,远眺莫愁湖,——但究竟是否真可以眺得那么远,我现在可委实有点记不清楚了。而且不危险,下面张着网,即使跌下来,也不过如一条小鱼落在网子里;况且自从张网以后,听说也还没有人曾经跌下来。

原先还有一个池,给学生学游泳的,这里面却淹死了两个年幼的学生。当我进去时,早填平了,不但填平,上面还造了一所小小的关帝庙。庙旁是一座焚化字纸的砖炉,炉口上方横写着四个大字道:"敬惜字纸"。只可惜那两个淹死鬼失了池子,难讨替代,总在左近徘徊,虽然已有"伏魔大帝关圣帝君"镇压着。办学的人大概是好心肠的,所以每年七月十五,总请一群和尚到雨天操场来放焰口,一个红鼻而胖的大和尚戴上毗卢帽,捏诀,念咒:"回资罗,普弥耶表里如一吽!唵耶唵!唵!耶!吽!!!"

我的前辈同学被关圣帝君镇压了一整年,就只在这时候得到一点好处,——虽然我并不深知是怎样的好处。所以当这些时,我每每想:做学生总得自己小心些。

总觉得不大合适,可是无法形容出这不合适来。现在是发见了大致相近的字眼了,"乌烟瘴气",庶几乎其可也。只得走开。近来是单是走开也就不容易,"正人君子"者流会说你骂人骂到了聘书,或者是发"名士"脾气,给你几句正经的俏皮话。不过那时还不打紧,学生所得的津贴,第一年不过二两银子,最初三个月的试习期内是零用五百文。于是毫无问题,去考矿路学堂去了,也许是矿路学堂,已经有些记不真,文凭又不在手头,更无从查考。试验并不难,录取的。

这回不是 It is a cat 了，是 Der Mann，Das Weib，Das Kind。汉文仍旧是"颖考叔可谓纯孝也已矣"，但外加《小学集注》。论文题目也小有不同，譬如《工欲善其事必先利其器论》，是先前没有做过的。

此外还有所谓格致，地学，金石学，……都非常新鲜。但是还得声明：后两项，就是现在之所谓地质学和矿物学，并非讲舆地和钟鼎碑版的。只是画铁轨横断面图却有些麻烦，平行线尤其讨厌。但第二年的总办是一个新党，他坐在马车上的时候大抵看着《时务报》，考汉文也自己出题目，和教员出的很不同。有一次是《华盛顿论》，汉文教员反而惴惴地来问我们道："华盛顿是什么东西呀？……"

看新书的风气便流行起来，我也知道了中国有一部书叫《天演论》。星期日跑到城南去买了来，白纸石印的一厚本，价五百文正。翻开一看，是写得很好的字，开首便道：

> "赫胥黎独处一室之中，在英伦之南，背山而面野，槛外诸境，历历如在机下。乃悬想二千年前，当罗马大将恺彻未到时，此间有何景物？计唯有天造草昧……"

哦！原来世界上竟还有一个赫胥黎坐在书房里那么想，而且想得那么新鲜？一口气读下去，"物竞""天择"也出来了，苏格拉第，柏拉图也出来了，斯多噶也出来了。学堂里又设立了一个阅报处，《时务报》不待言，还有《译学汇编》，那书面上的张廉卿一流的四个字，就蓝得很可爱。

"你这孩子有点不对了，拿这篇文章去看去，抄下来去看去。"一位本家的老辈严肃地对我说，而且递过一张报纸来。接来看时，"臣许应蘱跪奏……"，那文章现在是一句也不记得了，总之是参康有为变法的；也不记得可曾抄了没有。

仍然自己不觉得有什么"不对"，一有闲空，就照例地吃侉饼，花生米，辣椒，看《天演论》。

但我们也曾经有过一个很不平安的时期。那是第二年，听说学校就要裁撤了。这也无怪，这学堂的设立，原是因为两江总督（大约是刘坤一罢）听到青龙山的煤矿出息好，所以开手的。待到开学时，煤矿那面却已将原先的技师辞退，换了一个不甚了然的人了。理由是：一、先前的技师薪水太贵；

二、他们觉得开煤矿并不难。于是不到一年，就连煤在那里也不甚了然起来，终于是所得的煤，只能供烧那两架抽水机之用，就是抽了水掘煤，掘出煤来抽水，结一笔出入两清的账。既然开矿无利，矿路学堂自然也就无须乎开了，但是不知怎的，却又并不裁撤。到第三年我们下矿洞去看的时候，情形实在颇凄凉，抽水机当然还在转动，矿洞里积水却有半尺深，上面也点滴而下，几个矿工便在这里面鬼一般工作着。

毕业，自然大家都盼望的，但一到毕业，却又有些爽然若失。爬了几次桅，不消说不配做半个水兵；听了几年讲，下了几回矿洞，就能掘出金银铜铁锡来么？实在连自己也茫无把握，没有做《工欲善其事必先利其器论》的那么容易。爬上天空二十丈和钻下地面二十丈，结果还是一无所能，学问是"上穷碧落下黄泉，两处茫茫皆不见"了。所余的还只有一条路：到外国去。

留学的事，官僚也许可了，派定五名到日本去。其中的一个因为祖母哭得死去活来，不去了，只剩了四个。日本是同中国很两样的，我们应该如何准备呢？有一个前辈同学在，比我们早一年毕业，曾经游历过日本，应该知道些情形。跑去请教之后，他郑重地说：

"日本的袜是万不能穿的，要多带些中国袜。我看纸票也不好，你们带去的钱不如都换了他们的现银。"

四个人都说遵命。别人不知其详，我是将钱都在上海换了日本的银元，还带了十双中国袜——白袜。

后来呢？后来，要穿制服和皮鞋，中国袜完全无用；一元的银圆日本早已废置不用了，又赔钱换了半元的银圆和纸票。

十月八日

本篇最初发表于一九二六年十一月二十五日《莽原》半月刊第一卷第二十二期

永久的同道

◎许广平

MYDEARTEACHER：

今日（16日）午饭后回办公处，看见桌上有你10日寄来的一信，我一面欢喜，一面又仿佛觉着有了什么事体似的，拆开信一看，才知道是这样子。

校方表面上好像没有什么了，但旧派学生见恐吓无效，正在酝酿着罢课，今天要求开全体大会，我以校长不在，没法批准为辞，推掉了。如果一旦开会，则学校干涉，群众盲从，恐怕就会又闹起来。至于教职员方面，则因薪水不足维持生活，辞去的已有五六人，再过几天，一定更多，那时虽欲维持，但中途哪有这许多教员可得？至于解决经费一层，则在北伐期中，谈何容易，校长到底也只能至本月30日提出辞呈，飘然引去，那时我们也就可以走散了。MYDEARTEACHER，你愿否我乘这闲空，到厦门一次，我们师生见见再说，看你这几天的心情，好像是非常孤独似的。还请你决定一下，就通知我。

看了《送南行的爱而君》，情话缠绵，是作者的热情呢，还是笔下的善于道情呢？我虽然不知道，但因此想起你的弊病，是对有些人过于深恶痛绝，简直不愿同在一地呼吸，而对有些人又期望太殷，不惜赴汤蹈火，一旦觉得不符所望，你便悲哀起来了。这原因是由于你太敏感，太热情。其实世界上你所深愿的和期望的，走到十字街道，还不是一样？而你硬要区别，或爱或憎，结果都是自己吃苦，这不能不说是小说家的取材失策。倘明白凡有小说材料，都是空中楼阁，自然心平气和了。我向来也有这样的傻气，因此很碰了钉子，后来有人劝我不要太"认真"，我想一想，确是太认真了的过处。现在这句话，我总时时记起，当作悬崖勒"马"。

几个人乘你遁迹荒岛枪击你，你就因此气短么？你就不看全般，甘为几个人所左右么？我好好有一番话，要和你见面商量，我觉得坦途在前，人又何必因了一点小障碍而不走路呢？即如我，回粤以来，信中虽总是向你诉苦，但这两月内，究竟也改革了两件事，并不白受了辛苦。你在厦门比我苦，然而你到处受欢迎，也过我万万倍，将来即去而之他，而青年经过你的陶冶，于社会总会有些影响的。至于你自己的将来，唉，那你还是照我上面所说罢，不要太认真。况且你敢说天下就没有一个人是你的永久的同道么？有一个人，你就可以自慰了，可以由一个人而推及二三以至无穷了，那你又何必悲哀呢？如果连一个人也"出乎意表之外"……也许是真的么？总之，现在是还有一个人在劝你，希望你容纳这意思的。

没有什么要写的了。你在未得我离校的通知以前，有信仍不妨寄这里，我即搬走，自然托人代收转寄的。

你的闷气，尽管仍向我发，但愿不要闷在心里就好了。

YOURH. M.

11 月 16 晚 10 时半，1926 年

我的祖母之死

◎徐志摩

一

一个单纯的孩子，

过他快活的时光，

兴匆匆的，活泼泼的，

何尝识别生存与死亡？

这四行诗是英国诗人华茨华斯（William Wordsworth）一首有名的小诗叫做"我们是七人"（We are Seven）的开端，也就是他的全诗的主意。这位爱自然，爱儿童的诗人，有一次碰着一个八岁的小女孩，发鬌蓬松的可爱，他问她兄弟姊妹共有几人，她说我们是七个，两个在城里，两个在外国，还有一个姊妹一个哥哥，在她家里附近教堂的墓园里埋着。但她小孩的心理，却不分清生与死的界限，她每晚携着她的干点心与小盘皿，到那墓园的草地里，独自的吃，独自的唱，唱给她的在土堆里眠着的兄姊听，虽则他们静悄悄的莫有回响，她烂漫的童心却不曾感到生死间有不可思议的阻隔；所以任凭华翁多方的譬解，她只是睁着一双灵动的小眼，回答说：

"可是，先生，我们还是七人。"

二

其实华翁自己的童真。也不让那小女孩的完全：他曾经说"在孩童时期，我不能相信我自己有一天也会得悄悄的躺在坟里，我的骸骨会得变成尘土。"又一次他对人说"我做孩子时最想不通的，是死的这回事将来也会得轮到我自己身上。"

　　孩子们天生是好奇的，他们要知道猫儿为什么要吃耗子，小弟弟从哪里变出来的，或是究竟先有鸡还是先有鸡蛋；但人生最重大的变端——死的现象与实在，他们也只能含糊的看过，我们不能期望一个个小孩子们都是搔头穷思的丹麦王子。他们临到丧故，往往跟着大人啼哭；但他只要眼泪一干，就会到院子里踢毽子，赶蝴蝶，就使在屋子里长眠不醒了的是他们的亲爹或亲娘，大哥或小妹，我们也不能盼望悼死的悲哀可以完全翳蚀了他们稚羊小狗似的欢欣。你如其对孩子说，你妈死了，你知道不知道——他十次里有九次只是对着你发呆；但他等到要妈叫妈，妈偏不应的时候，他的嫩颊上就会有热泪流下。但小孩天然的一种表情，往往可以给人们最深的感动。我生平最忘不了的一次电影，就是描写一个小孩爱恋已死母亲的种种天真的情景。她在园里看种花，园丁告诉她这花在泥里，浇下水去，就会长大起来。那天晚上天下大雨，她睡在床上，被雨声惊醒了，忽然想起园丁的话，她的小脑筋里就发生了绝妙的主意。她偷偷的爬出了床，走下楼梯，到书房里去拿下桌上供着的她死母的照片，一把揣在怀里，也不顾倾倒着的大雨，一直走到园里，在地上用园丁的小锄掘松了泥土，把她怀里的亲妈，谨慎的取了出来，栽在泥里，把松泥掩护着；她做完了工就蹲在那里守候——一个三四岁的女孩，穿着白色的睡衣，在深夜的暴雨里，蹲在露天的地上，专心笃意的盼望已经死去的亲娘，像花草一般，从泥土里发长出来！

三

　　我初次遭逢亲属的大故，是二十年前我祖父的死，那时我还不满六岁。那是我生平第一次可怕的经验，但我追想当时的心理，我对于死的见解也不见得比华翁的那位小姑娘高明。我记得那天夜里，家里人吩咐祖父病重，他们今夜不睡了，但叫我和我的姊妹先上楼睡去，回头要我们时他们会来叫的。我们就上楼去睡了，底下就是祖父的卧房，我那时也不十分明白，只知道今夜一定有很怕的事，有火烧、强盗抢、做怕梦，一样的可怕。我也不十分睡着，只听得楼下的急步声、碗碟声、唤婢仆声、隐隐的哭泣声，不息的响音。过了半夜，他们上来把我从睡梦里抱了下去，我醒过来只听得一片的哭声，他们已经把长条香点起来，一屋子的烟，一屋子的人，围拢在床前，哭的哭，喊的喊，我也捱了过去，在人丛里偷看大床里的好祖父。忽然听说醒了醒了，哭喊声也歇了，我看见父亲爬在床里，把病父抱持在怀里，祖父倚在他的身上，双眼紧闭着，口里衔着一块黑色的药物他说话了，很轻的声音，虽则我不曾听明他说的什么话，后来知道他经过了一阵昏晕，他又醒了过来对家人说："你们吃吓了，这算是小死。"他接着又说了好几句话，随讲音随低，呼气随微，去了，再不醒了，但我却不曾亲见最后的弥留，也许是我记不起，总之我那时早已跪在地板上，手里擎着香，跟着大众高声的哭喊了。

四

此后我在亲戚家收殓虽则看得不少，但死的实在的状况却不曾见过。我们念书人的幻想力是比较的丰富，但往往因为有了幻想力，就不管生命现象的实在，结果是书呆子，陆放翁说的"百无一用是书生"。人生的范围是无穷的：我们少年时精力充足什么都不怕尝试，只愁没有出奇的事情做，往往抱怨这宇宙太窄，青天太低，大鹏似的翅膀飞不痛快，但是……但是平心的说，且不论奇的、怪的、特别的、离奇的，我们姑且试问人生里最基本的事实，最单纯的、最普遍的、最平庸的、最近人情的经验，我们究竟能有多少的把握，我们能有多少深彻的了解，我们是否都亲身经历过？譬如说：生产、恋爱、痛苦、悲、死、妒、恨、快乐、真疲倦、真饥饿、渴、毒焰似的渴、真的幸福、冻的刑罚、忏悔，种种的情热。我可以说，我们平常人生观、人类、人道、人情、真理、哲理、本能等等名词不离口吻的念书人们，什么文学家，什么哲学家——关于真正人生基本的事实的实在，知道的——恐怕是极微至鲜，即使不等于圆圈。我有一个朋友，他和他夫人的感情极厚，一次他夫人临到难产，因为在外国，所以进医院什么都得他自己照料，最后医生宣言只有用手术一法，但性命不能担保，他没有法子，只好和他半死的夫人诀别（解剖时亲属不准在旁的）。满心毒魔似的难受，他出了医院，走在道上，走上桥去，像得了离魂病似的，心脉舂臼似的跳着，最后他听着了教堂和缓的钟声，他就不自主的跟着钟声，进了教堂，跟着在做礼拜的跪着、祷告、忏悔、祈求、唱诗、流泪（他并不是信教的人），他这样的捱过时刻，后来回转医院时，一步步都是惨酷的磨难，比上行刑场的犯人，加倍的难受，他怕见医生与看护妇，仿佛他的命运是在他们的手掌里握着。事后他对人说"我这才知道了人生一点子的意味！"

五

所以不曾经历过精神或心灵的大变的人们，只是在生命的户外徘徊，也许偶尔猜想到几分墙内的动静，但总是浮的浅的，不切实的，甚至完全是隔膜的。人生也许是个空虚的幻梦，但在这幻象中，生与死，恋爱与痛苦，毕竟是陡起的奇峰，应得激动我们彷徨者的注意，在此中也许有可以感悟到一些幻里的真，虚中的实，这浮动的水泡不曾破裂以前，也应得饱吸自由的日光，反射几丝颜色！

我是一只不羁的野驹，我往往纵容想象的猖狂，诡辩人生的现实；比如凭借凹折的玻璃，觉察当前景色。但时而复再，我也能从烦嚣的杂响中听出清新的乐调，在眩耀的杂彩里，看出有条理的意匠。这次祖母的大故，老家庭的生活，给我不少静定的时刻，不少深刻的反省。我不敢说我因此感悟了部分的真理，或是取得了苦干的智慧；我只能说我因此与实际生活更深了一层的接触，益发激动我对于人生种种好奇的探讨，益发使我惊讶这迷迷的玄妙，不但死是神奇的现象，不但生命与呼吸是神奇的现象，就连日常的生活与习惯与迷信，也好像放射着异样的光闪，不容我们擅用一两个形容词来概状，更不容我们昌言什么主义来抹煞——一个革新者的热心，碰着了实在的寒冰！

六

我在我的日记里翻出一封不曾写完不曾付寄的信，是我祖母死后第二天的早上写的。我时在极强烈的极鲜明的时刻内，很想把那几日经过感想与疑问，痛快的写给一个同情的好友，使他在数千里外也能分尝我强烈的鲜明的感情。那位同情的好友我选中了通伯（即陈西滢）。但那封信却只起了一个呆重的头，一为丧中忙，二为我那时眼热不耐用心，始终不曾写就，一直挨到现在再想补写，恐怕强烈已经变弱，鲜明已经透暗，逃亡的囚逋，不易追获的了。我现在把那封残信录在这里，再来追摹当时的情景。

通伯：

我的祖母死了！从昨夜十时半起，直到现在，满屋子只是号啕呼抢的悲音，与和尚、道士、女僧的礼忏鼓磬声。二十年前祖父丧时的情景，如今又在眼前了。忘不了的情景！你愿否听我讲些？

我一路回家，怕的是也许已经见不到老人，但老人却在生死的交关仿佛存心的弥留着，等待她最钟爱的孙儿——即不能与他开言诀别，也使他尚能把握她依然温暖的手掌，抚摩她依然跳动着的胸怀，凝视她依然能自开自阖虽则不再能表情的目睛。她的病是脑充血的一种，中医称为"卒中"（最难救的中风）。她十日前在暗房里踬仆倒地，从此不再开口出言，登仙似的结束了她八十四岁的长寿，六十年良妻与贤母的辛勤，她现在已经永远的脱辞了烦恼的人间，还归她清净自在的来处。我们承受她一生的厚爱与荫泽的儿孙，此时亲见，将来追念，她最后的神化，不能自禁中怀的摧痛，热泪暴雨似的盆涌，然痛心中却亦隐有无穷的赞美，热泪中依稀想见她功成德备的微笑，无形中似有不朽的灵光，永远的临照她绵衍的后裔……

七

旧历的乞巧那一天，我们一大群快活的游踪，驴子灰的黄的白的，轿子四个脚夫抬的，正在山海关外纡回的、曲折的绕登角山的栖贤寺，面对着残圮的长城，巨虫似的爬山越岭，隐入烟霭的迷茫。那晚回北戴河海滨住处，已经半夜，我们还打算天亮四点钟上莲峰山去看日出，我已经快上床，忽然想起了，出去问有信没有，听差递给我一封电报，家里来的四等电报。我就知道不妙，果然是"祖母病危速回"！我当晚就收拾行装，赶早上六时车到天津，晚上才上津浦快车。正嫌路远车慢，半路又为水发冲坏了轨道过不去，一停就停了十二点钟有余，在车里多过了一夜，直到第三天的中午方才过江上沪宁车。这趟车如其准点到上海，刚好可以接上沪杭的夜车，谁知道又误了点，误了不多不少的一分钟，一面我们的车进站，他们的车头鸣的一声叫，别断别断的去了！我若然是空身子，还可以冒险跳车，偏偏我的一双手又被行李雇定了，所以只得定着眼睛送它走。

所以直到八月二十二日的中午我方才到家。我给通伯的信说"怕是已经见不着老人"，在路上那几天真是难受，缩不短的距离没有法子，但是那急人的水发，急人的火车，几面凑拢来，叫我整整的迟一昼夜到家！试想病危了的八十四岁的老人，这二十四点钟不是容易过的，说不定她刚巧在这个期间内有什么动静，那才叫人抱憾哩！但是结果还算没有多大的差池——她老人家还在生死的交关等着！

八

奶奶——奶奶——奶奶！奶——奶！你的孙儿回来了，奶奶！没有回音。老太太阖着眼，仰面躺在床里，右手拿着一把半旧的雕翎扇很自在的扇动着。老太太原来就怕热，每年暑天总是扇子不离手的，那几天又是特别的热。这还不是好好的老太太，呼吸顶匀净的，定是睡着了，谁说危险！奶奶，奶奶！她把扇子放下了，伸手去摸着头顶上挂着的冰袋，一把抓得紧紧的，呼了一口长气，像是暑天赶道儿的喝了一碗凉汤似的，这不是她明明的有感觉不是？我把她的手拿在我的手里，她似乎感觉我手心的热，可是她也让我握着，她开眼了！右眼张得比左眼开些，瞳子却是发呆，我拿手指在她的眼前一挑，她也没有瞬，那准是她瞧不见了——奶奶，奶奶，——她也真没有听见，难道她真是病了，真是危险，这样爱我疼我宠我的好祖母，难道真会得……我心里一阵的难受，鼻子里一阵的酸，滚热的眼泪就迸了出来。这时候床前已经挤满了人，我的这位，我是那位，我一眼看过去，只见一片惨白忧愁的面色，一双双装满了泪珠的眼眶。我的妈更看的憔悴。她们已经伺候了六天六夜，妈对我讲祖母这回不幸的情形，怎样的她夜饭前还在大厅上吩咐事情，怎样的饭后进房去自己擦脸，不知怎样的闪了下去，外面人听着响声才进去，已经是不能开口了，怎样的请医生，一直到现在还没有转机……

一个人到了天伦骨肉的中间，整套的思想情绪，就变换了式样与颜色。你的不自然的口音与语法没有用了；你的耀眼的袍服可以不必穿了；你的洁白的天使的翅膀，预备飞翔出人间到天堂的，不便在你的慈母跟前自由的开豁；你的理想的楼台亭阁，也不轻易的放进这二百年的老屋；你的佩剑、要塞、以及种种的防御，在争竞的外界即使是必要的，到此只是可笑的累赘。在这里，不比在其余的地方，他们所要求于你的，只是随熟的声音与笑貌，只是好的，纯粹的本性，只是一个没有斑点子的赤裸裸的好心。在这些纯爱的骨肉的经纬中心，不由得你不从你的天性里抽出最柔糯亦最有力的几缕丝线来加密或是缝补这幅天伦的结构。

所以我那时坐在祖母的床边，念着两朵热泪，听母亲叙述她的病况，我脑中发生了异常的感想，我像是至少逃回了二十年的光阴，正如我膝前子侄辈一般的高矮，回复了一片纯朴的童真，早上走来祖母的床前，揭开帐子叫一声软和的奶奶，她也回叫了我一声，伸手到里床去摸给我一个蜜枣或是三片状元糕，我又叫了一声奶奶，出去玩了，那是如何可爱的辰光，如何可爱的天真，但如今没有了，再也不回来了。现在床里躺着的，还不是我的亲爱的祖母，十个月前我伴着到普陀登山拜佛清健的祖母，但现在何以不再答应我的呼唤，何以不再能表情，不再能说话，她的灵性哪里去了，她的灵性哪里去了？

九

一天，一天，又是一天——在垂危的病塌前过的时刻，不比平常飞驶无碍的光阴，时钟上同样的一声的嗒，直接的打在你的焦急的心里，给你一种模糊的隐痛——祖母还是照样的眠着，右手的脉自从起病以来已是极微仅有的，但不能动弹的却反是有脉的左侧，右手还是不时在挥扇，但她的呼吸还是一例的平匀，面容虽不免瘦削，光泽依然不减，并没有显著的衰象，所以我们在旁边看她的，差不多每分钟都盼望她从这长期的睡眠中醒来，打一个呵欠，就开眼见人，开口说话——果然她醒了过来，我们也不会觉得离奇，像是原来应当似的。但这究竟是我们亲人绝望中的盼望，实际上所有的医生，中医、西医、针医，都已一致的回绝，说这是"不治之症"。中医说这脉象是凭证，西医说脑壳里血管破裂，虽则植物性机能——呼吸、消化——不曾停止，但言语中枢已经断绝——此外更专门更玄学更科学的理论我也记不得了。所以暂时不变的原因，就在老太太本来的体元太好了，拳术家说的"一时不能散工"，并不是病有转机的兆头。

我们自己人也何尝不明白这是个绝症；但我们却总不忍自认是绝望：这"不忍"便是人情。我有时在病榻前，在凄恓的静默中，发生了重大的疑问。科学家说人的意识与灵感，只是神经系最高的作用，这复杂，微妙的机械，只要部分有了损伤或是停顿，全体的动作便发生相当的影响；如其最重要的部分受了扰乱，他不是变成反常的疯癫，便是完全的失去意识。照这一说，体即是用，离了体即没有用；灵魂是宗教家的大谎，人的身体一死什么都完了。这是最干脆不过的说法，我们活着时有这样有那样已经够麻烦，尽够受，谁还有兴致，谁还愿意到坟墓的那一边再去发生关系，地狱也许是黑暗的，天堂是光明的，但光明与黑暗的区别无非是人类专擅的假定，我们只要摆脱这皮囊，还归我清静，我就不愿意头戴一个黄色的空圈子，合着手掌跪在云端里受罪！

再回到事实上来，我的祖母——一位神智最清明的老太太——究竟在哪里？我既然不能断定因为神经部分的震裂她的灵感性便永远的消减，但同时她又分明的失却了表情的能力，我只能设想她人格的自觉性，也许比平时消淡了不少，却依旧是在着，像在梦魇里将醒未醒时似的，明知她的儿女孙曾不住的叫唤她醒来，明知她即使要永别也总还有多少的嘱咐，但是可怜她的睛球再不能反映外界的印象，她的声带与口舌再不能表达她内心的情意，隔着这脆弱的肉体的关系，她的性灵再不能与他最亲的骨肉自由的交通——也许她也在整天整夜的伴着我们焦急，伴着我们伤心，伴着我们出泪，这才是可怜，这才真叫人悲感哩！

十

到了八月二十七那天，离她起病的第十一天，医生吩咐脉象大大的变了，叫我们当心，这十一天内每天她只咽入很困难的几滴稀薄的米汤，现在她的面上的光泽也不如早几天了，她的目眶更陷落了，她的口部的筋肉也更宽弛了，她右手的动作也减少了，即使拿起了扇子也不再能很自然的扇动了——她的大限的确已经到了。但是到晚饭后，反是没有什么显象。同时一家人着了忙，准备寿衣的、准备冥银的、准备香灯等等的。我从里走出外，又从外走进里，只见匆忙的脚步与严肃的面容。这时病人的大动脉已经微细的不可辨，虽则呼吸还不至怎样的急促。这时一门的骨肉已经齐集在病房里，等候那不可避免的时刻。到了十时光景，我和我的父亲正坐在房的那一头一张床上，忽然听得一个哭叫的声音说——"大家快来看呀，老太太的眼睛张大了！"这尖锐的喊声，仿佛是一大桶的冰水浇在我的身上，我所有的毛管一齐竖了起来，我们跟跄的奔到了床前，挤进了人丛。果然，老太太的眼睛张大了，张得很大了！这是我一生从不曾见过，也是我一辈子忘不了的眼见的神奇（恕罪我的描写！）不但是两眼，面容也是绝对的神变了（transfigured），她原来皱缩的面上，发出一种鲜润的彩泽，仿佛半淤的血脉，又一度充满了生命的精液，她的口，她的两颊，也都回复了异样的丰润；同时她的呼吸渐渐的上升，急进的短促，现在已经几乎脱离了气管，只在鼻孔里脆响的呼出了。但是最神奇不过的是一双眼睛！她的瞳孔早已失去了收敛性，呆顿的放大了。但是最后那几秒钟！不但眼眶是充分的张开了，不但黑白分明，瞳孔锐利的紧敛了，并且放射着一种不可形容，不可信的辉光，我只能称他为"生命最集中的灵光"！这时候床前只是一片的哭声，子媳唤着娘，孙子唤着祖母，婢仆争喊着老太太，几个稚龄的曾孙，也跟着狂叫太太……但老太太最后的开眼，仿佛是与她亲爱的骨肉，作无言的诀别，我们都在号泣的送终，她也安慰了，她放心的去了。在几秒时内，死的黑影已经移上了老人的面部，遏灭了生命的异彩，她最后的呼气，正似水泡破裂，电光杳灭，菩提的一响，生命呼出了窍，什么都止息了。

十 一

我满心充塞了死象的神奇，同时又须顾管我有病的母亲，她那时出性的号啕，在地板上滚着，我自己反而哭不出来；我自己也觉得奇怪，眼看着一家长幼的涕泪滂沱，耳听着狂沸似的呼抢号叫，我不但不发生同情的反应，却反而达到了一个超感情的，静定的，幽妙的意境，我想象的看见祖母脱离了躯壳与人间，穿着雪白的长袍，冉冉的上升天去，我只想默默的跪在尘埃，赞美她一生的功德，赞美她一生的圆寂。这是我的设想！我们内地人却没有这样纯粹的宗教思想；他们的假定是不论死的是高年厚德的老人或是无知无愆的幼孩，或是罪大恶极的凶人，临到弥留的时刻总是一例的有无常鬼、摸壁鬼、牛头马面、赤发獠牙的阴差等等到门，拿着镣链枷锁，来捉拿阴魂到案。所以烧纸帛是平他们的暴戾，最后的呼抢是没奈何的诀别。这也许是大部分临死时实在的情景，但我们却不能概定所有的灵魂都不免遭受这样的凌辱。譬如我们的祖老太太的死，我只能想象她是登天，只能想象她慈祥的神化——像那样鼎沸的号啕，固然是至性不能自禁，但我总以为不如匐伏隐泣或默祷，较为近情，较为合理。

理智发达了，感情便失了自然的浓挚；厌世主义的看来，眼泪与笑声一样是空虚的，无意义的。但厌世主义姑且不论，我却不相信理智的发达，会得妨碍天然的情感；如其教育真有效力，我以为效力就在剥削了不合理性的"感情作用"，但决不会有损真纯的感情；他眼泪也许比一般人流得少些，但他等到流泪的时候，他的泪才是应流的泪。我也是智识愈开流泪愈少的一个人，但这一次却也真的哭了好几次。一次是伴我的姑母哭的，她为产后不曾复元，所以祖母的病一直瞒着她，一直到了祖母故后的早上方才通知她。她扶病来了，她还不曾下轿，我已经听出她在啜泣，我一时感觉一阵的悲伤，等到她出轿放声时，我也在房中歔歔不住。又一次是伴祖母当年的赠嫁婢哭的。她比祖母小十一岁，今年七十三岁，亦已是个白发的婆子，她也来哭他的"小姐"，她是见着我祖母的花烛的唯一个人，她的一哭我也哭了。

再有是伴我的父亲哭的。我总是觉得一个身体伟大的人，他动情感的时候，动人的力量也比平常人伟大些。我见了我父亲哭泣，我就忍不住要伴着淌泪。但是感动我最强烈的几次，是他一人倒在床里，反复的啜泣着，叫着妈，像一个小孩似的，我就感到最热烈的伤感，在他伟大的心胸里浪涛似的起伏，我就感到母子的感情的确是一切感情的起原与总结，等到一失慈爱的荫庇，仿佛一生的事业顿时莫有了根柢，所有的快乐都不能填平这唯一的缺陷；所以他这一哭，我也真哭了。

但是我的祖母果真是死了吗？她的躯体是的。但她是不死的。诗人勃兰恩德有一首的大意是："这样的生命力，一旦得到召唤，便加入到绵延不断的大篷车队，驶向等神秘王国。在笼罩着死亡的寂静的宅第里，每个人羁守他自己的房间，再也无法脱身。如同采石矿的奴隶夜间在地牢中被无情地鞭笞，却只有平静和忍耐。

如果我们的生前是尽责任的，是无愧的，我们就会安坦的走近我们的坟墓，我们的灵魂里不会有惭愧或侮恨的啮痕。人生自生至死，如勃兰恩德的比喻，真是大队的旅客在不尽的沙漠中进行，只要良心有个安顿，到夜里你卧倒在帐幕里也就不怕噩梦来缠绕。

"一个永恒不变的真理，走近坟墓就像一个人掩上他床边的帷幕，然后躺下进入愉快的梦乡。"

我的祖母，在那旧式的环境里，到我们家来五十九年，真像是做了长期的苦工，她何尝有一日的安闲，不必说子女的嫁娶，就是一家的柴米油盐，扫地抹桌，哪一件事不在八十岁老人早晚的心上！我的伯父快近六十岁了，但他的起居饮食；还差不多完全是祖母经管的，初出世的曾孙如其有些身热咳嗽，老太太晚上就睡不安稳；她爱我宠我的深情，更不是文字所能描写；她那深厚的慈荫，真是无所不包，无所不蔽。但她的身心即使劳碌了一生，她的报酬却在灵魂无上的平安；她的安慰就在她的儿女孙曾，只要我们能够步她的前例，各尽天定的责任，她在冥冥中也就永远的微笑了。

十一月二十四日

伤双栝老人

◎徐志摩

　　看来你的死是无可致疑的了，宗孟先生，虽则你的家人们到今天还没法寻回你的残骸。最初消息来时，我只是不信，那其实是太奇特，太荒唐，太不近情。我曾经几回梦见你生还，叙述你历险的始末，多活现的梦境！但如今在栝树凋尽了青枝的庭院，再不闻"老人"的馨亥欠；真的没了，四壁的白联仿佛在微中中叹息。这三四十天来，哭你有你的内着，姊妹，亲戚，悼你的私交；惜你有你的政友与国内无数爱君才调的士夫。志摩是你的一个忘年的小友。我不来敷陈你的事功，不来历叙你的言行；我也不来再加一份涕泪吊你最后的惨变。魂兮归来！此时在一个风满天的深夜握笔就只两件事闪闪的在我心头：一是你谐趣天成的风怀，一是鬌年失估的诸弟妹，他们，你在时，哪一息不是你的关切，便如今，料想你彷徨的阴魂也常在他们的身畔飘逗。平时相见，我倾倒你的妙语，往往含笑静听，不叫我的笨涩羼杂你的莹彻，但此后，可恨这生死间无情的阻隔，我再没有那样的清福了！只当你是在我跟前，只当是消磨长夜的闲谈，我此时对你说些琐碎，想来你不至厌烦罢。

　　先说说你的弟妹。你知道我与小孩子们说得来，每回我到你家去，他们一群四五个，连着眼珠最黑的小五，浪一般的拥上我的身来，牵住我的手，攀住我的头，问这样，问那样；我要走时他们就着了忙，抢帽子的，琐门的，嗄着声音苦求的——你也曾见过我的狼狈。自从你的噩耗到后，可怜的孩子们，从不满四岁到十一岁，哪懂得生死的意义，但看了大人们严肃的神情，他们都发了呆，一个个木鸡似的在人前愣着。有一天听说他们私下在商量，想组织一队童子军，冲出山海关去替爸爸报仇！

　　"栝安"那虚报到的一个早上，我正在你家。忽然间一阵天翻地覆似的闹声从外院陡起，一群孩子拥着一位手拿电纸的大声欢呼着，冲锋似的拥进了上房。果然是大胜利，该得庆祝的："爹爹没有事！""爹爹好好的！"徽那里平安电马上发了去，省她急。福州电也发了去，省他们跋涉。但这欢喜的风景运定活不到三天，又叫接着来的消息给完全煞尽！

当初送你同去的诸君回来，证实了你的死讯。那晚，你的骨肉一个个走进你的卧房，各自默恻恻的坐下，啊，那一阵子最难堪的噤寂，千万种痛心的思潮在各个人的心头，在这沉默的暗惨中，激荡，汹涌，起伏。可怜的孩子们也都泪汪汪的攒聚在一处，相互的偎着。半懂得情景的严重。霎时间，冲破这沉默，发动了放声的号啕，骨肉间至性的悲哀——你听着吧，宗孟先生，那晚有半轮黄月斜觇着北海白塔的凄凉？

我知道你不能忘情这一群童稚的弟妹。前晚我去你家时见小四小五在灵帏前翻着筋斗，正如你在时他们常在你的跟前献技。"你爹呢"？我拉住他们问。"爹死了，"他们嘻嘻的回答，小五搂住了小四，一和身又滚做一堆！他们将来的养育是你身后唯一的问题——说到这里，我不由的想起了你离京前最后几回的谈话，政治生活，你说你不但尝够而且厌烦了。这五十年算是一个结束，明年起你准备谢绝俗缘，亲自教课膝前的子女；这一清心你就可以用功你的书法，你自学你腕下的精力，老来是健进，你打算再花二十年工夫，打磨你艺术的天才；文章你本来不弱，但你想望的却不是什么等身的著述，你只求沥一生的心得，淘成三两篇不易衰朽的纯晶。这在你是一种觉悟；早年在国外初识面时，你每每自负你政治的异禀。即在年前避居津地时你还以为前途不少有为的希望，直到最近政态诡变，你才内省厌倦，认真想回复你书生逸士的生涯。我从最初惊讶你清奇的相貌，惊讶你更清奇的谈吐，我便不阿附你从政的热心，曾经有多少次我讽劝你趁早回航，领导这新时期的精神，共同发现文艺的新土。即如前年泰戈尔来时，你那兴会正不让我们年轻人；你这半百翁登台演戏，不论劳倦的精神正不知给了我们多少的鼓舞！

不，你不是"老人"；你至少是我们后生中间的一个。

在你的精神里，我们看不见苍苍的鬓发，看不见五十年光阴的痕迹；你依旧是二三十年前《春痕》故事里的"逸"的风情——"万种风情无地着"，是你最得意的名句，谁料这下文竟命定是"辽原白雪葬华颠！"

谁说你不是君房的后身？可惜当时不曾记你摇曳多姿的吐属，蓓蕾似的满缀着警句与谐趣，在此时回忆，只如天海远处的点点航影，再也认不分明。你常常自称厌世人，果然，这世界，这人情，那禁得起人锐利的理智的解剖与抉剔？你的锋芒，有人说，是你一生最吃亏的所在。但你厌恶的是虚伪，是矫情，是顽老，是乡愿的面目，哪还是不该的？谁有你的豪爽，谁有你的倜傥，谁有你的幽默？你的锋芒，即使露，也决不是完全在他人身上应用，你何尝放过你自己？对己一如对人，你丝毫不存姑息，不存隐讳，这就够难能，在这无往不是矫揉的日子，再没有第二人，除了你，能给我这样脆爽的清谈的愉快。再没有第二人在我的前辈中，除了你能使我感受这样的无"执"无"我"精神。

最可怜是远在海外的徽徽，她，你曾经对我说，是你唯一的知己；你，她也会对我说，是她唯一的知己。你们这父女不是寻常的父女。"做一个有天才的女儿的父亲"，你会说，"不是容易享的福，你得放低你天伦的辈分先求做到友谊的了解。"徽，不用说，一生崇拜的就只你，她一生理想的计划中，哪件事离得了聪明不让她自己的老父？但如今，说也可怜，一切都成了梦幻，隔着这万里途程，她那弱小的心灵如何载得起这奇重的哀惨！这终天的缺陷，叫她问谁补去？佑着她吧，你不昧的阴灵，宗孟先生，给她健康，给她幸福。尤其给她艺术的灵术——同时提携她的弟妹，共同增荣雪池双栻的清名！

十五年二月二日新月社

一般心内叫着痛苦的吧

◎陆小曼

昨天才写完一信，T. 来了，谈了半天。他倒是个很好的朋友，他说他那天在车站看见我的脸吓一跳，苍白得好像死去一般，他知道我那时的心一定难过到极点了。他还说外边谣言极多，有人说我要离婚了，又有人说摩一定是不真爱我，若是真爱决不肯丢我远去的。真可笑，外头人不知道为什么都跟我有缘似的，无论男女都爱将我当一个谈话的好材料，没有可说也是想法造点出来说，真奇怪了。……

摩，为你我还是拼命干一下的好，我要往前走，不管前面有几多的荆棘，我一定直着脖子走，非到筋疲力尽我决不回头的。因为你是真正的认识了我，你不但认识我表面，你还认清了我的内心，我本来老是自恨为什么没有人认识我，为什么人家全拿我当一个只会玩只会穿的女子；可是我虽恨，我并不怪人家，本来人们只看外表，谁又能真生一双妙眼来看透人的内心呢？受着的评论都是自己去换得来的，在这个黑暗的世界，有几个是肯拿真性灵透露出来的？像我自己，还不是一样成天埋没了本性以假对人的么？只有你，摩！第一个人能从一切的假言假笑中看透我的真心，认识我的苦痛，叫我怎能不从此收起以往的假而真正的给你一片真呢！我自从认识了你，我就有改变生活的决心，为你我一定认真地做人了。

因为昨晚一宵苦思，今晨又觉满身酸痛，不过我快乐，我得着了一个全静的夜。本来我就最爱清静的夜，静悄悄只有我一个人，只有滴答的钟声做我的良伴，让我爱做什么就做什么，不论坐着，睡着，看书，都是安静的，再无聊时耽着想想，做不到的事情，得不着的快乐，只要能闭着眼像电影似地一幕幕在眼前飞过也是快乐的，至少也能得着片刻的安慰。昨晚想你，想你现在一定已经看得见西伯利亚的白雪了，不过你眼前虽有不容易看得到的美景，可你身旁没有了陪伴你的我，你一定也同我现在一般地感觉着寂寞，一般心内叫着痛苦的吧！我从前常听人言生离死别是人生最难忍受的事情，我老是笑着说人痴情，谁知今天轮到了我身上，才知道人家的话不是虚的，全是从痛苦中得来的实言。我今天才身受着这种说不出叫不明的痛苦，生离已经够受了，死别的味儿想必更不堪设想吧。

回家去陪娘去看病，在车中我又探了探她的口气，我说照这样的日子再往下过，我怕我的身体上要担受不起了。她倒反说我自寻烦恼，自找痛苦，好好的日子不过，一天到晚只是去模仿外国小说上的行为，讲爱情，说什么精神上痛苦不痛苦，那些无味的话有什么道理。本来她在四十多年前就生出来了，我才生了二十多年，二十年内的变化与进步是不可计算的，我们的思想当然不能符合了。她们看来夫荣子贵是女子的莫大幸福，个人的喜、乐、哀、怒是不成问题的，所以也难怪她不能明了我的苦楚。本来人在幼年时灌进脑子里的知识与教育是永不会迁移的，何况是这种封建思想与礼教观念更不容易使她忘记。所以从前多少女子，为了怕人骂，怕人背后批评，甘愿自己牺牲自己的快乐与身体，怨死闺中，要不然就是终身得了不死不活的病，呻吟到死。这一类的可怜女子，我敢说十个里面有九个是自己……，她们可怜，至死还不明白是什么害了她们。摩！我今天很运气能够遇着你，在我不认识你以前，我的思想，我的观念，也同她们一样，我也是一样的没有勇气，一样的预备就此糊里糊涂地一天天往下过，不问什么快乐什么痛苦，就此埋没了本性过它一辈子完事的；自从见着你，我才像乌云里见了青天，我才知道自埋自身是不应该的，做人为什么不轰轰烈烈地做一番呢？我愿意从此跟你往高处飞，往明处走，永远再不自暴自弃了。

老者安之，少者怀之

◎林语堂

　　一位参加庆祝中国建国十周年代表团的日本朋友，在回国之前，约我去话别。这是一位白发苍苍的汉学家，我和他的夫人认识，在从前大家见面的场合，他总是恂恂地坐在一旁，不大开口。这次却兴奋得滔滔不绝，大谈其访华观感，他说中国变化之大，真是出乎意外！他在一九二三年、一九三五年都曾来过中国，但是这次到来，看见整个中国焕然一新了，不用说天安门广场完全是新的面貌，就是北京的小街小巷也变得不可辨认了。他接着谈西安、谈成都、谈汉口……

　　越谈越兴奋。我好容易挤进一句："您对于哪一件事物印象最深呢？"他笑了，说："这是个很难的试题！比方说，国庆日的游行群众对领袖的爱戴的热情；以科学方法保存和重修的古迹；长江大桥，武汉钢铁厂……但是我想还是人民公社给我的印象最深，人民公社真好！我参观了四川红光人民公社的托儿所和敬老院，这真正做到了中国古圣先贤的伟大理想——老者安之，少者怀之。"他凝思地摇着满头的白发，"这是马列主义和中国实际相结合的结果……我现在也在看书，看马列主义的书，研究马列主义怎样能和日本的实际相结合……"

　　这位学者的变化也真不小呵！

　　回来的路上，我在想，我没有去过四川红光人民公社，但是我知道全中国的人民公社都是一样的，我眼前涌现出我今年春天参观过的河南大冶人民公社。大冶人民公社的康福乐园，真是一个可爱的地方！在康福乐园里有产院，有托儿所，有幼儿园。走出去不远还有小学。产院里设备周全，有中西医药。诞生的日子不同的孩子，都分开居住。这一大片房子的周围，母亲怀抱里的，床上的，推车上的，地上玩的，课堂里的，几百个孩子，红红胖胖的，真像园里的鲜花一般。我们又参观了他们的敬老院，那是在很清静的一个上坡上的窑洞里。这窑洞也极其可爱！走进大门，里面好像北京的三合院，三面有窑洞，院里有井，有葡萄架；有石磴，光滑清洁的窑洞内，摆设整齐，里面住着几位老大爷老大娘，那时他们正坐在院子里闲谈，看见我们来了，喜得起来让坐让茶，还给我们唱了快板，以后我们还参观了"东厢房"的厨房，里面有两位白衣白帽的炊事员，正在给老人们整治着晚餐。

这一切都使我满意地想到，童年和老年是人生中最难调护最要扶持的时期，尤其是没有儿女亲属的老人，在旧社会是最孤苦无依的。这一切，若没有人民公社，也是很难办全办好的。人民公社真好！其中的一好，就是做到了"老者安之，少者怀之"。

好似几年样的挂念你们

◎张露萍

慈祥的妈妈伯伯：

今天又是三月二七号了，搬着指头数一数，小儿离开你们的膝前已将五月了。在这短短的数月中，使我感到好似几年样的挂念你们。所以我每时每刻都在为你们祈上天保你们的康健！

我的身体比在家时好多了，请你们勿念罢！因为我年纪很小，所以常常想家，尤其是晚上是常常不能安静的睡，总是梦着你们，念着你们！我亲爱的妈妈伯伯：在我接到你们要乘机回四川时的信，我真是说不出的高兴。但当我打电报到西安找吴永照时，他已经不在那里了，儿为了怕到西安想不到办法——没有了钱，所以只有不能去，到现在还是留在延安。儿在这儿的生活很好，每天上课是忙极了，因此没有很多的时间写信来问候你们，望你们恕儿罢！

两个多月的时间是容易过极了，因此我还是希望妈妈伯伯不要念我，毕业后我马上回来看望你们的慈颜！

虽然陕北现在已经是前线了，但是我们同学两千多人中没有一个怕的。因为，大家都相信百战百胜的八路军。这儿是他们训练了多年的边区，也就是他们的根据地。这儿的老百姓不能（论）男女老少都是有组织的，就是说都能打杖（仗）的。由于内战时的事实告诉我们，他们都是爱自由的人，不愿作奴隶。所以这次的抗战使他（们）更兴奋，更努力，都愿意打日本。再加这儿地势的复杂、崎岖，使日本机械化的军队是没法的，飞机吗？更无用。我们住的都是山洞，他拿着简直没法。同时为了我们的环境恶劣，所以我们的学习更加强了。希望你们不要担心罢。中国人民的军队的八路军和边区亲爱的同胞们是会保护你们的孩子的！你们一定不要怕！两个月后你们依门接你们亲爱的小儿罢！

我亲爱的妈妈伯伯！时间不早了，我们还要开小组会。

　　还告诉你们个好稍息：你们的孩子每天能背三十几斤重的包裹爬八十几里的山路了，你们高兴吗？

　　祝

安康

你们的孩子英　敬禀
阳历三月二七

给我的孩子们

◎丰子恺

我的孩子们！我憧憬于你们的生活，每天不止一次！我想委曲地说出来，使你们自己晓得。可惜到你们懂得我的话的意思的时候，你们将不复是可以使我憧憬的人了。这是何等可悲哀的事啊！

瞻瞻！你尤其可佩服。你是身心全部公开的真人。你什么事情都像拼命地用全副精力去对付。小小的失意，像花生米翻落地了，自己嚼了舌头了，小猫不肯吃糕了，你都要哭得嘴唇翻白，昏去一两分钟。外婆普陀去烧香买回来给你的泥人，你何等鞠躬尽瘁地抱他，喂他；有一天你自己失手把他打破了，你的号哭的悲哀，比大人们的破产，失恋，broken heart，丧考妣，全军覆没的悲哀都要真切。两把芭蕉扇做的脚踏车，麻雀牌堆成的火车，汽车，你何等认真地看待，挺直了嗓子叫"汪——"，"咕咕咕…"，来代替汽笛。宝姐姐讲故事给你听，说到"月亮姐姐挂下一只篮来，宝姐姐坐在篮里吊了上去，瞻瞻在下面看"的时候，你何等激昂地同她争，说"瞻瞻要上去，宝姐姐在下面看！"甚至哭到漫姑面前去求审判。我每次剃了头，你真心地疑我变了和尚，好几时不要我抱。最是今年夏天，你坐在我膝上发现了我腋下的长毛，当作黄鼠狼的时候，你何等伤心，你立刻从我身上爬下去，起初眼瞪瞪地对我端相，继而大失所望地号哭，看看，哭哭，如同对被判定了死罪的亲友一样。你要我抱你到车站里去，多多益善地要买香蕉，满满地擒了两手回来，回到门口时你已经熟睡在我的肩上，手里的香蕉不知落在哪里去了。这是何等可佩服的真率，自然，与热情！大人间的所谓"沉默"，"含蓄"，"深刻"的美德，比起你来，全是不自然的，病的，伪的！

你们每天做火车，做汽车，办酒，请菩萨，堆六面画，唱歌，全是自动的，创造创作的生活。大人们的呼号"归自然！""生活的艺术化！""劳动的艺术化！"在你们面前真是出丑得很了！依样画几笔画，写几篇文的人称为艺术家，创作家，对你们更要愧死！

你们的创作力，比大人真是强盛得多哩：瞻瞻！你的身体不及椅子的一半，却常常要搬动它，与它一同翻倒在地上；你又要把一杯茶横转来藏在抽斗里，要皮球停在壁上，要拉住火车的尾巴，要月亮出来，要天停止下雨。在这等小小的事件中，明明表示着你们的小弱的体力与智力不足以应付强盛的创作欲，表现欲的驱使，因而遭逢失败。然而你们是不受大自然的支配，不受人类社会的束缚的创造者，所以你的遭逢失败，例如火车尾巴拉不住，月亮呼不出来的时候，你们决不承认是事实的不可能，总以为是爹爹妈妈不肯帮你们办到，同不许你们弄自鸣钟同例，所以愤愤地哭了，你们的世界何等广大！

你们一定想：终天无聊地伏在案上弄笔的爸爸，终天闷闷地坐在窗下弄引线的妈妈，是何等无气性的奇怪的动物！你们所视为奇怪动物的我与你们的母亲，有时确实难为了你们，摧残了你们，回想起来，真是不安心得很：

阿宝！有一晚你拿软软的新鞋子，和自己脚上脱下来的鞋子，给凳子的脚穿了，划袜立在地上，得意地叫"阿宝两只脚，凳子四只脚"的时候，你母亲喊着"龌龊了袜子！"立刻擒你到藤榻上，动手毁坏你的创作。当你蹲在榻上注视你母亲动手毁坏的时候，你的小心里一定感到"母亲这种人，何等杀风景而野蛮"吧！

瞻瞻！有一天开明书店送了几册新出版的毛边的《音乐入门》来。我用小刀把书页一张一张地裁开来，你侧着头，站在桌边默默地看。后来我从学校回来，你已经在我的书架上拿了一本连史纸印的中国装的《楚辞》，把它裁破了十几页，得意地对我说："爸爸！瞻瞻也会裁了！"瞻瞻！这在你原是何等成功的欢喜，何等得意的作品！却被我一个惊骇的"哼！"字喊得你哭了。那时候你也一定抱怨"爸爸何等不明"吧！

软软！你常常要弄我的长锋羊毫，我看见了总是无情地夺脱你。现在你一定轻视我，想道："你终于要我画你的画集的封面！"

最不安心的，是有时我还要拉一个你们所最怕的陆露沙医生来，教他用他的大手来摸你们的肚子，甚至用刀来在你们臂上割几下，还要教妈妈和漫姑擒住了你们的手脚，捏住了你们的鼻子，把很苦的水灌到你们的嘴里去。这在你们一定认为太无人道的野蛮举动吧！

孩子们！你们果真抱怨我，我倒欢喜；到你们的抱怨变为感谢的时候，我的悲哀来了！

　　我在世间，永没有逢到像你们样出肺肝相示的人。世间的人群结合，永没有像你们样的彻底地真实而纯洁。最是我到上海去干了无聊的所谓"事"回来，或者去同不相干的人们做了叫做"上课"的一种把戏回来，你们在门口或车站旁等我的时候，我心中何等惭愧又欢喜！惭愧我为什么去做这等无聊的事，欢喜我又得暂时放怀一切地加入你们的真生活的团体。

　　但是，你们的黄金时代有限，现实终于要暴露的。这是我经验过来的情形，也是大人们谁也经验过的情形。我眼看见儿时的伴侣中的英雄，好汉，一个个退缩，顺从，妥协，屈服起来，到像绵羊的地步。我自己也是如此。"后之视今，亦犹今之视昔"，你们不久也要走这条路呢！

　　我的孩子们！憧憬于你们的生活的我，痴心要为你们永远挽留这黄金时代在这册子里。然这真不过像"蜘蛛网落花"略微保留一点春的痕迹而已。且到你们懂得我这片心情的时候，你们早已不是这样的人，我的画在世间已无可印证了！这是何等可悲哀的事啊！

爱底痛苦

◎许地山

在绿荫月影底下，朗日和风之中，或急雨飘雪底时候，牛先生必要说他底真言，"啊，拉夫斯偏！"他在三百六十日中，少有不说这话底时候。

暮雨要来，带着愁容底云片，急急飞避；不识不知的蜻蜓还在庭园间遨游着。爱诵真言底牛先生闷坐在屋里，从西窗望见隔院底女友田和正抱着小弟弟玩。

姊姊把孩子底手臂咬得吃紧；擘他底两颊；摇他底身体；又掌他底小腿。孩子急得哭了。姊姊才忙忙地拥抱住他，推着笑说："乖乖，乖乖，好孩子，好弟弟，不要哭。我疼爱你，我疼爱你！不要哭。"不一会孩子底哭声果然停了，可是弟弟刚现出笑容，姊姊又该咬他、擘他、摇他、掌他咧。

檐前底雨好像珠帘，把牛先生眼中底对象隔住。但方才那种印象，却萦回在他眼中。他把窗户关上，自己一人在屋里蝶来蹀去。最后，他点点头，笑了一声，"哈，哈！这也是拉夫斯偏！"

他走近书桌子，坐下，提起笔来，像要写什么似地。想了半天，才写上一句七言诗。他念了几遍，就摇头，自己说："不好，不好。我不会做诗，还是随便记些起来好。"

牛先生将那句诗涂掉以后，就把他底日记拿出来写。那天他要记底事情格外多。日记里应用底空格，他在午饭后，早已填满了。他裁了一张纸，写着：

> 黄昏，大雨。田在西院弄她底弟弟，动起我一个感想，就是：人都喜欢见他们所爱者底愁苦；要想方法教所爱者难受。所爱者越难受，爱者越喜欢，越加爱。
>
> 一切被爱底男子，在他们底女人当中，直如小弟弟在田底膝上一样。他们也是被爱者玩弄底。

女人底爱最难给，最容易收回去。当她把爱收回去底时候，未必不是一种游戏的冲动；可是苦了别人哪。

唉，爱玩弄人底女人，你何苦来这一下！愚男子，你底苦恼，又活该呢！

牛先生写完，复看一遍，又把后面那几句涂去，说："写得太过了，太过了！"他把那张纸付贴在日记上，正要起身，老妈子把哭着底孩子抱出来，一面说："妹妹不好，爱欺负人。不要哭，咱们找牛先生去。"

"姊姊打我！"这是孩子所能对牛先生说底话。

牛先生装作可怜的声音，忧郁的容貌，回答说："是么？姊姊打你么？来，我看看打到哪步田地？"

孩子受他底抚慰，也就忘了痛苦，安静过来了。现在吵闹底，只剩下外间急雨底声音。

我的三个弟弟

◎冰　心

　　我和我的弟弟们一向以弟兄相称。他们叫我"伊哥"（伊是福州方言"阿"的意思）。这小名是我的父母亲给我起的，因此我的大弟弟为涵小名就叫细哥（"细"是福州方言"小"的意思），我的二弟为杰小名就叫细弟，到了三弟为楫出生，他的小名就只好叫"小小"了！

　　说来话长！我一生下来，我的姑母就拿我的生辰八字，去请人算命，算命先生说："这一定是个男命，因为孩子命里带着'文曲星'，是会做文官的。"算命纸上还写着有"富贵逼人无地处，长安道上马如飞"。这张算命纸本来由我收着，几经离乱，早就找不到了。算命先生还说我命里"五行"缺"火"，于是我的二伯父就替我取了"婉莹"的大名，"婉"是我们家姐妹的排行，"莹"字上面有两个"火"字，以补我命中之缺。但祖父总叫我"莹官"，和我的堂兄们霖官、仪官等一样，当做男孩叫的。而且我从小就是男装，一直到一九一一年，我从烟台回到福州时，才改了女装。伯叔父母们叫我"四妹"，但"莹官"和"伊哥"的称呼，在我祖父和在我们的小家庭中，一直没改。

　　我的三个弟弟都是在烟台出生的，"官"字都免了，只保留福州方言，如"细哥"、"细弟"等等。

　　我的三个弟弟中，大弟为涵是最聪明的一个，十二岁就考上"唐山路矿学校"的预科（我在《离家的一年》这篇小说中就说的是这件事）。以后学校迁到北京，改称"北京交通大学"。他在学校里结交了一些爱好音乐的朋友，他自己课余又跟一位意大利音乐家学小提琴。我记得那时他从东交民巷老师家回来，就在屋里练琴，星期天他就能继续弹奏六七个小时。他的朋友们来了，我们的西厢房里就弦歌不断。他们不但拉提琴，也弹月琴，引得二弟和三弟也学会了一些中国乐器，三弟嗓子很好，就带头唱歌（他在育英小学，就被选入学校的歌咏队），至今我中午休息在枕上听收音机的时候，我还是喜欢听那高亢或雄浑的男歌音！

涵弟的音乐爱好，并没有干扰他的学习，他尤其喜欢外语。一九二三年秋，我在美国沙穰疗养院的时候，就常得到他用英文写的长信。病友们都奇怪说："你们中国人为什么要用英文写信？"我笑说："是他要练习外文并要我改正的缘故。"

其实他的英文在书写上比我流利得多。

一九二六年我回国来，第二年他就到美国的宾夕法尼亚大学，去学"公路"，回国后一直在交通部门工作。他的爱人杨建华，是我舅父杨子敬先生的女儿。他们的婚姻是我的舅舅亲口向我母亲提的，说是："姑做婆，赛活佛。"照现在的说法，近亲结婚，生的孩子一定痴呆，可是他们生了五个女儿，却是一个赛似一个地聪明伶俐。（涵弟是长子，所以从我们都离家后，他就一直和我父亲住在一起。）至今我还藏着她们五姐妹环绕着父亲的一张相片。她们的名字都取的是花名，因为在华妹怀着第一个孩子时，我父亲做了一个梦，梦见一个老人递给他一张条子，上面写着"文郎俯看菊陶仙"，因此我的大侄女就叫宗菊。"宗"字本来是我们大家庭里男孩子的排行，但我父亲说男女应该一样。后来我的一个堂弟得了一个儿子，就把"陶"字要走了，我的第二个侄女，只好叫宗仙。以后接着又来了宗莲和宗菱，也都是父亲给起的名字。当华妹又怀了第五胎的时候，她们四个姐妹聚在一起祷告，希望妈妈不要生个男儿，怕有了弟弟，就不疼她们了。宗梅生后，华妹倒是有点失望，父亲却特为宗梅办了一桌满月酒席，这是她姐姐们所没有的，表示他特别高兴。因此她们总是高兴地说："爷爷特别喜欢女孩子，我们也要特别争气才行！"

一九三七年，我和文藻刚从欧洲回来，"七七"事变就发生了。我们在燕京大学又呆了一年，就到后方云南去了。我们走的那一天，父亲在母亲遗像前烧了一炷香，保佑我们一路平安。那时杰弟在南京，楫弟在香港，只有涵弟一人到车站送我们，他仍旧是泪汪汪地，一语不发，和当年我赴美留学时一样，他没有和杰、楫一道到车站送我，只在家里窗内泪汪汪地看着我走。我永远也忘不了那一对伤离惜别的悲痛的眼睛！

我们离开北京时，倒是把文藻的母亲带到上海，让她和文藻的妹妹一家住在一起。那时我们对云南生活知道的不多；更不敢也不能拖着父亲和涵弟一家人去到后方，当时也没想到抗战会抗得那么长，谁知道匆匆一别遂成永诀呢？！

一九四○年，我在云南的呈贡山上，得到涵弟报告父亲逝世的一封信，我打开信还没有看完，一口血就涌上来了！

不敢说的……谁也想不到他走的那样快……大人说："伊哥住址是呈贡三台山，你能记得吗？"我含泪点首……晨十时德国医陈义大夫又来打针，大人喘仍不止，稍止后即告我："将我的病况，用快函寄上海再转香港和呈贡，他们三人都不知道我病重了……"这时大人面色苍白，汗流如雨，又说："我要找你妈去！"……大人表示要上床睡，我知道是那两针吗啡之力，一时房中安静，窗外一滴一滴的雨声，似乎在催着正在与生命挣扎的老父，不料到了早晨八时四十五分，就停了气息……我的血也冷了，不知是梦境？是幻境？最后责任心压倒了一切，死的死了，活的人还得活着干……

他的第二封信，就附来一张父亲灵堂的相片，以及他请人代拟的文藻吊我父亲的挽联：

本是生离，竟成死别，深闺何以慰哀思

信里还说"听说你身体也不好，时常吐血，我非常不安……弟近来亦常发热出汗，疲弱不堪，但不敢多请假，因请假多了，公司将取消食粮配给……华妹一定要为我订牛奶，劝我吃鸡蛋，但是耗费太大，不得不将我的提琴托人出售，因为家里已没有可卖之物……一切均亏得华妹操心，这个家真亏她维持下去……孩子们都好，都知吃苦，也都肯用功读书，堪以告慰，但愿有一天苦尽甜来……"

这是涵弟给我的末一封信了。父亲是一九四○年八月四日八时四十五分逝世的。涵弟在敌后的一个公司里又挨了四年，我也总找不到一个职业使他可以到后方来。他贫病交加，于一九四四年也逝世了！他最爱的也是最聪明的女儿宗莲，就改了名字和同学们逃到解放区去，其他的仍守着母亲，过着极其艰难的日子……

我的这个最聪明最尽责、性情最沉默、感情最脆弱的弟弟，就这样在敌后劳苦抑郁地了此一生！

关于能把三个弟弟写在一起的事：就是他们从小喜欢上房玩。北京中剪子巷家里，紧挨着东厢房有一棵枣树，他们就从树上爬到房上，到了北房屋脊后面的一个旮旯里，藏了许多他们自制的玩艺儿，如小铅船之类。房东祈老头儿来了，看见他们上房，就笑着嚷："你们又上房了，将来修房的钱，就跟你们要！"

还有就是他们同一些同学，跟一位打拳的老师学武术，置办一些刀枪剑戟，一阵乱打，以及带着小狗骑车到北海泅水、划船，这些事我当然都没有参加。

其实我在《关于女人》那一本书里，虽然说的是我的三位弟妇，却已经把我的三个弟弟的性情、爱好等等都已经描写过了。不过《关于女人》是写在一九四三年，对于大弟只写了他恋爱、婚姻一段，对于二弟、三弟就写得多一些。

二弟为杰从小是和我在一床睡的。那时父亲带着大弟，母亲带着小弟，我就带着他。弟弟们比我们睡得早，在里床每人一个被窝桶，晚饭后不久，就钻进去睡了。为杰和一般的第二个孩子一样，总是很"乖"的。他在三个弟兄里，又是比较"笨"的。我记得在他上小学时，每天早起我一边梳头，一边听他背《孟子》，什么"泄泄沓沓也"，我不知道这是《孟子》中的哪一章？哪一节？也许还是"注释"，但他呜咽着反复背诵的这一句书，至今还在我耳边震响着。

他的功课总是不太好，到了开初中毕业式那天，照例是要穿一件新的蓝布大褂的，母亲还不敢先给他做，结果他还是毕业了。可是到了高中，他一下子就蹿上来了，成了个高材生。一九二六年秋他考上了燕京大学，正巧我也回国在那里教课，因为他参加了许多课外活动，我们接触的机会很多。

有一次男生们演话剧"咖啡店之一夜"，那时男女生还没有合演，为杰就担任了女服务员这一角色。他穿的是我的一套黑绸衣裙，头上扎个带褶的白纱巾，系上白围裙，台下同学们都笑说他像我。那年冬天男女同学在未名湖上化装溜冰，他仍是穿那一套衣裳，手里捧着纸做的杯盘，在冰上旋舞。

一九二九年我同文藻结婚后，我们有了家了，他就常到家里吃饭，他很能吃，也不挑食。一九三〇年秋我怀上了吴平，害口，差不多有七个月吃不下东西。父亲从城里送来的新鲜的蔬菜水果，几乎都是他吃了。甚至在一九三一年二月我生吴平那一天，我从产房出来，看见他在病房等着我，房里桌上有一杯给产妇吃的冰淇淋，我实在太累了，吃不下，冲他一努嘴，他就捧起杯来，脸朝着墙，一口气吃下了！

他在燕大念的是化学，他的学士和硕士的论文，都是跟天津碱厂的总工程师侯德榜博士写的。侯先生很赏识他，又介绍他到美国威斯康星大学读化学博士，毕业时还得了金钥匙奖。回国后就在永利制碱公司工作。解放后又跟侯先生到了化工部。一九五一年我们从日本回到北京，见面的时候就多了。

我是农历闰八月十日生的，他的生日是农历八月初十，因此每到每年的农历的八月十一日，他们就买一个大蛋糕来，我们两家人一起庆祝，我现在还存着我们两人一同切蛋糕的相片。

一九八五年九月文藻逝世后，他得到消息，一进门还没得及说话，就伏在书桌上，大哭不止，我倒含着泪去劝他。他晚年身体不好，常犯气喘病，家里暖气不够热时，就往往在堂屋里生上火炉。一九八六年初，他病重进了医院，他的爱人李文玲还瞒着我，直到他一月十二日逝世几天以后，我才得到这不幸的消息。化工部他的同事们为他准备了一个纪念册，要我题字，我写：

他这么一个对祖国的化工事业，做出应有的贡献的弟弟，我又感到无限的自慰与自豪。

他的爱人李文玲是金陵女子大学音乐系毕业的，专修钢琴。他的儿子谢宗英和儿媳张薇都继承了他的事业，现在都在化工部的附属工程机关工作。

我的三弟谢为楫的一切，我在《关于女人》写我的三弟妇那一段已经把他描写过了：

急躁，好动，因为他最小，便养得很任性，很娇惯。虽然如此，他对于父母和兄姐的话总是听从的，对我更是无话不说……

他很爱好文艺，也爱交些文艺界的年轻朋友。丁玲、胡也频、沈从文等，都是他介绍给我的，我记得那是一九二七年我的父亲在上海工作的时候。他还出过一本短篇小说集，名字我忘了，那时他也不过十七八岁。

他没有读大学就到英国利物浦的海上学校，当了航海学生，在五洲的海上飘荡了五年，居然还得了一张荣誉证书回来。从那时起他就在海关的缉私船上工作。抗战时期，上海失守后，他到了香港，香港又失守了，他就到重庆，不久由港务司派他到美国进修了一年，回来后就在上海港务局工作。

他的爱人刘纪华，是我的表兄刘放园先生的女儿，燕大的社会学系优秀的硕士研究生，那时也在上海的"善后救济总署"工作。他们是青梅竹马的恩爱夫妻，工作和生活都很愉快。他们有五个儿女。为楫说，为了纪念我，他们孩子的名字里都要带一个"心"字。长女宗慈，十一二岁就到东北上学，我记得是长春大学，学的是农业机械。他们的二女儿宗爱、三女儿宗恩，学的是音乐，是报考上海音乐学院附中的上千人中考上的五十人中之二。我听见了很高兴，给她们寄去八百元买了一架钢琴，作为奖励。他们的两个儿子宗惠和宗悫那时还小。

一九五七年，为楫响应"向党进言"的号召，写了几张大字报，被划成了右派，遣送到甘肃的武威劳动改造，从此丢弃了他的专业，如同失水的枯鱼一般，全家迁到了大西北。

那时我的老伴吴文藻，和我的儿子吴平也都是右派分子，我的头上响起了晴天的霹雳，心中的天地也一下子旋转了起来！

但我还是镇定地给为楫写一封封的长信，鼓励他好好改造，重新做人，求得重有报效祖国的机会，其实那几年我自己也不知道是怎么过的！只记得为楫夫妇都在武威一所中学教书，度过了相当艰苦的日子。孩子们在逆境中反而加倍奋发自强，宗恩和宗爱都在西安音乐学院毕了业。两个男孩子都学的是理工，在矿学事业自动化研究所里工作，这都是后话了！

劳瘁交加的纪华得了癌症，一九七六年去世了，为楫就到窑街和小儿子住了些日子，一九七八年又到四川的北碚，同大女儿住了些日子；一九七九年应兰州大学之聘，在兰大教授英语；一九八四年的一月十二日就因病在兰州逝世了！他的儿女们都没有告诉我们。我和为杰只奇怪楫弟为什么这样懒得动笔，每逢农历九月十九，我们还是寄些钱去（他比纪华大一岁，两人是同一天生日，往常我们总是祝他们"双寿"），让他的孩子们给他买块蛋糕。孩子们也总是回信说：

"爹爹吃了蛋糕，很喜欢，说是谢谢你们！"杰弟一直到死，还不知道"小小"已经比他先走了！

在写这一篇的时候，我流尽了最后的眼泪！王羲之在《兰亭集序》里说"死生亦大矣，岂不痛哉。"我倒觉得"死"真是个"解脱"，"痛"的是后死的人！

我的三个弟弟：从小到大，我尽力地爱护了你们。最后也还是我用眼泪来给你们送别，我总算对得起你们了！

1987 年 7 月 8 日风雨欲来的黄昏

在女儿婚礼上的讲话

◎贾平凹

　　我二十七岁有了女儿，多少个艰辛和忙乱的日子里，总盼望着孩子长大，她就是长不大，但突然间她长大了，有了漂亮、有了健康、有了知识，今天又做了幸福的新娘！我的前半生，写下了百十余部作品，而让我最温暖的也最牵肠挂肚和最有压力的作品就是贾浅。她诞生于爱，成长于爱中，是我的淘气，是我的贴心小棉袄，也是我的朋友。我没有男孩，一直把她当男孩看，贾氏家族也一直把她当做希望之花。我是从困苦境域里一步步走过来的，我发誓不让我的孩子像我过去那样的贫穷和坎坷，但要在"长安居大不易"，我要求她自强不息，又必须善良、宽容。二十多年里，我或许对她粗暴呵斥，或许对她无为而治，贾浅无疑是做到了这一点。当年我的父亲为我而欣慰过，今天，贾浅也让我有了做父亲的欣慰。因此，我祝福我的孩子，也感谢我的孩子。

　　女大当嫁，这几年里，随着孩子的年龄增长，我和她的母亲对孩子越发感情复杂，一方面是她将要离开我们，一方面是迎接她的又是怎样的一个未来？我们祈祷着她能受到爱神的光顾，觅寻到她的意中人，获得她应该有的幸福。终于，在今天，她寻到了，也是我们把她交给了一个优秀的俊朗的贾少龙！我们两家大人都是从乡下来到城里，虽然一个原籍在陕北，一个原籍在陕南，偏偏都姓贾，这就是神的旨意，是天定的良缘。两个孩子生活在富裕的年代，但他们没有染上浮华习气，成长于社会变型时期，他们依然纯真清明，他们是阳光的、进步的青年，他们的结合，以后的日子会快乐、灿烂！在这庄严而热烈的婚礼上，作为父母，我们向两个孩子说三句话。第一句，是一副对联：一等人忠臣孝子，两件事读书耕田。做对国家有用的人，做对家庭有责任的人。好读书能受用一生，认真工作就一辈子有饭吃。第二句话，仍是一句老话："浴不必江海，要之去垢；马不必骐骥，要之善走。"做普通人，干正经事，可以爱小零钱，但必须有大胸怀。第三句话，还是老话："心系一处。"在往后的岁月里，要创造、培养、磨合、建设、维护、完善你们自己的婚姻。今天，我万分感激着爱神的来临，它在天空星界，江河大地，也在这大厅里，我祈求着它永远地关照着两个孩子！我也万分感激着从四面八方赶来参加婚礼的各行各业的亲戚朋友，在十几年、几十年的岁月中，你们曾经关注、支持、帮助过我的写作、身体和生活，你们是我最尊重和铭记的人，我也希望你们在以后的岁月里关照、爱护、提携两个孩子，我拜托大家，向大家鞠躬！

老人的寂寞

◎周铁兵

　　一个图书馆的阅览室管理员对一个读者烦透了，打心眼里烦！

　　那个读者是个老头，至少70岁了，背驼得厉害。老头风雨无阻，几乎天天泡在图书馆的报刊阅览室里，不仅如此，在所有读者中，他总是第一个进去，最后一个走。有时读者都走尽了，他也不走。天天如此，能不招人烦吗？其实他来阅览室，也就是翻翻这看看那，看上去毫无目的，纯粹是来消磨时光的。

　　她越来越看不上这个驼背老头，他一来她就烦，别的管理员也这样，对他一点也不友好。偶然发生的一件事，让她改变了对老头的看法。

　　那天下班路上，同事突然问她："你母亲是不是被聘为某商场的监督员了？"

　　她愕然："没听母亲说过呀。"同事的老婆在某商场当营业员，她们商场每天开门，迎来的第一个顾客常常是她母亲。老人什么也不买，却挨个看柜台，还问这问那。时间一长，营业员们就以为老人是商场领导雇的监督员，是来监督他们的——因为商场领导有话在先。营业员们就对老人很戒备，当然也很反感。

　　她将信将疑，径直回到母亲家。她父亲两年前病故，母亲一个人过。她把事一说，母亲矢口否认："哪有这回事？他们是误会了，我就是闲逛而已。"

　　她责怪母亲，母亲长叹一声，伤感地说："我一天到晚太寂寞了，逛商店消磨时间呀，时间一长就养成习惯了，一天不去就不得劲儿。要不，我干什么呢……"母亲说到这里，垂下花白的头，流下了眼泪。

　　就在这一瞬间她突然感到心里酸酸的。母亲有一儿两女，可由于各方面的原因，他们很少来看母亲，她需要排解寂寞和孤独呀！

　　第二天，她上班很早，驼背老头仍然等候在阅览室门前，不知怎么她心中突然涌起一股柔情，她第一次没有把他拒之门外，她面带微笑，对他说："早啊，大爷，来了就进来吧。"

那夜的烛光

◎张晓风

临睡以前，女儿赤脚站在我面前说：

"妈妈，我最喜欢的就是台风。"

我有点生气。这小捣蛋，简直不知人间疾苦，每刮一次台风，有多少屋顶被掀跑，有多少地方会淹水，铁路被冲断，家庭主妇望着几元一斤的小白菜生气……而这小女孩却说，她喜欢台风。

"为什么？"我尽力压住性子。

"因为有一次台风的时候停电……"

"你是说，你喜欢停电？"

"停电的时候，我就去找蜡烛。"

"蜡烛有什么特别的？"我的心渐渐柔和下来。

"我拿着蜡烛在屋里走来走去，你说我看起来像小天使……"

那是许多年前的事了吧。我终于在惊讶中静穆下来，她一直记得我的一句话，而且因为喜欢自己在烛光中像天使的那份感觉，她竟附带的也喜欢了台风之夜。一句不经意的赞赏，竟使时光和周围情境都变得值得追忆起来。那夜，有个小女孩相信自己像天使；那夜，有个母亲在淡淡的称许中，制造了一个天使。

工作与家庭感情

◎亨利·门肯

　　我为什么要继续工作？我的人生中得到哪些满足？我之所以要继续工作，正与母鸡继续生蛋的理由相同。每一个活的生灵里都潜藏着一种天生的强大的、要积极行动的冲力。生命要求你积极地生活。无所作为对于一个健康的生物体来说既痛苦又有害，事实上几乎是不可能的，除非是一项新旧工作交替之间的间歇。唯有垂死的人才能真正地懈怠！

　　我认为，获取幸福的手段除满意的工作以外，就要数赫肯黎所谓的家庭感情了，那是指与家人、朋友的日常交往。我的家庭曾遭受过重大的痛苦，但从未发生过严重的争执，也没有经历过贫困。我和母亲和姐妹在一起感到完全幸福；我和妻子在一起也感到完全幸福。经常和我交往的人大多是我多年的老朋友。我和其中一些人已有三十多年的交情了。我很少把结识不到十年的人视为知己。这些老朋友使我愉快。当工作完成时，我总是怀着迫切的心情去找他们。我们有着共同的情趣，对世事的看法也颇为相似。他们中的大多数都和我一样爱好音乐。在我的一生中，音乐给我带来了许多的欢愉，也给我的业余生活带来了巨大的满足。

致爱兰·黛丽的情书

◎萧伯纳

一

的确如此，假如我愿意的话，我要把你送给我的一些照片送给人家。

啊，为什么，为什么，你为什么送我那张拍摄你的背影的照片呢？你做我的好安琪儿觉得不满意吗？你要每天做我的安琪儿吗？（写不出"坏安琪儿"这几个字来，因为我不相信有这种东西。）那些拍摄到你的眼睛的照片真是妙极了，真像天上的星星。可是，当你把灵魂和智慧之光完全转到别处而不朝向我的时候；当我只看见你那么美丽的面颊的轮廓和脖子的下部的时候，你使我产生了一种宏愿不能实现的失望和悲哀——呵，小淘气，你总有一天会使天堂和我距离太远，然后——记住，这些话如果不用坦坦白白、直截了当的方式说出来，我将会苦恼不堪。

我，萧伯纳，今日看见爱兰·黛丽小姐之玉照，觉得我的全部神经都在震动，觉得我的心弦给最强烈的情感所激动，极想把这位小姐拥抱在我的双臂中，并证明在精神上、智能上、身体上，在一切空间、一切时间和一切环境中，我对她的尊敬永远是完全充分的尊敬。

空口无凭，立此为据。

今天晚上朗读的剧本完全失败了。这个剧本一点用处也没有，我寻找黄金，可结果得到的却是枯叶。我一定要试了再试，试了再试，试了再试。我常常说，我只有在写完二十个坏剧本之后才写得出一个好剧本。然而这第七个剧本令我大吃一惊，是幽灵鬼怪的东西。我整个晚上都很快活，可是我已经死了。我读不出来，反正又没有什么值得一读的东西。你所谓家庭的温暖舒适乃是指你的家庭的温暖舒适。只要你去掉了我身上的重担，我就可以像小孩那样熟睡了。不，我永远不会有一个家。可是，请你不必大惊小怪，贝多芬不是也不曾有过一个家吗？

不，我没有勇气，过去和现在我都是胆小如鼠的。这是确确实实的话。

她要到星期二才能回来。她并不真心爱我。老实说，她是个聪明的女人。她晓得她那种无牵无挂的独立生活的价值，因为她曾经在家庭束缚中和传统习俗中受苦；一直到她的母亲逝世、姊妹出嫁的时候她才获得了自由。在她尚未熟识世故的时候——在她尚未尽量利用自由和金钱的权力的时候——她觉得她不应该结婚。这个时候结婚便无异作茧自缚，傻不可信。根据她的理论她是不愿意结婚的。她几年前在某地碰见一个失恋的伤心男子，双方热恋起来（她是非常多愁善感的），后来她偶然读到我的《易卜生主义的精华》，自以为是在此书中找到了福音、自由、解放、自尊以及其他的东西，才开始和那个男子疏远了。过了不久，她遇见那篇论文的作者了，这个作者——你知道——在通信方面是不会令人感到十分讨厌的。同时，他也是骑自行车旅行的好伴侣，尤其是在乡间住宅找不到其他伴侣的时候。她渐渐喜欢我，可是她并没有对我搔首弄姿，假献殷勤，也没有忸忸怩怩，装作不喜欢我。我渐渐喜欢上她了，因为她在乡间使我得到安慰。你把我的心弄得那么温暖，使我对无论什么人都喜欢。她是最接近我的女人，也是最好的女人，情况便是这样。你这聪明人对此有何高见？

二

呵，终于接到你的几行书了，啊，不忠的、无信的、妒忌的、刻薄的、卖弄风情的爱兰啊，你把我推进深渊，然后因为我掉下深渊而抛弃我。

你的忠告真是非常坦白而中肯。你叫我虔虔诚诚地静坐着，觉得一切都很美好，什么事也不要做。当我读到你那用漂亮的大号印刷体的字写出的训诫时，我禁不住像狮子那样地跳跃起来。啊哈，大慈大悲的爱兰啊，难道你真是一个被男人离弃了的女人，双臂既不萎缩，经验又极丰富，坐在隐僻之处纯真地克制自己吗？

我像一阵旋风那样，猝然飞上巴黎，又飞回来；亲爱的爱兰啊，现在她是个自由的女人，这次的事情并没有使她付出半个铜板的代价；她以为自己是堕入情网了，可是她心里知道她不过是领到一张药方。后来当她看见她的情人在讥笑她，推测她的心理并且承认他自己只是一瓶医治神经的药品而欣然离开时，她感到宽慰了。

除了对聪明的爱兰有用处之外，我对其他女人还有什么用处呢？在见识方面只有爱兰可以和我匹敌，也只有她知道怎样用世界上最神圣的东西——未满足的欲望——作为护身符。

再会——邮车快要开了，今天晚上非把这封信寄出不可。

呵，我现在生龙活虎，精神焕发，活跃而清醒，这完全是你的灵感所赐。

你现在还有什么话好说呢？

哈！哈！哈！哈！！！以嘲弄对待一切错觉，给我亲爱的爱兰的只有温存。

三

不能，我的确不能随心所欲地写信给你，如果什么时候想写就写，我哪里还有功夫赚钱过活？

我从前用那本漂亮的浅蓝色透明信纸写信给你，可是现在我不知道把它放在哪里，所以只得改用这种讨厌的信纸了。坐在安乐椅上用一张张零散的纸写信是非常困难的。

不，我的膝盖的伤势并不太严重，只是不能照常活动罢了。等那块软骨跟其他部分的骨肉结合起来之后，我便可以安然无恙了。

在这个世界上，你必须首先知道所有的见解，然后选择一个，并且始终拥护它。你的见解对不对，那你可以不必考虑——北方是不会比南方更正确或更错误的——最重要的是那个见解确确实实是你自己的，而不是人家的；你要用尽全力去拥护你的见解。而且，不要停滞不前。人生是不断地在变化的，第一个阶段的终点便是第二阶段的起点。剧院跟舞台和报纸一样，就是我的撞城槌，所以我要把它拖曳到前线去。我的嘻笑怒骂只是我较大的计划的一部分，这个计划比你想像中的计划还要大。例如，莎士比亚在我看来乃是巴士底狱的一个城楼，结果非给我撞毁不可。不要理睬你那些孩子们的家庭，不敲破鸡蛋蛋卷是煎不成的。我痛恨家庭。

快要六点钟了，我得赶快把这封信寄出。

再会。

四

　　亨利·欧文真的说你在和我发生恋爱吗？由于他说出这句话来，愿他一切罪孽得到上帝的赦免！我要再到兰心剧院去看戏，然后写一篇文章，证明他是空前绝后扮演《理查三世》的最伟大的演员。他说他不相信我们俩从未见过面，这一点也使我大受感动。有感情的人没有一个会相信这样残忍无情——指恋人不见面——的事情的。

　　我所提到的那一段文章，可是我看到另一段文章，里面描写你看过意大利著名演员杜扎演《茶花女》之后，怎样冲上舞台，倒入她的怀抱中啜泣。可是，你虽然读过我的剧本——比杜扎伟大得多的成就——却没有冲到我这里来，倒在我的怀抱中啜泣。啊，那没有关系，因为你现在已经恢复健康了。你熟睡吧，因为当你清醒时，你总是先想到一切别的东西和一切别的人，然后才想到我——啊，我发觉这一点时感到非常激动。没有地方再容纳另一个人了。

五

　　这是肖伯纳前往标准剧院观看英国戏剧家亨利·阿瑟·琼斯的剧本《医生》第一晚演出后所写，当时爱兰·黛丽扮演该剧主角。

　　永远是我的，最亲爱的——我今天晚上不能走得更靠近你了（即使你要我走得更靠近你，那也是办不到的——你说你要我走得更靠近你吧——啊，说，说，说，说你要我走得更靠近你吧），因为如果我走得更靠近你，我是会受感情的驱使，按照心中的感受去看你，去和你说话；而在那么许多不十分圣洁的观众的耳目之前，你是不会喜欢我做出这种举动的。当时我有一两次几乎从座位上站起来，请全体观众离开剧场几分钟，好让我破题儿第一遭抚摸着你的纤手。

　　我看见了那出戏——啊，不错，一丝一毫都看在眼底。我没有看你的必要，因为你的存在已经使我整个心房感到万分紧张了。

　　亲爱的爱兰，你想一想吧，即使你把那个恶毒的、残酷的、印第安人般野蛮的、丑陋的、可笑的羽毛饰物插在你的神圣的头发间来警告我，说你完全没有心肝，我对你的感情还是这个样子，只要你——啊，胡说八道！晚安，晚安。我是个傻瓜。

六

没有病！有一千种病。我永远看不见我的爱兰；我难得接到我的爱兰的消息；当她写信给我的时候，她不把信付邮。无论如何，她责骂我不答复一些我从未收到的信，她责骂我不做一些她从未叫我做的事。这就是九百九十九种病；还有一种病就是我必须准备出版我那个剧本，又必须写《星期六评论》每周的稿子。第一篇刚脱稿，便得开始写第二篇，又必须参加费边社的两个委员会，每周各举行会议一次，现在又必须参加教区的两个委员会，又有韦布夫妇那篇关于民主主义的伟大的新论文需要我帮忙修订。在这种情况之下，我甚至不能写信给你，因为我的脑子在筋疲力尽之余，所说出来的话恐怕只会使你感到讨厌。因为在这种时候，我觉得我的心是不在我的笔上的。当然，那没有什么关系；我一息尚存，无论工作劳苦到什么样子，都没有关系；同时我也喜爱教区委员会的活动及其垃圾车和那些模仿想象中的时髦剧院作风的演讲员。可是萧伯纳这架机器还没有达到十全十美的程度。现在我很忧虑，因为我忘掉了一件事、留下了一件事还没有做，有一件事令人不很满意：这件事就是你，不是别的。然而，如果占有你是最幸福的事，那么，想占有你则是其次的最幸福的事——比度着又僵硬又难过的生活更好，因为我现在一口气不休息地连续工作的时间越来越长，没有功夫或机会可以使用我的心。

我现在不能把《华伦夫人的职业》送给你看，因为剧本还没有印出来。潘旦馨女士已经学会打字，她正在根据我那份笔迹模糊的原稿，替我打出一份稿子；我正在修改这份稿子，准备把它交给印刷厂。它是我最优秀的剧本；可是它使我寒心：我简直不敢看剧本中那些可怕的句子。啊，当我写那些东西时，我的确有点勇气。可是那不过是三四年前——最多五年前——的事情。

我明天上午又要乘十点三十分的火车回多金去，我今天晚上需要参加费边社的会议；下星期一又需要参观教区委员会的一次会议。——讨论"公主宴会基金"问题——一桩无聊透顶，极其浪费的蠢事。可是谈到这些事情会使我的信索然寡味。我多么希望把你带到那边去啊。那边只有韦布太太、潘

旦馨女士、比尔特丽斯·克莱顿（伦敦主教的女儿）、韦布和我。唉！多了四
个人。我不知道你对我们的生活有何感想——我们这里有的是没完没了的关
于政治理论的谈话。我们每天上午拼命写文章，一人占用一个房间；家常的
三餐狼吞虎咽；进行骑自行车运动；韦布夫妇埋头研究他们的工业和政治学；
爱尔兰人潘里馨女士，绿眼珠，又机敏又伶俐，觉得什么都"非常有趣"；我
自己则始终感到疲乏，忧愁，始终以为"正在写信给爱兰"。我担心如果你生
活在这种环境里。不到三小时就会烦死。呵，我渴望，我渴望——

七

最亲爱的爱兰，对我来说反对虐待动物的运动是早已有之的事情了。海
登·科芬太太曾为这个运动努力奋斗一番。唉！可惜她的努力仅仅像暴虐的
大海里的一滴水毫无影响，因此我有点不明白那些动物为什么还不想办法扑
灭人类（像我们扑灭老虎一样），或者在绝望中自杀了事。

对那些训练狗类而为表演之用的人，我们一看见就应该把他们枪毙；要
认出他们是不难的，他们脸上的表情是比他们手中的皮鞭和虐待动物的动作
更明显的。世界上的动物似乎只有海豹和海狮从表演中得到乐趣，但它们如
果不能马上得到报酬，吃到鱼，显然是不愿意表演的。我们那些现代驯狮女
人在她们训练的二十四只狮子群中昂首阔步，不可一世；这二十四只狮子也
许会感到被饲养的乐趣（直到又肥又嫩的婴孩肉吃起来也觉得恶心的时候）；
可是它们过的是厌烦无聊的日子，的确是可怜而又可鄙；那个驯狮女人朝着
它们的眼睛鞭打它们，使它们怒吼道："啊，我的天，别来打扰我吧。"在这
个时候，我总是希望它们会把她咬死，碎尸万段，可是结果我总是感到失望：
它们恨她，恨到不愿意去对付她了。关在铁笼里的鸟儿和老虎，比古代传奇
故事里的巴士底狱的囚犯更痛苦；可是动物园里有一只无鬃毛的狮子（在那
动物园里出生的），喜欢观众赞美它，情愿让你抚摩它。那只名叫迪克的有鬃
毛的狮子是很凶猛的动物。我可怜它那被虐待、被欺负的妻子（看样子是它
的妻子）。你用不着夸口说你已经七十二岁。我已经六十三岁零九个月了。

致亨利·纳西

◎夏洛蒂·勃朗特

一

1839 年 3 月 5 日

在复你的信之前，我本可以对你的信的内容作长时间的考虑，不过，我收到并读了你的信后，便立即作出了决策。你很清楚，我有许多理由感激你的一家，有特殊的理由至少对你的一位姐妹怀有深厚的感情，而且，我也非常敬重你——因此，当我告诉你，我不得不以断然的否定回答你的求婚时，请不要责备我动机不纯。我作出这个决定与其说是遵循我的意愿，勿宁说是遵循我的良心。与你结合我个人并无反感，但我确信我生来不属那种能使你这样的男人幸福的类型。我自幼养成了一个习惯，喜欢观察研究我所遇到的人们的性格，我想我了解你的性格，能够想像出哪种类型的女性适合做你的妻子。她的个性不应太突出，太热烈，太独特，她的脾性应是温顺柔婉的，她应该毋庸置疑地笃信宗教，她的情绪平稳而欢快，而且她应有相当动人的外貌，使你悦目并引以自豪。至于我，你并不了解我。我不是你设想的那样一个严肃、持重、头脑冷静的人；你会觉得我太罗曼蒂克，太怪诞；你会说我太爱挖苦人，专好吹毛求疵。不过我蔑视虚伪，我绝不会为了赢得结婚的荣耀和逃避做老姑娘的耻辱而嫁给一位我自认不能使他幸福的男子。在结束此信之前，让我对你的另一建议——关于在唐宁顿一带开办一所学校——向你深表谢意。你这样关心我，实出自一片好心。但事实是我现在不能着手实行这样一个计划，因我缺乏使其获得成功的资金。我欣喜地得知你已舒适地安居立业并大大增进了健康。我相信上帝会继续对你施以仁慈。我还要说我欣赏你信中表现的明智和毫不阿谀的态度。再见，我将永远乐意作为一个朋友收到你的信。

二

1839 年 10 月 28 日

……你猜对了，关于你暗示过的一件事，我听到了一点风声。这消息使我高兴，特别是因为我敢断定你所关注的对象是一位可敬的女子。你采取这一步骤，想必会被你众多的亲友视为不够慎重。因为这位小姐所拥有的诸多长处，不包括财产这一长处。就我来说我必须承认，我因此更尊敬你，因为你不追求财富，假若对方有坚强的心灵、坚定的原则和温柔的性情来弥补缺少财富这种万能吸引力之不足。给丈夫带来财富的妻子，往往也带来自命不凡的意念，并且力争她自认为属于她的权利，这些都不利于婚后生活的幸福。她很可能想要控制，尽管天性和感情都要求她顺从。在这种情况下，我想日子是不会过得舒心的。

从另一方面来说，也必须考虑到当两个没有钱的人结婚时，就应该具有道德上的勇气和体力上的勤勉来弥补这种欠缺——他们要有蔑视仰人鼻息的精神，忍受贫困的耐心，以及为谋生而辛勤劳动的精力。如果具备这些品质，我想，上帝赐福，这一对以心相许而结合的人就有权期望取得成功，获得一份不算过奢的幸福，尽管他们也许距世俗的深谋远虑的训诂稍远。靠诚实的劳动挣得的面包比不劳而获的面包更香甜；而相亲相爱和家庭和睦乃是无价之宝。

前不久我和埃伦同游，玩得非常痛快。这样的快乐很少来到我的跟前。我不打算告诉你我对海的观感，因为那样我就会陷入我那屡犯的狂热病。不过我可以说，海的辉煌壮丽、变化万千、汹涌澎湃，它那无休无止的涛声，构成了一个使人思念不已的题目，无论于眼、于耳、于心，都永不会厌倦。

如何度晚年

◎罗　素

　　从心理的角度来看，人到老年需避免两种倾向：一是过分地沉湎于往事。人不能生活于回忆之中，亦不能生活于对美好往昔的感怀或对已故友人的哀念之中。人们应当举目未来，时刻去想需要自己再做点什么。要做到这一点并非易事，因为往事的影响总是与日俱增。人到老年总会认为昔日的情感要比现在强烈奔放，头脑也远比如今敏锐灵活。如果事实果真如此，那么就需要学会忘却，一旦抛开了昔日的纠缠，那你便能勇敢地面对现实。第二种应当避免的倾向是依恋年轻人，期求从他们蓬勃的活力中汲取力量。儿女们长大成人之后，都会照自己的意愿安排生活。如果你还像他们年幼时那样，事无巨细，处处关心，你便会成为他们生活的累赘，除非他们痴呆迟钝。当然，老人关怀子女是情理中的事，但这种关怀应当含蓄而有分寸，而不应过分感情用事。在动物界，幼子一旦能独立谋生，它们的父母便不再关注它们的生存。而人类因幼年期较长，久不谙事，父母对子女的关注总是久难舍弃。

　　在我看来，那些爱好广泛、活动适度，而又难为个人情感左右的人，可以顺利成功地度过老年。从这个意义上来讲，长寿才真正有益，老年人由经验凝炼出的智慧也才可以得以正常的发挥。仅仅是告诫年轻人别犯错误是难以收到实效的，因为一来年轻人很难接受劝告，二来犯错误原本就是教育的主要手段之一。但是，老年人一旦受着个人情感的左右，就会觉得如果将自己的心思从儿孙身上挪开，生活便会显得空虚。如果事实果真如此，那么，当你还有能力为子女们提供物质帮助，比如资助他们一笔钱，或为他们编织毛衣之时，你就应当明了并非子女们的快活幸福仅是因为有了你的陪伴扶助。

　　有的老人常因害怕死亡而郁闷苦恼。对年轻人来说，恐惧死亡可以理解。有的年轻人还担心战争会夺去他们的生命。一想到生活在他们面前展示的种种美好景象会突然消失，他们就会深陷于痛苦之中。这种恐惧应当说是情有可原。但是，对一位历尽了人世悲欢、已履行了自己社会责任的老人，恐惧死亡就显得有些可怜，甚至可耻了。克服这种恐惧的最好办法是——至少我持这种观点——逐渐拓宽自己的兴趣范围，摆脱个人情感的支配，让包绕自我的围墙渐渐离你而去，而你自己的生活则越来越多地融会到社会生活的波浪之中。每一个人的生活都应当像是河流，开始是涓涓细流，在狭窄的山间艰难穿行，然后热烈地冲过巨石，泻下瀑布。渐渐地，河床变得宽广，河岸得以扩展，河水趋于舒坦平缓。最后，河水汇入海洋，不再有中断和停顿，毫无惊悸痛苦地消逝了自身。能如此来看待自己一生的老人，便不会因死亡而恐惧，而痛苦，因为他的生命，他之所爱，都将因为汇入了海洋而继续存在。

　　老年人随着精力的衰竭，将日益感受到生命的疲惫，此时长眠将会是一种愉快的解脱。我渴望能逝于尚能劳作之时，我未竟的事业将由后来人所继承。令我深感安慰的是，我已经对这个世界倾尽所能。

生命的春天

◎塞缪尔·约翰逊

每个人都会不满足于现状，多少总要驰骋幻想未来的幸福，而且，会凭借解脱眼前困惑他的烦恼，凭借他获得的利益，去把握时间以谋求改善现状。

当这种常常要用最大的忍耐盼来的时刻最后到来时，往往降临的并不是人们企盼的幸福。于是，我们又以新的希望自我安慰，又用同样的热情企盼未来。

如果这种心情占了上风，人们就会把希望寄托在他难以企及的事物上，也许就真会碰上运气，因为他们不是仓促从事。并且，为了使幸福更加完善，他们还会注意采取必要的措施，等待幸福时刻的到来。

很久以前，我认识的一个人就有这样的性情，他沉迷于幸福的梦想中，这给他带来的损害要比妄想通常产生的损害少得多，同时，他还会常常调整方案，显示他的希望之花常开不败，也许很多人都想知道他是用什么方法得到如此廉价而永恒的满足。其实他只是将困难移到下一个春天，那么他的精神也会得到暂时的满足。如果他的健康可以得到补偿，那么，春天就能补偿；如果因价格昂贵而买不起他所需要的东西，那么，在春天这种东西就会跌价。

事实上，春天悄然来到却往往并无人们所想像的那种效益，但人们常常这样肯定：可能下次会顺利些，不到仲夏很难说眼前的春意就令人失望；不到春意了无踪迹的时候，人们总是经常谈论春天的降临，而当它一旦飘离之后，人们却还觉得春天仍在人间。

同这样的人长谈，在思索这个快乐的季节时，也许会感到极大的愉快。我还发现有很多人也被同样的热情所感染（这样比拟是无愧的），这使我感到满意。因为，难道有优秀的诗人面对那些花瓣，那阵阵柔风，那青春的颤音，而不显露他们的喜爱？即使最丰富的想象也难以包容那金色季节的静穆与欢欣，而又会有永恒的春天作为对永不腐朽的清白的最高奖赏。

的确，在世界新旧交替过程中，有一种不可言传的喜悦展现出无数大自

然的奇珍异宝。冬天的僵冷与黑暗，以及我们眼见的各种物体所裸露出来的
奇形怪状，会使我们向往下一个季节，既是为了躲避阴冷的冬天，也是因为
晴朗的春天给人以生机和活力。

致约瑟芬

◎拿破仑

一

1976 年 4 月 5 日　阿尔本加

此刻是午夜后一点，人们送来一封信。那是个噩耗，肖维阵亡了，令我伤痛不已。他是我们的军需司令，过去你曾在巴拉斯家里见过他。最最亲爱的，此刻，我需要有人抚慰我，我唯一的安慰是给你写信。思念你，你是我道德意识的北极星，是可以托付我全部苦恼、忧患的知心人。

什么是未来？什么是过去？我们又是什么？这个团团封住我们、不让我们探索那个未知世界的神奇的层层雾气又是什么？我们诞生了，我们活着、我们又死去，一辈子处处都包围在神秘和奥妙里。难怪神甫、占星术者以及江湖医生都吃这一行饭。他们利用我们这个弱点，任意摆布我们，操纵我们的想象力。

肖维死了，他生前敬爱我，他对国家鞠躬尽瘁，贡献巨大。他最后一次捎信说要来与我聚会。这是真的，我眼前就有他的影子，它在战士中间遨游，它在空中伫立，它的英魂出现在滚滚硝烟之中——这是我天命的先兆和征象。不过，我真傻，为一个朋友如此哀伤。谁说我不会为无可挽回的损失洒泪呢？给我来信，我生命之魂。让每个信使、每次邮班带来你的信，否则，我真活不下去。

我在这里异常繁忙，博利厄的部队在调动中，我们彼此已交火。我累极了，每天我都在马背上。

再见，再见，再见！我即将上床，因为只有在睡眠中能找到慰藉。睡梦中你依偎我身边，我把你搂在怀里。但是，当我醒来，唉！我发现自己却距你如此遥远。

请问候巴拉斯、塔里昂及其妻子。

二

1806 年 11 月 6 日晚九时于柏林

我收到了你的信，你好像很生气，因为我说了女人一些刻薄话，一点也不错，我最痛恨的就是偷情的女人。我习惯于规矩、温柔、体贴的女人；我爱的是这种女人。如果我被惯坏了，那不能怪我，只能怪你。你一定注意到，我对德哈茨费尔夫人就很宽厚，她是个聪明而规矩的女人。当我把他丈夫的信给她看时，她深情而真挚地哭了，一边对我说："啊！果然是他的笔迹！"她念信那声调深深打动了我的心；她使我难过极了。我对她说："好吧！夫人，把那封信扔到火里烧了吧；现在我再也不忍心下命令惩办你丈夫了！"她把信烧了，显得很高兴的样子。她丈夫如今再也不必提心吊胆了。如果我们晚两个小时见面的话，那就来不及了。你看，我爱的是规矩、真诚、温柔的女人；但那是因为她们像你的缘故。再见，我爱；我身体很好。

致韩斯卡夫人

◎巴尔扎克

1836 年 10 月　巴黎

对于生活中的巨大不幸，友情本应该是一种有效的慰藉。可为什么它反而使这些不幸变得更加深重？昨夜，读您最近来的信时，我闷闷不乐地寻思这事儿。首先，您的忧愁深深地感染了我；其次，信里流露了一些伤人的情绪，含有一些使我伤心的话语。您大概不知道，我心里是多么的痛苦，伴随我文学生涯中第三次失败的，是多么可悲的热情。1828 年，我第一次遭受失败时，不过二十九岁，而且还有一位天使在我身边。今天，在我这个年纪，一个男人不再能产生被保护的亲切感觉。因为接受保护是年轻人的事，而且，爱情帮助年轻人，也是很自然的事情。可是对于一个距四十岁比距三十岁更近的人，保护就是一种不敬，就是一种侮辱。一个无能的，在这种年纪还没有财源的人在任何国家都会受审判。

9 月 30 日，我从所有希望的峰巅上跌落下来，把一切都完全抛弃，躲到了这里（夏约），住在于勒·桑多以前住过的屋顶室。在我一生之中，这是第二次被完全的、出乎意料的灾难弄破产。我既为前途担心，又感到孤寂难熬。这一次，我是孤身一人，落到这步孤独的田地的。不过，我仍愉快地想，我至少整个儿留在几颗高贵的心里吧……可就在这种时候，您这封如此忧愁、如此沮丧的信到了。我是多么迫不及待地抓起它的呀！待到读完，我把它和别的信捏在一起，又是多么地气馁！之后，我让自己小睡了一会。我紧盯着您最后的几句话，就像被激流冲走的人抓住最后一根树枝。书信具有一种决定命运的能力。它们拥有一股力量，是有益还是有害，全凭收信人的感觉。它们就是在这些感觉上愚弄我们。我希望在两个彼此确信是朋友的人——例如我们——之间，有一种约定的标记，只要一看信封，就知道信里面是洋溢着欢乐，还是充满了叹怨。这样，就可以选择读信的时刻了。

我虽然沮丧，却没有惊呆。我还没丧失勇气，比起我遭受的别的灾难，被抛弃的感觉、孤寂的感觉更使我痛苦。我身上没有半点利己主义的打算。我必须把我的思想，我的努力，我的所有感情告诉一个人。不如此，我就没有力量。如果我不能把众人放在我头上的花冠献在一个人脚下，那我就不要花冠。我向那些流逝的，一去不返的岁月作的告别，是那么长，那么惆怅！那些岁月既未给我百分之百的幸福，也未使我完完全全地倒楣。它们让我生存，一边冰冷、一边灼热地生存。现在，我觉得仅是由于责任的意识，我才活了下来。我一走进现在待着的屋顶室，就相信我会累得精疲力尽，死在这里。我认为辛苦的工作我能忍受，无所事事却受不了。一个多月来，我半夜起床，到下午六点才躺下。我强迫自己只食用维持生存必不可少的东西，以使自己的头脑不为消化所累。因此，我不仅感到了我无法描写的虚弱，而且由于大脑深受生活的影响，常常混乱发晕。有时，我失去了垂直的辨别力。这是小脑的毛病。睡在床上，我觉得脑袋掉在左边或右边了，起床时，脑袋里又好像压着一个巨大的重物。现在，我明白完全的禁欲和浩繁的工作怎样使帕斯卡老看到身边洞开着深渊，从而使他时刻在左右各放一张椅子。

……

这是我对您的心灵发出的最后一声抱怨。在我对您的信赖里，有一种利己主义的东西，必须去除。我决不因为您曾加重我的忧愁，便趁您忧伤的时候，来火上浇油。我知道基督教的殉教者们死时都面带微笑。如果瓜蒂莫赞是个基督徒，一定会平静地安慰他的大臣，而不会说："而我，我又睡在玫瑰上了吗？"（俗语，意为：我又生活快乐吗？）这倒是一句动听的粗俗话，可是基督即使没有使我们变得更好，至少使我们变得温文尔雅了一些。

看到您阅读一些神秘主义的著作，我很难受。相信我，读这种书对您这样的灵魂必然会带来不幸。这是毒药，是令人陶醉的麻醉品。这种书会产生不好的影响。正如有人酷好挥霍和放荡，也有人热爱贞洁。如果您不是丈夫的妻子、孩子的母亲、一些人的朋友和亲戚，我也不会劝您放弃这种习惯，因为要是那样，您只要乐意，完全可以进一家修道院，不会伤害任何人，尽管您在修道院里很快就会死。请相信我的话，您生活在荒原之中，处境荒凉，孤孤独独，读这种书是非常有害的。友谊的权利太微小，以致我的话您不会听。不过还是让我就此向您发一声卑微的请求，不要再读这类书了，我读过它们，我了解它们的危害。

我尽心竭力，不折不扣地按您的叮嘱，满足您的意愿，不过这是在您的智慧允许您预计到的情况下。我不是拜伦，不过就我所知，我的朋友博尔热也不是托马斯·莫尔，而且他具有狗一样的忠诚。我能拿来与这种忠诚相比的，只有您在巴黎的奴隶对您的忠心。

好吧，再见吧。现在天亮了，烛光渐渐变得黯淡。从三点钟起，我就给您一行一行地写，希望您在字里行间，听到一种真诚的、深切的、如天空一样无边的感情的呐喊。这种感情远在人们一时间的庸俗和恼怒之上，人们不可能认为它会改变，因为低劣的感觉歇宿在社会底层的某个角落，天使的脚从来不去触及它。如果智慧不把某种美妙东西置放在任何物质的和凡间的东西都不可达到的高岩上面，那它还有什么用处？

信笔写下去，会扯得太远。校样在等着我看。必须深入我文笔的奥吉亚斯牛圈，扫除错误。我的生活从此只呈现工作的单调，即使有变化，也是工作本身来将它改变。我就像对玛丽——黛莱丝皇后谈他的灰马和黑马的那位奥地利老上校：一会儿骑这一匹，一会儿骑那一匹；六个钟头看《卢吉埃利家秘事》，六个钟头看《被人诅咒的孩子》，六个钟头看《老姑娘》。隔一阵子，我就站起身，去注视我的窗户俯临的房屋之海；从军事学校一直到御座城门，从先贤祠一直到星形广场的凯旋门。吸过新鲜空气后，我又重新投入工作。我在三楼的套间还没有弄好，因此我在屋顶室工作。在这里，我就像偶尔吃到黑面包的公爵夫人一样高兴。在巴黎，再没有这样漂亮的屋顶室了。它刷得雪白，窗明几净，陈设雅致，一如二八芳龄的风流女子。我辟出了一间卧房，以便在生病时休息，因为在下面，我是睡在一条走廊里的；床占了两尺宽，只留下了过路的地方。我的医生向我肯定，这并不会有损健康，可我不相信。我需要大量的新鲜空气。因此我渴望我的大客厅。过几天，我就会住进去。我的套间费了八百法郎的租金，但我将摆脱国民自卫队，摆脱我生活中的这场恶梦。我仍被警方和参谋部追捕，要坐八天牢狱，只不过，我从此足不出户，他们抓不着我。我在这里的套间是以化名租的。我将公开地在一家带家具的旅馆开一个房间。

我真希望把我的整个灵魂寄给您。当然不寄它的烦恼，但要寄上勇敢和坚强。即使您在信里见不到我的灵魂，也一定会发现我最深情的敬意。我真想给您一点勇气和毅力。我不希望看到您这样英勇、坚毅的人变得软弱。

论老之将至

◎卢　梭

　　尽管标题如此，可这篇文章真正要谈的却是怎样才能不老。在我这个年纪，这实在是一个至关重要的问题。

　　仔细选择你的祖先是我的第一个忠告。尽管我的双亲皆已早逝，但是考虑到我的其他祖先，我的选择还是很不错的。当然也不可否认，我的外祖父六十七岁时去世，正值盛年，可是另外三位祖父辈的亲人都活到八十岁以上。至于稍远些的亲戚，没能长寿的只发现一位，他死于一种现已罕见的病症——被杀头。我的一位曾祖母活到九十二岁高龄，一直到死，她始终是让子孙们感到敬畏的人。我的外祖母，一辈子生了十个孩子，活了九个，还有一个早年夭折，此外还有过多次流产。可是在外祖父去世之后，她马上就致力于妇女的高等教育事业。她是格顿学院的创办人之一，力图使妇女进入医疗行业。

　　我的外祖母总爱讲起她在意大利遇到过的一位面容悲哀的老年绅士，她询问他为什么而忧郁，他说他刚刚失去了两个孙子。

　　"天哪！"她叫道："我有七十二个孙儿孙女，如果我每失去一个就要悲伤不止，那我就没法活了！"

　　"奇怪的母亲。"老绅士听后回答说。

　　但是，作为她的七十二个孙儿孙女的一员，我却要说我更喜欢她的见地。

　　八十岁之后，她开始感到入睡有些困难，她便经常在午夜时分至凌晨三时这段时间里阅读科普方面的书籍。我想她这样一来根本就没有工夫去留意她在衰老。

　　在我看来，这是保持年轻的最佳方法。如果你有既广泛又浓烈的兴趣和活动，而且你又能从中感到自己仍然精力旺盛，那么你就根本不会去考虑你已经活了多少年这种纯粹的统计学情况，更不会去考虑你那也许不很长久的未来。

至于健康方面的忠告，由于我这一生几乎从未患过病，也就没有什么有益的忠告。我吃喝皆随着自己的心意而为，想吃喝多少就吃喝多少；醒不了的时候就睡觉。尽管实际上我喜欢做的事情通常是有益健康的，但我做事情从不以这是否有益健康为根据。

老年人在身心方面须防止两种危险。一种是过分沉溺于往事。人不能生活在回忆当中，不能生活在对美好的往昔的怀念或对去世的友人的哀念之中。一个人应当把心思放在今天，放到需要自己去做的事情上。当然，这一点并非能够轻而易举地做到，往事的影响总是在不断地增加。人们总认为自己过去的情感要比现在强烈得多，头脑也比现在敏锐。假如真的如此，就该忘掉它；而如果可以忘掉它，那你自以为是的情况就可能并不是真的。

另一种危险是依恋年轻人，期望从他们的勃勃生气中获取力量。子女们长大成人之后，都想按照自己的意愿生活。如果你还像他们年幼时那样关心他们，如果他们不是异常迟钝的话，他们就会把你视为包袱。当然，我不是说不应该关心子女，而是说这种关心应该是含蓄的，假如可能的话，还应是宽厚的，而不应该过分地感情用事。动物的幼子一旦自立，大动物就不再关心它们了。人类则很难做到这一点，也许是由于其幼年时期较长的缘故吧。

我认为，倘若想成功地度过老年时期，老年人应具有强烈的爱好，而且其活动又都恰当适宜，并且不受个人情感影响。只有在这个范围里，长寿才真正有益；只有在这个范围里，源于经验的智慧才能不受压制地得到运用。

告诫已经成人的孩子别犯错误根本没有用处，因为，一来他们不会相信你，二来错误原本就是教育所必不可少的要素之一。但是，如果你是那种受个人情感支配的人，你就会生活得很空虚，除非你把全副心思放在子女和孙儿孙女身上。假如事实确是如此，那么当你还能为他们提供物质上的帮助，譬如支援他们一笔钱或者为他们编织毛线外套的时候，你绝不要期望他们会因为你的陪伴而感到快活。这一点希望老年人记在心中。

还有一个忠告，老年人切莫因死亡的恐惧而苦恼。年轻人害怕死亡是可以理解的。有些年轻人担心他们会在战斗中丧生，于是每当想到会失去生活能够给予他们的种种美好事物，他们就感到痛苦。年轻人这种担心并不是无缘无故的，也是情有可原的。但是，对于一位经历了人世的悲欢、履行了个人职责的老人，因害怕死之而苦恼，就有些可怜且可耻了。

在我看来，克服这种恐惧的最好办法，就是逐渐扩大你的兴趣范围并使其不受个人情感的影响，直至包围自我的围墙一点一点地离开你，而你的生活则越来越融合于大家的生活之中。每一个人的生活都应该像河水一样，开始是细小的，并被限制在狭窄的两岸之间，然后热烈地冲过巨石、滑下瀑布。渐渐地，河道变宽了，河岸扩展了，河水流得更平稳了。最后，河水流入了海洋，不再有明显的间断和停顿，尔后便摆脱了自身的存在，而且这是在毫无痛苦可言的情况下进行的。能够这样理解自己的一生，将不会因害怕死亡而痛苦，因为他所珍爱的一切都将继续存在下去。而且，随着精力的衰退，疲倦之感日渐增加，长眠或许是解决此问题的最受欢迎的方法。

我渴望死于尚能劳作之时，同时知道他人将继续我所未竟的事业，我大可因为已经尽了自己之所能而感到安慰。

面对孩子们

◎卢 梭

我们这些作父母的，常常争论这个问题。我们是应该认真的为孩子们讲明让他们感到稀奇的事呢，还是应该另外拿一些小小的事情将他们敷衍过去，今天的我终于为这个复杂的问题找到了一个解决办法。我的观点是，人们的两种办法都不是可取的。其一，假如我们不给他们好奇心的机会，那么他们就不会提出这样那样的怪问。由此，我们要做的第一件事就是使他们不产生好奇心；其二，当孩子的发问令你感到尴尬而不好解答时，千万不可随便以欺骗的方式对待孩子的问题。你宁可不许他问，也不应向他说一番谎话。当然，你得首先让他服从于你这个法则，那么，他才会放弃他的发问；其三，如果你决定回答他的问题，那就不管他问什么问题，你都不能以草草了事的态度给予对待，话中一定要给予认真仔细的回复，还要切记，万万不可捉弄你的孩子。满足孩子的好奇心，比引起他的好奇却不予理睬所造成的危害要少得多。

作为父母的你，对孩子问题的答复一定要慎重又慎重，简短而又肯定，万不可有丝毫犹豫不决的口气。同时，你的答复，一定要很真实，这一点，我必须进行强调。成年人如果意识不到对孩子撒谎的危害，那么以后该如何教育自己的孩子要诚实呢？做老师的只要有一次向学生撒谎撒漏了底，就完全足以使他的全部教育成果毁灭。

不过，那些决不能让孩子们知道的事，最好一定要隐藏得稳稳妥妥。但那些不可能永远隐瞒他们的事情，就应当趁早告诉他们。要么就别让他们产生好奇心，否则就必须满足他们的好奇心，以免他们在充满"阴影"的童年下长大。关于这一点，你在很大的程度上要看孩子的特殊情况以及他周围的人和你预计到他将要遇到的环境等等来决定你对他的方法。重要的是，在孩子们成长的过程中，有些问题不能凭自己偶然的想法作出回答。如果你没有足够的把握使他在 16 岁以前不知道两性的区别，那就干脆在他 16 岁以前便让他了解两性的区别。

我最讨厌那种装模作样、说话作事不相一致的家长，我相信，孩子们也不喜欢这样的父母。我更讨厌一些家长为了保留事情的真象，而拐弯抹角地回答孩子的问题，其实如此这般，孩子会发现自己的父母说话的异常。在某些问题上，态度要十分朴实。倘若真是遇到沾染了恶力想像的孩子，他硬要不断推敲你所说的话，那么，我建议，你最好避免讲些有关色情的话题，哪怕你话说重一些，那也无所谓。

被上帝创造且被上帝所爱

◎汤姆生

以下这封信被放在一家大型教学医院一个门诊部门。虽然作者不明，但它的内容却值得所有从事健康医疗的人借鉴。

给这个机构的每一个人员：

当你今天拿起病历表、翻阅医疗绿卡时，我希望你会记得我要告诉你的话。

昨天我在这儿，和我的父母一起。我们并不知道我们该何去何从，因为从前我们没有接受过你们的服务。我们从没有被盖过"免费"这样的戳记。

昨天我看着我的父亲变成一个病症、一张病历表、一个问诊病号、一个被标示"没有出资者"的免费病人，因为他没有健康保险。

我看见一个虚弱的人在排队，等了5个小时，被一个不耐烦的办公人员、焦头烂额的护理人员、缺乏预算的机构随意搪塞应付，使她连一点尊严与骄傲都荡然无存。我对贵机构人员的没有人性深感诧异。当病人没有按照正确程序做时你们任意咆哮痛骂，在无关的人面前随便谈论其他病人的问题，谈论在中午吃饭时如何逃出这"穷人的地狱"。

我爸爸只是一张绿卡，只是某指定日期在你桌上出现的一个档案号码，一个在你机械化地给予指示后会再问一次的人。但，不是这样的，那真地不是我的父亲。那只是你看到的。

你没看到的是，从14岁以后就自己经营家具制造业的人。他有个很棒的妻子，4个长大成人的孩子（常常碰面），4个孙子（还有两个快要出生了）——他们都认为他们的"老爸"是最棒的。爸爸该具备的，这个男人都具备了——强壮、稳重，但很温柔；他不修边幅，是个乡下人，但被卓越的同行所尊敬。

他是我爸，不辞辛苦地养育我成人，在我当新娘时才让我离家，在孩子们出生时拥抱我的小孩，当我日子难过时把20元塞进我的口袋，在我哭的时候安慰我。现在却有人告诉我们，不久之后癌症会把他的生命带走。

你可能会说，这些话是一个悲哀的女儿在预知会失去所爱的人时无助的申诉。我不同意。但我希望你不要把我的话打折扣。不要看不见病历表后面的那个人。每张病历表都代表一个人——有感情、有历史、有生命的人——在这一天中，你有权力以你的话语和行动去接触他。明天，你有所爱的人——你的亲戚或邻居——也可能变成一个病历号码、一张医疗绿卡、一个像今天一样被盖上土黄戳记的名字。

我祈求你能以仁慈的话语和微笑迎接你工作岗位上的下一个人，因为他可能是某人的父亲、丈夫、妻子、母亲、儿子或女儿—或只因为他是一个人，被上帝所创造且被上帝所爱，就跟你一样。

爱的黄丝带

◎蒂亚·亚历山大

十七岁的麦克艾姆开了一辆六七年的福特"小野马"，之前这辆车已放在科罗拉多的田野中超过七年没人开了。麦克买了车，重新组装，漆上鲜黄色。他是个聪明的学生，活泼又乐于助人，前途无量，就和他的车一样耀眼，朋友都戏称他为"小野马麦克"。

麦克暑假的恋情因女友于八月二十三日与他人订婚而突然结束。九月八日，麦克坐在他鲜黄色小野马前座，举枪自杀。此举震惊了所有认识他的亲朋好友。

"我真希望自己学会恨，"纸条上这样写，"爸妈，别责怪自己，我爱你们。记住，我会一直与你们同在。"签名为"爱你们的麦克，十一点四十五分。"

十一点四十五分，麦克的父母及哥哥开车进家里的车道，就停在麦克鲜黄的小野马后面，但晚了七分钟。

第二天中午以前，一群青少年蜂拥进入艾姆家，身上穿着印有鲜黄小野马的T恤，车上印有"纪念麦克艾姆"的字样。（T恤是由麦克最好的朋友杰洛及杰洛的妈妈设计的。）

朋友们说了许多有关麦克的故事，连续数日流传不断，对麦克的家人而言，大部分都是第一次听到，有些故事还追溯到他小学时代，他曾和一个较不幸的同学分食午餐；或是将他的午餐费捐给某基金会的募款活动。

一位陌生妇人更是来电提供麦克所做的善行——有一天深夜，她的车子抛锚，她和两个幼儿就站在黑暗的路上，麦克停车，出示他的驾照，让她放心他不会伤害他们。麦克发动她的车，自己的车就开在后面，跟他们回家，以确定他们平安抵达。

另一个来自单亲家庭的同学更指出，麦克曾经存钱订购全新组装的小野马变速器，要装在自己的车上，后来他取消订购，从废物利用店买来两个二手变速器，让他同学的车也能运转。

接着有个年轻女孩透露，如果不是麦克，她就无法去参加返乡舞会了。当时麦克听到她没钱买晚礼服，于是他付钱给她在二手服饰店买一件漂亮的洋装。

麦克十四岁时，他的侄女刚出生即严重残障，麦克学会从她的喉部取出气管切开插管，万一有紧急状况，可替换个新管，他也学会心肺复苏术，用手语跟她唱歌，因为气管切开插管让她无法言语，没有插管她又无法生存。他们最喜欢唱的歌其中有一段合唱歌词是"上帝在远处观看我们……"麦克似乎总是在那里提供快乐，无论是拥抱或帮助。

青少年聚集在艾姆家安慰他的家人，他们讨论到青少年自杀的悲剧，而且自杀率最高的往往都是有天赋（高智商）的孩子。他们知道自杀是五岁到十四岁儿童的第六大死因，是十五岁至二十四岁青年的第三大死因，每年十岁至十九岁的孩子有超过七千人因自杀而死亡，自杀死亡率甚至也在小学急速窜升。有人提到一项研究——比较无明显精神失调的青少年自杀案例，与同龄的不自杀案例，最大的差别在于家中是否有一把装上子弹的枪。

当他们探讨自己要如何防治这类悲剧时，有人往上看，看到 T 恤上鲜黄的小野马，"黄丝带计划"因此诞生。艾姆的一个家族朋友琳达鲍尔，带来一大捆黄丝带，并印了名片大小的使用说明小卡片，卡片上写着：

黄丝带计划

纪念亲爱的麦克艾姆

这条丝带是生命线，它所传达的信息是——

有人关心你，愿意帮助你。如果你（或任何人）需要帮助，却无从求助，拿这条丝带，或任何黄丝带、卡片，找辅导员、老师、牧师、神职人员、父母或朋友，向他们说：

"我想用我的黄丝带。"

麦克的朋友们坐在艾姆家的客厅里，一边将使用说明卡片别上黄丝带，一边沉侵在他们的故事、悲伤和眼泪中，为死去的朋友哀悼。

五百条黄丝带装在篮子里，陈列在麦克的追悼会上，追悼会结束前，篮子已经空了，五百条黄丝带加上使用说明卡就开始它们的任务，解救将要自杀的儿童。据我们所知，黄丝带计划实施的头几周已防止了三个青少年自杀，不久即在科罗拉多州的所有高中推广，整个计划继续成长。

我们有成千上万的好孩子，表面上非常快乐，却因内在本质的抑郁、寂寞和恐惧，正在极端痛苦中无声地呼救，我们能做什么？

儿童的世界

◎雷切尔·卡森

儿童的世界绚丽多彩，有着许多惊人的发现和无比的兴奋。可是对我们多数人来说，这种锐利的目光，爱一切美丽的和令人敬畏的事物的天性，等不到成年就已经迟钝，甚至丧失殆尽，这不能不说是一种遗憾。我知道掌管天下儿童洗礼的是一位好心的天使。假如我能对她有所要求的话，我倒有这么一个希望：请她赋予世间的儿童以新奇感——无可摧毁的、能伴随他们终身的新奇感，并使它成为万灵的解药。有了它他们在以后的岁月中就会永远陶醉在新奇之中，不致产生厌倦感，不至劳心费神于世俗的偏见上，不至于成为无源之水，无本之木。

如果要保持一个儿童终身的新奇感而又没有天使的恩惠，那么至少需要有一个能同他共享新奇感的成年人和他做伴，并且跟他一起不断去发现我们生活的这个世界的一切欢乐刺激和神秘。而多数父母都心有余而力不足，因为他们一方面既要尽最大努力满足孩子适应世界、感觉世界、要求世界的各种需求；另一方面他们又要承受着复杂的物质世界对他们的冲击，这个世界的生活形形色色，他们自己都感到生疏，好像没有理出头绪、弄个明白。他们无奈地举起白旗："我该用什么办法教我的孩子认识大自然？唉？我自己都常把两种动植物搞混淆呢？"

父母们应该有这样一个共识，培养孩子养好感觉比灌输孩子知识要重要得多。如果说事实等于种子，以后会萌发知识和智慧，那么，激情以及感官得到的印象就等于肥沃的土壤，是种子赖以生存的基地。童年早期是准备土壤的时期。一旦唤起了种种感情——美感、对新鲜事物和未知事物的兴奋感、同情心、恻隐之心、感激之心、爱慕之心……那么，我们就有希望获得引起感情反应的事物的知识。而这种知识一旦获得，就有深远的意义。这种培养实际是为孩子获取知识架桥铺路，它的作用是使孩子过早掌握那些死知识所无法比拟的。

幸福的篮子

◎沃兹涅先斯卡娅

　　那段日子我至今记忆犹新，它让我生活在"零度空间"，不能呼吸，我甚至想了结了自己。那是在安德鲁沙出国后不久，在他临走时，我俩第一次也是最后一次一起过夜。我知道我们已经结束了，他再也不会出现在我的生活里了。我不愿那样，于是，我陷入了极度痛苦、不能自拔的境地。一天，我路过一家半地下室式的菜店，见到一位美丽无比的妇人正踏着台阶上来——太美了，简直是拉斐尔《圣母像》的再版。我停了下来，凝视着她的脸——因为起初我只能看到她的脸。但当她走出来时，我才看清原来她的美貌还不及我的 2/3，而且还驼背。我耷拉下眼皮，快步走开了。我羞愧万分……瓦柳卡，我对自己说，你四肢发育正常，身体健康，长相也不错，怎能为了一个男人把自己弄成人不像人，鬼不像鬼呢？打起精神来！比起刚才那位，你幸运多了……

　　我永远也忘不了那个长得像圣母一样的驼背女人。每当我在生活中再碰到什么坎坷时，她便出现在我的脑海里。

　　我就是这样学会了不让自己自怨自艾。而后，一位老太太教会了我幸福的秘诀。那次事件以后，我很快又陷入了烦恼，但那次我知道如何克服这种情绪。于是，我便去夏日乐园漫步散心。我顺便带了件快要完工的刺绣桌布，免得空手坐在那里无所事事。我穿上一件极简单、朴素的连衣裙，把头发在脑后随便梳了一条大辫子。又不是去参加舞会，只不过去散散心而已。

　　来到公园，找个空位子坐下，便飞针走线地绣起花儿来。一边绣，一边告诫自己："没有什么了不起，要知道你是幸运的，打起精神！平静下来！"这样一想，确实平静了许多，我起身准备回家。恰在这时，坐在对面的一个老太太起身朝我走来。

　　"你这就要走吗？"她说，"哦，我的意思是想跟您聊聊。"

　　"那，好极了！"

　　她在我身边坐下，面带微笑地望着我说："知道吗，我在对面盯了您半天了，真觉得是一种享受。现在像您这样的女子不多了。"

　　"什么?"

　　"在现代化的列宁格勒市中心，忽然看到一位梳长辫子的俊秀姑娘，穿一身朴素的白麻布裙子，坐在这儿绣花！简直想像不出这是多么美好的景象！我要把它珍藏在我的幸福之篮里。"

　　"什么，幸福之篮?"

　　"对！这是我的宝贝，一般的人我不会传授，但你……"她看着我问："您希望自己幸福吗?"

　　"当然了，谁不希望自己幸福呀。"

　　"谁都愿意幸福，但并不是所有的人都懂得怎样才能幸福。我教给您吧，算是对您的奖赏。孩子，幸福并不是成功、运气，甚至爱情。您这么年轻，一定认为恋爱就幸福。不是的，幸福就是那些快乐的时刻，是自己的内心被什么事或人勾起的奇妙的喜悦。我坐在椅子上，看到对面一位漂亮姑娘在聚精会神地绣花，我的心就存在了这种喜悦。我已把这一时刻记录下来，为了以后一遍遍地回忆，我把它装进我的幸福之篮里了。这样，每当我难过时，我就打开篮子，将里面的珍品细细品味一遍，其中会有个我取名为'夏日公园的刺绣姑娘'的时刻。想到它，此情此景便会立即重现，我就会看到，在深绿的树叶与洁白的雕塑的衬托下，一位姑娘正在聚精会神地绣花。我就会想起阳光透过椴树的枝叶洒在您的衣裙上；您的辫子从椅子后面垂下来，几乎拖到地上；您凉鞋使您不舒服，您脱下它，赤着脚；凉凉的地面使您的脚趾头朝里弯。我也许还会想起更多，一些此时我还没有想到的细节。"

　　"太神奇了！"我惊呼起来，"一只装满幸福时刻的篮子！您什么时候发现的这个篮子?"

　　"那是一位智者教给我的。噢！您一定知道他，也许还读过他的作品。他就是阿列克桑德拉·格林。我们是老朋友，是他亲口告诉我的。在他的文章中，您能看到幸福的影子，遗忘生活中丑恶的东西，而把美好的东西永远保留在记忆中。但这样的记忆需经过训练才行，所以我就在心中收藏了这个幸福的篮子。"

　　我谢了这位老太太，朝家走去。路上我开始回忆从我记事以来的幸福时刻。直到现在，我的幸福之篮已经被填得满满的。

年届五十

◎克莱尔·卡洛娃

有成就的女人最怕自己的生日被人问津，她们宁愿身着内衣亮相，也不肯将出生证示人。人生本来繁杂无章，为何又要节外生枝？

法国女人称四十岁为生命休眠线的开始。四十岁是教堂欢迎女人去给牧师打扫卫生的年龄，这标志着你已再也无法对谁产生诱惑了。

青春年少正充沛着整个时代，年老力衰则只有向边缘渐退，一点一点从人们的视线中完全消失，意味着你所有的财富爱情、健康、事业、各种梦想和激情都将逐渐丧失。防衰、抗皱的化妆品、秘方、运动是我们社会中最火的商品和防衰老手段，也是最富争论的现象。这个社会表面标榜利他主义，提倡消除不平等，却哄人认为幸福与老年无缘。情况再恶化下去，我们这个表面上慷慨自由的社会必将变成地球上最缺乏宽容的社会。

虽然我已年满五十，进入了休眠期，但这并不碍事，相反我感觉甚好。多年来我一直在不断进取。颇感欣慰的是在这个年龄我已不再做梦。现实而平常的生活也能给我带来快乐和惊喜。肮脏的勾当已不再使我流泪，倒是善良之举常使我感动不已，因此，诚挚地感谢你——时光！

当然，暮年的时光带来的也不光是安逸和平淡，还有对疾病和死亡的惧怕。我害怕有一天我不得不放弃自己的感觉、思维和心得，不得不放弃一些简单的享受，如悠闲地喝一杯淡淡的绿茶，或是在阳光下沐浴。这也是人分秒必争的原因所在。

五十岁，在我看来正值金秋好年华。伴随五十岁而来的所谓疑惑和忧愁大都是臆想虚构。五十岁时孩子离家而去，但这是一场胜利，它证明你给予了他独立生存的智慧和坚强的意志，使他能够开阔一片新天地。男人？五十岁的女人对男人的态度有些奇怪。就我来说，我注意到男人已不再那么热心追求我了。巧得很能让我心潮澎湃的异性也少之又少了。现在迷人的外表已对我失去魔力。我愈来愈难动心，愈来愈挑剔。总之，我寻找的是一位能做倾心交谈的知音——一位颇具善心、睿智、具有幽默感的男士。

人们应当不难看出，年届五十可以是人生的高潮，暮年的精华。无需为"老年是一艘触礁的船"这样的骇人的话而停下脚步。既然触礁无可避免，那就让它来吧。只是，何必过于匆忙？年届五十的人，前面还有二十年美好的时光在等待他们。这段路也许布满沟壑，稍有不慎即会摔得粉身碎骨，但人人都可以尽力争取做一个幸运者。确有这样的幸运者。我所熟识的密友中即有两位——我的祖母和我的猫。我不怕举座哗然，我要说，我的爱被她们分享，我的思念被她们占据。

那年冬天里的一个夜晚，我去看望祖母。她让我等了好一阵。她戴上假牙，扑好粉，穿上绸缎睡衣才从卧房出来见我。她总是打扮得整齐亮丽，总是悉心照料好自己。一见到我，她便笑着说："噢，亲爱的，我恐怕是老了，眼皮下垂的时间越来越长了。"第二天早晨，她再也没有醒来，九十二是她生命的终结数字。

菲菲——我生命中的另一至爱，它是那么温柔，那么有耐心，没有哪只猫比得上它——追逐了一整天蝴蝶。它在树上蹿上蹿下，晚餐吃得很香，清洁工作做得也很细致，舒展身子在我腿上睡去了。第二天上午，它没有到花园来追逐蝴蝶，而是蜷缩成一团躺在枕头上。我抚摸它时，才发现它已身体冰凉。它活了十五年两个月又两天。以前我曾经嗔怪："快别待在床垫上，看你把口水流得到处都是！"倘若还有那样的时刻该多好，我可奉献出所有。

我并不愿意听到这种怜悯与悔意交织的话语。但是爱就是由小小的粗野和斥责构成的。近来，我身体大不如前，情绪感伤，我对自己的孩子说："我希望到时候能像菲菲那样死去。"

而他笑答："噢，是吗？蜷成一个句号？"

论孩子

◎泰戈尔

于是一个怀中抱着孩子的妇人说：请给我们谈孩子。

他说：

你们的孩子，都不是你们的孩子，

乃是"生命"为自己所渴望的儿女。

他们是借你们而来，却不是从你们而来，

他们虽和你们同在，却不属于你们。

你们可以给他们以爱，却不可给他们以思想，

因为他们有自己的思想。

你们可以荫庇他们的身体，却不能荫庇他们的灵魂，

因为他们的灵魂，是住在"明日"的宅中，那是你们在梦中也不能想见的。

你们可以努力去模仿他们，却不能使他们来像你们，

因为生命是不倒行的，也不与"昨日"一同停留。

你们是弓，你们的孩子是从弦上发出的生命的箭矢。

那射者在无穷之中看定了目标，也用神力将你们引满，使他的箭矢迅疾而遥远地射了出去。

让你们在射者手中的"弯曲"成为喜乐吧；

因为他爱那飞出的箭，也爱了那静止的弓。

我一生总是为你

◎佐藤富子

我挚爱的挚爱的哥哥：

我没有可以用来感谢你的语句，我没有什么可以表示我这满胸的感谢的东西。现在只有我自己知道在我胸里所充溢着的感谢，我要怎样才能捧献给你呢？

短短的、短短的、五日的休假，真是像梦一样便过去了。我每年得着两个月的休假的时候，或者往乡下去旅行，或者留在城里读书，或者往海边上去，在那儿和许多旧友或者新友一回游戏，一同用过功，但是我的心里一回也没有起过那样的感触，怎么独有这回，并且对于不同国度的你，起了这样恋爱的心意呢？在我自己，无论是怎么想来，也不知道什么原故。并且你还是……这我也是晓得的，但我怎么起了这样的心呢？啊，你恕我，你请恕我，把我容纳到你宽大的爱情之下吧，哥哥！你怎么不回我的信呢？

使你花了不少的费用真是问心不过，照理应该是由我全部拿出的。但你是知道的，我是赤贫的人，我是什么也没有的呢。未到这病院以前，我本来是没有感受过这样不自由的，但自到这里来后，与剧烈的劳动成反比例的是什么也不够的一点薪金，连自己一月的用费也还不够，怎么能够做得到那样的事情呢？哥哥，你怕一定以为我是狡猾的女子吧？在心里不怕就怎么作想，但在现在终是无能为力的。我想这也不要紧吧？我的一生总得是为你（为你的祖国）劳动的，在现在你请恕我吧。我把父母也弃了，弟妹也弃了，国家也弃了，只来跟着你去。自己想来这决不会是幸福的事情，但虽是不幸，我也不管。我甘愿倒下去跟着你去。但是这该不会把我哥哥弄成不幸吧？我只有这一点担心。哥哥，你要晓得：我是除祈祷你的真的幸福之外什么也不要的。

第四部分

感恩老师

导　师

◎鲁　迅

　　近来很通行说青年；开口青年，闭口也青年。但青年又何能一概而论？有醒着的，有睡着的，有昏着的，有躺着的，有玩着的，此外还多。但是，自然也有要前进的。

　　要前进的青年们大抵想寻求一个导师。然而我敢说：他们将永远寻不到。寻不到倒是运气；自知的谢不敏，自许的果真识路么？凡自以为识路者，总过了"而立"之年，灰色可掬了，老态可掬了，圆稳而已，自己却误以为识路。假如真识路，自己就早进向他的目标，何至于还在做导师。说佛法的和尚，卖仙药的道士，将来都与白骨是"一丘之貉"，人们现在却向他听生西的大法，求上升的真传，岂不可笑！

　　但是我并非敢将这些人一切抹杀；和他们随便谈谈，是可以的。说话的也不过能说话，弄笔的也不过能弄笔；别人如果希望他打拳，则是自己错。他如果能打拳，早已打拳了，但那时，别人大概又要希望他翻筋斗。

　　有些青年似乎也觉悟了，我记得《京报副刊》征求青年必读书时，曾有一位发过牢骚，终于说：只有自己可靠！我现在还想斗胆转一句，虽然有些杀风景，就是：自己也未必可靠的。

　　我们都不大有记性。这也无怪，人生苦痛的事太多了，尤其是在中国。记性好的，大概都被厚重的苦痛压死了；只有记性坏的，适者生存，还能欣然活着。但我们究竟还有一点记忆，回想起来，怎样的"今是昨非"呵，怎样的"日是心非"呵，怎样的"今日之我与昨日之我哉"呵。我们还没有正在饿得要死时于无人处见别人的饭，正在穷得要死时于无人处见别人的钱，正在性欲旺盛时遇见异性，而且很美的。我想，大话不宜讲得太早，否则倘有记性将来想到时会脸红。

　　或者还是知道自己之不甚可靠者，倒较为可靠罢。

　　青年又何须寻那挂着金字招牌的导师呢？不如寻朋友，联合起来，同向着似乎可以生存的方向走。你们所多的是生力，遇见深林，可以辟成平地的，遇见旷野，可以栽种树木的，遇见沙漠，可以开掘井泉的。问什么荆棘塞途的老路，寻什么乌烟瘴气的鸟导师！

藤野先生

◎鲁　迅

东京也无非是这样。上野的樱花烂熳的时节，望去确也像绯红的轻云，但花下也缺不了成群结队的"清国留学生"的速成班，头顶上盘着大辫子，顶得学生制帽的顶上高高耸起，形成一座富士山。也有解散辫子，盘得平的，除下帽来，油光可鉴，宛如小姑娘的发髻一般，还要将脖子扭几扭。实在标致极了。

中国留学生会馆的门房里有几本书买，有时还值得去一转；倘在上午，里面的几间洋房里倒也还可以坐坐的。但到傍晚，有一间的地板便常不免要咚咚咚地响得震天，兼以满房烟尘斗乱；问问精通时事的人，答道，"那是在学跳舞。"

到别的地方去看看，如何呢？

我就往仙台的医学专门学校去。从东京出发，不久便到一处驿站，写道：日暮里。不知怎地，我到现在还记得这名目。其次却只记得水户了，这是明的遗民朱舜水先生客死的地方。仙台是一个市镇，并不大；冬天冷得厉害；还没有中国的学生。

大概是物以希为贵罢。北京的白菜运往浙江，便用红头绳系住菜根，倒挂在水果店头，尊为"胶菜"；福建野生着的芦荟，一到北京就请进温室，且美其名曰"龙舌兰"。我到仙台也颇受了这样的优待，不但学校不收学费，几个职员还为我的食宿操心。我先是住在监狱旁边一个客店里的，初冬已经颇冷，蚊子却还多，后来用被盖了全身，用衣服包了头脸，只留两个鼻孔出气。在这呼吸不息的地方，蚊子竟无从插嘴，居然睡安稳了。饭食也不坏。但一位先生却以为这客店也包办囚人的饭食，我住在那里不相宜，几次三番，几次三番地说。我虽然觉得客店兼办囚人的饭食和我不相干，然而好意难却，也只得别寻相宜的住处了。于是搬到别一家，离监狱也很远，可惜每天总要喝难以下咽的芋梗汤。

从此就看见许多陌生的先生，听到许多新鲜的讲义。解剖学是两个教授分任的。最初是骨学。其时进来的是一个黑瘦的先生，八字须，戴着眼镜，挟着一叠大大小小的书。一将书放在讲台上，便用了缓慢而很有顿挫的声调，向学生介绍自己道：

"我就是叫作藤野严九郎的……"

后面有几个人笑起来了。他接着便讲述解剖学在日本发达的历史，那些大大小小的书，便是从最初到现今关于这一门学问的著作。起初有几本是线装的；还有翻刻中国译本的，他们的翻译和研究新的医学，并不比中国早。

那坐在后面发笑的是上学年不及格的留级学生，在校已经一年，掌故颇为熟悉的了。他们便给新生讲演每个教授的历史。这藤野先生，据说是穿衣服太模胡了，有时竟会忘记带领结；冬天是一件旧外套，寒颤颤的，有一回上火车去，致使管车的疑心他是扒手，叫车里的客人大家小心些。

他们的话大概是真的，我就亲见他有一次上讲堂没有带领结。

过了一星期，大约是星期六，他使助手来叫我了。到得研究室，见他坐在人骨和许多单独的头骨中间，——他其时正在研究着头骨，后来有一篇论文在本校的杂志上发表出来。

"我的讲义，你能抄下来么？"他问。

"可以抄一点。"

"拿来我看！"

我交出所抄的讲义去，他收下了，第二三天便还我，并且说，此后每一星期要送给他看一回。我拿下来打开看时，很吃了一惊，同时也感到一种不安和感激。原来我的讲义已经从头到末，都用红笔添改过了，不但增加了许多脱漏的地方，连文法的错误，也都一一订正。这样一直继续到教完了他所担任的功课：骨学、血管学、神经学。可惜我那时太不用功，有时也很任性。还记得有一回藤野先生将我叫到他的研究室里去，翻出我那讲义上的一个图来，是下臂的血管，指着，向我和蔼的说道：

"你看，你将这条血管移了一点位置了。——自然，这样一移，的确比较的好看些，然而解剖图不是美术，实物是那么样的，我们没法改换它。现在我给你改好了，以后你要全照着黑板上那样的画。"但是我还不服气，口头答应着，心里却想道：

"图还是我画的不错；至于实在的情形，我心里自然记得的。"

学年试验完毕之后，我便到东京玩了一夏天，秋初再回学校，成绩早已发表了，同学 100 余人之中，我在中间，不过是没有落第。这回藤野先生所担任的功课，是解剖实习和局部解剖学。

解剖实习了大概一星期，他又叫我去了，很高兴地，仍用了极有抑扬的声调对我说道：

"我因为听说中国人是很敬重鬼的，所以很担心，怕你不肯解剖尸体。现在总算放心了，没有这回事。"

但他也偶有使我很为难的时候。他听说中国的女人是裹脚的，但不知道详细，所以要问我怎么裹法，足骨变成怎样的畸形，还叹息道，"总要看一看才知道。究竟是怎么一回事呢？"

有一天，本级的学生会干事到我寓里来了，要借我的讲义看。我检出来交给他们，却只翻检了一通，并没有带走。但他们一走，邮差就送到一封很厚的信，拆开看时，第一句是：

"你改悔罢！"

这是《新约》上的句子罢，但经托尔斯泰新近引用过的。其时正值日俄战争，托老先生便写了一封给俄国和日本的皇帝的信，开首便是这一句。日本报纸上很斥责他的不逊，爱国青年也愤然，然而暗地里却早受了他的影响了。其次的话，大略是说上年解剖学试验的题目，是藤野先生在讲义上做了记号，我预先知道的，所以能有这样的成绩。末尾是匿名。

我这才回忆到前几天的一件事。因为要开同级会，干事便在黑板上写广告，末一句是"请全数到会勿漏为要"，而且在"漏"字旁边加了一个圈。我当时虽然觉到圈得可笑，但是毫不介意，这回才悟出那字也在讥刺我了，犹言我得了教员漏泄出来的题目。

我便将这事告知了藤野先生；有几个和我熟识的同学也很不平，一同去诘责干事托辞检查的无礼，并且要求他们将检查的结果，发表出来。终于这流言消灭了，干事却又竭力运动，要收回那一封匿名信去。结末是我便将这托尔斯泰式的信退还了他们。

中国是弱国，所以中国人当然是低能儿，分数在 60 分以上，便不是自己的能力了：也无怪他们疑惑。但我接着便有参观枪毙中国人的命运了。第二年添教霉菌学，细菌的形状是全用电影来显示的，一段落已完而还没有到下课的时候，便影几片时事的片子，自然都是日本战胜俄国的情形。但偏有中国人夹在里边：给俄国人做侦探，被日本军捕获，要枪毙了，围着看的也是一群中国人；在讲堂里的还有一个我。

"万岁！"他们都拍掌欢呼起来。

这种欢呼，是每看一片都有的，但在我，这一声却特别听得刺耳。此后回到中国来，我看见那些闲看枪毙犯人的人们，他们也何尝不酒醉似的喝彩，——呜呼，无法可想！但在那时那地，我的意见却变化了。

到第二学年的终结，我便去寻藤野先生，告诉他我将不学医学，并且离开这仙台。他的脸色仿佛有些悲哀，似乎想说话，但竟没有说。

"我想去学生物学，先生教给我的学问，也还有用的。"其实我并没有决意要学生物学，因为看得他有些凄然，便说了一个慰安他的谎话。

"为医学而教的解剖学之类，怕于生物学也没有什么大帮助。"他叹息说。

将走的前几天，他叫我到他家里去，交给我一张照片，后面写着两个字道："惜别"，还说希望将我的也送他。但我这时适值没有照片了；他便叮嘱我将来照了寄给他，并且时时通信告诉他此后的状况。

我离开仙台之后，就多年没有照过相，又因为状况也无聊，说起来无非使他失望，便连信也怕敢写了。经过的年月一多，话更无从说起，所以虽然有时想写信，却又难以下笔，这样的一直到现在，竟没有寄过一封信和一张照片。从他那一面看起来，是一去之后，杳无消息了。

但不知怎地，我总还时时记起他，在我所认为我师的之中，他是最使我感激，给我鼓励的一个。有时我常常想：他的对于我的热心的希望，不倦的教诲，小而言之，是为中国，就是希望中国有新的医学；大而言之，是为学术，就是希望新的医学传到中国去。他的性格，在我的眼里和心里是伟大的，虽然他的姓名并不为许多人所知道。

他所改正的讲义，我曾经订成三厚本，收藏着的，将作为永久的纪念。不幸 7 年前迁居的时候，中途毁坏了一口书箱，失去半箱书，恰巧这讲义也遗失在内了。责成运送局去找寻，寂无回信。只有他的照相至今还挂在我北京寓居的东墙上，书桌对面。每当夜间疲倦，正想偷懒时，仰面在灯光中瞥见他黑瘦的面貌，似乎正要说出抑扬顿挫的话来，便使我忽又良心发现，而且增加勇气了，于是点上一支烟，再继续写些为"正人君子"之流所深恶痛疾的文字。

十月十二日

怀鲁迅

◎郁达夫

真是晴天霹雳，在南台的宴会席上，忽而听到了鲁迅的死！

发出了几通电报，荟萃了一夜行李，第二天我就匆匆跳上了开往上海的轮船。

二十二日上午十时船靠了岸，到家洗一个澡，吞了两口饭，跑到胶州路万国殡仪馆去，遇见的只是真诚的脸，热烈的脸，悲愤的脸，和千千万万将要破裂似的青年男女的心肺与紧捏的拳头。

这不是寻常的丧葬，这也不是沉郁的悲哀，这正像是大地震要来到时充塞在天地之间的一瞬间的寂静。

生死，肉体，灵魂，眼泪，悲叹，这些问题与感觉，在此地似乎着一道更伟大，更猛烈的寂光。

没有伟大的人物出现的民族，是世界上最可怜的生物之群；有了伟大的人物，而不知拥护、爱戴、崇仰的国家，是没有希望的奴隶之邦。因鲁迅的一死，使人们自觉出了民族的尚可以有为，也因鲁迅之一死，使人家看出了中国还是奴隶性很浓厚的半绝望的国家。

鲁迅的灵柩，在夜阴里被埋入浅土中去了；西天角却出现了一片微红的新月。

家庭教师

◎萧　红

二十元票子，使他做了家庭教师。

这是第一天，他起得很早，并且脸上也像愉悦了。我欢喜地跑到过道去倒脸水，心中埋藏不住这些愉快，使我一面折着被子，一面嘴里任意唱着什么歌的句子。而后坐到床沿，两腿轻轻地跳动，单衫的衣角在腿下抖荡，我又跑出门外，看了几次那个提篮卖面包的人，我想他应该吃些点心吧，八点钟他要去教书，天寒，衣单，又空着肚子，那是不行的。

但还是不见那提着膨胀的篮子的人来到过道。

郎华作了家庭教师，大概他自己想也应该吃了。当我下楼时，他就自己在买，长形的大提篮已经摆在我们房间的门口了。他仿佛是一个大蝎虎一样，贪婪地，为着他的食欲，从篮子里往外捉着面包、圆形的点心和"列巴圈"，他强健的两臂，好像要把整个篮子抱到房间里才满足。最后他付过钱，下了最大决心，舍弃了篮子，跑回房中来吃。

还不到八点钟，他就走了。九点钟刚过，他就回来。下午太阳快落时，他又去一次，一个钟头又回来。他已经慌慌忙忙像是生活有了意义似的。当他回来时，他带回一个小包袱，他说那是才从当铺取出的从前他当过的两件衣裳。他很有兴致地把一件夹袍从包袱里解出来，还有一件小毛衣。

"你穿我的夹袍，我穿毛衣。"他吩咐着。

于是两个人各自赶快穿上。他的毛衣很合适。唯有我穿着他的夹袍，两只脚使我自己看不见，手被袖口吞没去，宽大的袖口，使我忽然感到我的肩膀一边挂好一个口袋，就这样，我觉得很合适，很满足。

电灯照耀着满城市的人家。钞票带在我的衣袋里，就这样，两个人理直气壮地走在街上，穿过电车道，穿过扰嚷着的那条破街。

一扇破碎的玻璃门，上面封了纸片，郎华拉开它，并且回头向我说："很好的小饭馆，洋车夫和一切工人全都在这里吃饭。"

　　我跟着进去。里面摆着三张大桌子。我有点看不惯，好几部分食客都挤在一张桌上，屋子几乎要转不过身来。我想，让我坐在哪里呢？三张桌子都是满满的人。我在袖口外面捏了一下郎华的手说："一张空桌也没有，怎么吃？"

　　他说："在这里吃饭是随随便便的，有空就坐。"他比我自然得多，接着，他把帽子挂到墙壁上。堂倌走来，用他拿在手中已经擦满油腻的布巾抹了一下桌角，同时向旁边正在吃的那个人说："借光，借光。"

　　就这样，郎华坐在长板凳上那个人剩下来的一头。至于我呢，堂倌把掌柜独坐的那个圆板凳搬来，占据着大桌子的一头。我们好像存在也可以，不存在也可以似的。不一会儿，小小的菜碟摆上来。我看到一个小圆木砧上堆着煮熟的肉，郎华跑过去，向着木砧说了一声："切半角钱的猪头肉。"

　　那个人把刀在围裙上，在那块脏布上抹了一下，熟练地挥动着刀在切肉。我想：他怎么知道那叫猪头肉呢？很快地我吃到了猪头肉了。后来我又看见火炉上煮着一个大锅，我想要知道这锅里到底盛的是什么，然而当时我不敢，不好意思站起来满屋摆荡。

　　"你去看看吧。"

　　"那没有什么好吃的。"郎华一面去看，一面说。

　　正相反，锅虽然满挂着油腻，里面却是肉丸子。掌柜连忙说："来一碗吧？"

　　我们没有立刻回答。掌柜又连忙说："味道很好哩。"

　　我们怕的倒不是味道好不好，既然是肉的，一定要多花钱吧！我们面前摆了五六个小碟子，觉得菜已经够了。他看看我，我看看他。

　　"这么多菜，还是不要肉丸子吧。"我说。

　　"肉丸子还带汤。"我看他说这话，是愿意了，那么吃吧。一决心，肉丸子就端上来。

　　破玻璃门边，来来往往有人进出戴破皮帽子的，穿破皮袄的，还有满身红绿的油匠，长胡子的老油匠，十二三岁尖嗓子的小油匠。

　　脚下有点潮湿得难过了。可是门仍是来来往往。一个岁数大一点的妇女，抱着孩子在门外乞讨，仅仅在人们开门时她说一声："可怜可怜吧！给小孩点吃的！"然而她从不动手推门。后来大概她等到时间太长了，就跟着人们进来，停在门口，她还不敢把门关上，表示出她一得到什么很快就走的样子。

忽然全屋充满了冷空气。郎华拿馒头正要给她，掌柜的摆着："多得很，给不得。"

靠门的那个食客强关了门，已经把她赶出去了，并且说："真他妈的，冷死人，开着门还行！"

不知哪一个发了这一声："她是个老婆子，你把她推出去。若是个大姑娘，不抱住她，你也得多看她两眼。"

全屋人差不多都笑了，我却听不惯这话，我非常恼怒。

郎华为着猪头肉喝了一小壶酒，我也帮着喝。同桌的那个人只吃咸菜，喝稀饭，他结账时还不到一角钱。接着我们也结账：小菜每碟二分，五碟小菜，半角儿猪头肉，半角钱烧酒，丸子汤八分，外加八个大馒头。

走出饭馆，使人吃惊，冷空气立刻裹紧全身，高空闪烁着繁星。我们奔向有电车经过叮叮响的那条街口。

"吃饱没有？"他问。

"饱了。"我答。

经过街口卖零食的小亭子，我买了两纸包糖，我一块，他一块，一面上楼，一面吮着糖的滋味。

"你真像个大口袋。"他吃饱子以后才向我说。

同时我打量着他，也非常不像样。在楼下大镜子前面，两个人照了好久。他的帽子仅仅扣住前额，后脑勺被忘记似的，离得帽子老远老远的独立着。很大的头，顶个小卷沿帽，最不相宜的就是这个小卷沿帽，在头顶上看起来十分不牢固，好像乌鸦落在房顶，有随时飞走的可能。别人送给他的那身学生服短而且宽。

走进房间，像两个大孩子似的，互相比着舌头，他吃的是红色的糖块，所以是红舌头，我是绿舌头。比完舌头之后。他忧愁起来，指甲在桌面上不住地敲响。

"你看，我当家庭教师有多么不带劲！来来往往冻得和个小叫花子似的。"

当他说话时，在桌上敲着的那只手的袖口，已是破了，拖着线条。我想破了倒不要紧，可是冷怎么受呢？

长久的时间静默着，灯光照在两人脸上，也不跳动一下，我说要给他缝缝袖口，明天要买针线，说到袖口，他警觉一般看一下袖口，脸上立刻浮现着幻想，并且嘴唇微微张开，不太自然似的，又不说什么。

关了灯，月光照在窗外，反映得全室微白。两人扯着一张被子，头下破书当做枕头。隔壁手风琴又咿咿呀呀地在诉说生之苦乐。乐器伴着他。他慢慢打开他幽禁的心灵了：

"敏子，……这是敏子姑娘给我缝的。可是过去了，过去了就没有什么意义。我对你说过，那时候我疯狂了。直到最末一次信来，才算结束，结束就是说从那时起她不再给我来信了。这样意外的，相信也不能相信的事情，弄得我昏迷了许多日子……以前许多信都是写着爱我……甚至于说非爱我不可。最末一次信却骂起我来，直到现在我还不相信，可是事实是那样……"

他起来去拿毛衣给我看，"你看过桃色的线……是她缝的……敏子缝的……"

又灭了灯，隔壁的手风琴仍不停止。在说话时他叫那个名字"敏子，敏子。"都是喉头发着水声。

"很好看的，小眼眉很黑……嘴唇很……很红啊！"说到恰好的时候，在被子里边他紧紧捏了我一下手。我想：我又不是她。

"嘴唇通红通红……啊……"他仍说下去。马蹄打在街石上嗒嗒响声。每个院落在想象中也都睡去。

回忆鲁迅先生

◎萧 红

鲁迅先生的笑声是明朗的，是从心里的欢喜。若有人说了什么可笑的话，鲁迅先生笑得连烟卷都拿不住了，常常是笑的咳嗽起来。

鲁迅先生走路很轻捷，尤其使人记得清楚的，是他刚抓起帽子来往头上一扣，同时左腿就伸出去了，仿佛不顾一切地走去。

鲁迅先生不大注意人的衣裳，他说："谁穿什么衣裳我看不见得……"

鲁迅先生生病，刚好了一点，他坐在躺椅上，抽着烟，那天我穿着新奇的大红的上衣，很宽的袖子。

鲁迅先生说："这天气闷热起来，这就是梅雨天。"他把他装在象牙烟嘴上的香烟，又用手装得紧一点，往下又说了别的。

许先生忙着家务，跑来跑去，也没有对我的衣裳加以鉴赏。

于是我说："周先生，我的衣裳漂亮不漂亮？"

鲁迅先生从上往下看了一眼："不大漂亮。"

过了一会又接着说："你的裙子配的颜色不对，并不是红上衣不好看，各种颜色都是好看的，红上衣要配红裙子，不然就是黑裙子，咖啡色的就不行了；这两种颜色放在一起很浑浊……你没看到外国人在街上走的吗？绝没有下边穿一件绿裙子，上边穿一件紫上衣，也没有穿一件红裙子而后穿一件白上衣的……"

鲁迅先生就在躺椅上看着我："你这裙子是咖啡色的，还带格子，颜色浑浊得很，所以把红色衣裳也弄得不漂亮了。"

"……人瘦不要穿黑衣裳，人胖不要穿白衣裳；脚长的女人一定要穿黑鞋子，脚短就一定要穿白鞋子；方格子的衣裳胖人不能穿，但比横格子的还好；

横格子的胖人穿上，就把胖子更往两边裂着，更横宽了，胖子要穿竖条子的，竖的把人显得长，横的把人显的宽……"

那天鲁迅先生很有兴致，把我一双短筒靴子也略略批评一下，说我的短靴是军人穿的，因为靴子的前后都有一条线织的拉手，这拉手据鲁迅先生说是放在裤子下边的……

我说："周先生，为什么那靴子我穿了多久了而不告诉我，怎么现在才想起来呢？现在我不是不穿了吗？我穿的这不是另外的鞋吗？"

"你不穿我才说的，你穿的时候，我一说你该不穿了。"

那天下午要赴一个宴会去，我要许先生给我找一点布条或绸条束一束头发。许先生拿了来米色的绿色的还有桃红色的。经我和许先生共同选定的是米色的。为着取美，把那桃红色的，许先生举起来放在我的头发上，并且许先生很开心地说着：

"好看吧！多漂亮！"

我也非常得意，很规矩又顽皮地在等着鲁迅先生往这边看我们。

鲁迅先生这一看，脸是严肃的，他的眼皮往下一放向着我们这边看着：

"不要那样装饰她……"

许先生有点窘了。

我也安静下来。

鲁迅先生在北平教书时，从不发脾气，但常常好用这种眼光看人，许先生常跟我讲。她在女师大读书时，周先生在课堂上，一生气就用眼睛往下一掠，看着他们，这种眼光是鲁迅先生在记范爱农先生的文字曾自己述说过，而谁曾接触过这种眼光的人就会感到一个旷代的全智者的催逼。

我开始问："周先生怎么也晓得女人穿衣裳的这些事情呢？"

"看过书的，关于美学的。"

"什么时候看的……"

"大概是在日本读书的时候……"

"买的书吗？"

"不一定是买的，也许是从什么地方抓到就看的……"

"看了有趣味吗?!"

"随便看看……"

"周先生看这书做什么？"

"……"没有回答，好像很难回答。

许先生在旁说："周先生什么书都看的。"

在鲁迅先生家里做客人，刚开始是从法租界来到虹口，搭电车也要差不多一个钟头的工夫，所以那时候来的次数比较少。记得有一次谈到半夜了，一过十二点电车就没有的，但那天不知讲了些什么，讲到一个段落就看看旁边小长桌上的圆钟，十一点半了，十一点四十五分了，电车没有了。

"反正已十二点，电车也没有，那么再坐一会。"许先生如此劝着。

鲁迅先生好像听了所讲的什么引起了幻想，安顿地举着象牙烟嘴在沉思着。

一点钟以后，送我（还有别的朋友）出来的是许先生，外边下着濛濛的小雨，弄堂里灯光全然灭掉了，鲁迅先生嘱咐许先生一定让坐小汽车回去，并且一定嘱咐许先生付钱。

以后也住到北四川路来，就每夜饭后必到大陆新村来了，刮风的天，下雨的天，几乎没有间断的时候。

鲁迅先生很喜欢北方饭，还喜欢吃油炸的东西，喜欢吃硬的东西，就是后来生病的时候，也不大吃牛奶。鸡汤端到旁边用调羹舀了一二下就算了事。

有一天约好我去包饺子吃，那还是住在法租界，所以带了外国酸菜和用绞肉机绞成的牛肉，就和许先生站在客厅后边的方桌边包起来。海婴公子围着闹得起劲，一会按成圆饼的面拿去了，他说做了一只船来，送在我们的眼前，我们不看他，转身他又做了一只小鸡。许先生和我都不去看他，对他竭力避免加以赞美，若一赞美起来，怕他更做得起劲。

客厅后边没到黄昏就先黑了，背上感到些微微的寒凉，知道衣裳不够了，但为着忙，没有加衣裳去。等把饺子包完了看看那数目并不多，这才知道许先生与我们谈话谈得太多，误了工作。许先生怎样离开家的，怎样到天津读书的，在女师大读书时怎样做了家庭教师。她去考家庭教师的那一段描写，非常有趣，只取一名，可是考了好几十名，她之能够当选算是难的了。指望对于学费有点补助，冬天来了，北平又冷，那家离学校又远，每月除了车子钱之外，若伤风感冒还得自己拿出买阿司匹林的钱来，每月薪金十元要从西城跑到东城……

饺子煮好，一上楼梯，就听到楼上明朗的鲁迅先生的笑声冲下楼梯来，原来有几个朋友在楼上也正谈得热闹。那一天吃得是很好的。

以后我们又做过韭菜合子，又做过荷叶饼，我一提议，鲁迅先生必然赞成，而我做得又不好，可是鲁迅先生还是在桌上举着筷子问许先生："我再吃几个吗？"

因为鲁迅先生胃不大好，每饭后必吃"脾自美"药丸一二粒。

有一天下午鲁迅先生正在校对着瞿秋白的《海上述林》，我一走进卧室去，从那圆转椅上鲁迅先生转过来了，向着我，还微微站起了一点。

"好久不见，好久不见。"一边说着一边向我点头。

刚刚我不是来过了吗？怎么会好久不见？就是上午我来的那次周先生忘记了，可是我也每天来呀……怎么都忘记了吗？

周先生转身坐在躺椅上才自己笑起来，他是在开着玩笑。

梅雨季节，很少有晴天，一天的上午刚一放晴，我高兴极了，就到鲁迅先生家去了，跑得上楼还喘着。鲁迅先生说："来啦！"我说："来啦！"

我喘着连茶也喝不下。

鲁迅先生就问我：

"有什么事吗？"

我说："天晴啦，太阳出来啦。"

许先生和鲁迅先生都笑着，一种对于冲破忧郁心境的崭然的会心的笑。

海婴一看到我非拉我到院子里和他一道玩不可，拉我的头发或拉我的衣裳。

为什么他不拉别人呢？据周先生说："他看你梳着辫子，和他差不多，别人在他眼里都是大人，就看你小。"

许先生问着海婴："你为什么喜欢她呢？不喜欢别人？"

"她有小辫子。"说着就来拉我的头发。

鲁迅先生家生客人很少，几乎没有，尤其是住在他家里的人更没有。一个礼拜六的晚上，在二楼上鲁迅先生的卧室里摆好了晚饭，围着桌子坐满了人。每逢礼拜六晚上都是这样的，周建人先生带着全家来拜访的。在桌子边坐着一个很瘦的很高的穿着中国小背心的人，鲁迅先生介绍说："这是一位同乡，是商人。"

初看似乎对的，穿着中国裤子，头发剃的很短。当吃饭时，他还让别人酒，也给我倒一盅，态度很活泼，不大像个商人；等吃完了饭，又谈到《伪自由书》及《二心集》。这个商人，开明得很，在中国不常见。没有见过的就总不大放心。

下一次是在楼下客厅后的方桌上吃晚饭，那天很晴，一阵阵地刮着热风，虽然黄昏了，客厅里还不昏黑。鲁迅先生是新剪的头发，还能记得桌上有一盘黄花鱼，大概是顺着鲁迅先生的口味，是用油煎的。鲁迅先生前面摆着一碗酒，酒碗是扁扁的，好像用做吃饭的饭碗。那位商人先生也能喝酒，酒瓶就站在他的旁边。他说蒙古人什么样，苗人什么样，从西藏经过时，那西藏女人见了男人追她，她就如何如何。

这商人可真怪，怎么专门走地方，而不做买卖？并且鲁迅先生的书他也全读过，一开口这个，一开口那个。并且海婴叫他先生，我一听那字就明白他是谁了。先生常常回来得很迟，从鲁迅先生家里出来，在弄堂里遇到了几次。

有一天晚上先生从三楼下来，手里提着小箱子，身上穿着长袍子，站在鲁迅先生的面前，他说他要搬了。他告了辞，许先生送他下楼去了。这时候周先生在地板上绕了两个圈子，问我说：

"你看他到底是商人吗?"

"是的。"我说。

鲁迅先生很有意思地在地板上走几步，而后向我说："他是贩卖私货的商人，是贩卖精神上的……"

先生走过二万五千里回来的。

青年人写信，写得太草率，鲁迅先生是深恶痛绝之的。

"字不一定要写得好，但必须得使人一看了就认识，年青人现在都太忙了……他自己赶快胡乱写完了事，别人看了三遍五遍看不明白，这费了多少工夫，他不管。反正这费了功夫不是他的。这存心是不太好的。"

但他还是展读着每封由不同角落里投来的青年的信，眼睛不济时，便戴起眼镜来看，常常看到夜里很深的时光。

鲁迅先生坐在电影院楼上的第一排，那片名忘记了，新闻片是苏联纪念"五一"节的红场。

"这个我怕看不到的……你们将来可以看得到。"鲁迅先生向我们周围的人说。

珂勒惠支的画，鲁迅先生最佩服，同时也很佩服她的做人。珂勒惠支受希特拉的压迫，不准她做教授，不准她画画，鲁迅先生常讲到她。

史沫特烈，鲁迅先生也讲到，她是美国女子，帮助印度独立运动，现在又在援助中国。

鲁迅先生介绍人去看的电影：《夏伯阳》，《复仇艳遇》……其余的如《人猿泰山》……或者非洲的怪兽这一类的影片，也常介绍给人的。鲁迅先生说："电影没有什么好的，看看鸟兽之类倒可以增加些对于动物的知识。"

鲁迅先生不游公园，住在上海10年，兆丰公园没有进过，虹口公园这么近也没有进过。春天一到了，我常告诉周先生，我说公园里的土松软了，公园里的风多么柔和。周先生答应选个晴好的天气，选个礼拜日，海婴休假日，好一道去，坐一乘小汽车一直开到兆丰公园，也算是短途旅行。但这只是想着而未有做到，并且把公园给下了定义。鲁迅先生说："公园的样子我知道的……一进门分做两条路，一条通左边，一条通右边，沿着路种着点柳树什么树的，树下摆着几张长椅子，再远一点有个水池子。"

我是去过兆丰公园的，也去过虹口公园或是法国公园的，仿佛这个定义适用于任何国度的公园设计者。

鲁迅先生不戴手套，不围围巾，冬天穿着黑土蓝的棉布袍子，头上戴着灰色毡帽，脚穿黑帆布胶皮底鞋。

胶皮底鞋夏天特别热，冬天又凉又湿，鲁迅先生的身体不算好，大家都提议把这鞋子换掉。鲁迅先生不肯，他说胶皮底鞋子走路方便。

"周先生一天走多少路呢？也不就一转弯到书店走一趟吗？"

鲁迅先生笑而不答。

"周先生不是很好伤风吗？不围巾子，风一吹不就伤风了吗？"

鲁迅先生这些个都不习惯，他说：

"从小就没戴过手套围巾，戴不惯。"

鲁迅先生一推开门从家里出来时，两只手露在外边，很宽的袖口冲着风就向前走，腋下夹着个黑绸子印花的包袱，里边包着书或者是信，到老靶子路书店去了。

那包袱每天出去必带出去，回来必带回来。出去时带着给青年们的信，回来又从书店带来新的信和青年请鲁迅先生看的稿子。

鲁迅先生抱着印花包袱从外边回来，还得提着一把伞，一进门客厅早坐着客人，把伞挂在衣架上就陪客人谈起话来。谈了很久了，伞上的水滴顺着伞杆在地板上已经聚了一堆水。

鲁迅先生上楼去拿香烟，抱着印花包袱，而那把伞也没有忘记，顺手也带到楼上去。

鲁迅先生的记忆力非常之强，他的东西从不随便散置在任何地方。

鲁迅先生很喜欢北方口味。许先生想请一个北方厨子，鲁迅先生以为开销太大，请不得的，男佣人，至少要15元钱的工钱。

所以买米买炭都是许先生下手。我问许先生为什么用两个女佣人都是年老的，都是六七十岁的？许先生说她们做惯了，海婴的保姆，海婴几个月时就在这里。

正说着那矮胖胖的保姆走下楼梯来了，和我们打了个迎面。

"先生，没吃茶吗？"她赶快拿了杯子去倒茶，那刚刚下楼时气喘的声音还在喉管里咕噜咕噜的，她确实年老了。

来了客人，许先生没有不下厨房的，菜食很丰富，鱼，肉……都是用大碗装着，起码四五碗，多则七八碗。可是平常就只三碗菜：一碗素炒豌豆苗，一碗笋炒咸菜，再一碗黄花鱼。

这菜简单到极点。

鲁迅先生的原稿，在拉都路一家炸油条的那里用着包油条，我得到了一张，是译《死魂灵》的原稿，写信告诉了鲁迅先生。鲁迅先生不以为希奇，许先生倒很生气。

鲁迅先生出书的校样，都用来揩桌，或做什么的。请客人在家里吃饭，吃到半道，鲁迅先生回身去拿来校样给大家分着。客人接到手里一看，这怎么可以？鲁迅先生说：

"擦一擦，拿着鸡吃，手是腻的。"

到洗澡间去，那边也摆着校样纸。

许先生从早晨忙到晚上，在楼下陪客人，一边还手里打着毛线。不然就是一边谈着话一边站起来用手摘掉花盆里花上已干枯了的叶子。许先生每送一个客人，都要送到楼下门口，替客人把门开开，客人走出去而后轻轻地关了门再上楼来。

来了客人还到街上去买鱼或买鸡，买回来还要到厨房里去工作。

鲁迅先生临时要寄一封信，就得许先生换起皮鞋子来到邮局或者大陆新村旁边信筒那里去。落着雨天，许先生就打起伞来。

许先生是忙的，许先生的笑是愉快的，但是头发有一些是白了的。

夜里去看电影，施高塔路的汽车房只有一辆车，鲁迅先生一定不坐，一定让我们坐。许先生，周建人夫人……海婴，周建人先生的三位女公子。我们上车了。

鲁迅先生和周建人先生，还有别的一二位朋友在后边。

看完了电影出来，又只叫到一部汽车，鲁迅先生又一定不肯坐，让周建人先生的全家坐着先走了。

鲁迅先生旁边走着海婴，过了苏州河的大桥去等电车去了。等了二三十分钟电车还没有来，鲁迅先生依着沿苏州河的铁栏杆坐在桥边的石围上了，并且拿出香烟来，装上烟嘴，悠然地吸着烟。

海婴不安地来回地乱跑，鲁迅先生还招呼他和自己并排坐下。

鲁迅先生坐在那和一个乡下的安静老人一样。

鲁迅先生吃的是清茶，其余不吃别的饮料。咖啡、可可、牛奶、汽水之类，家里都不预备。

鲁迅先生陪客人到深夜，必同客人一道吃些点心。那饼干就是从铺子里买来的，装在饼干盒子里，到夜深许先生拿着碟子取出来，摆在鲁迅先生的书桌上。吃完了，许先生打开立柜再取一碟。还有向日葵子差不多每来客人必不可少。鲁迅先生一边抽着烟，一边剥着瓜子吃，吃完了一碟鲁迅先生必请许先生再拿一碟来。

鲁迅先生备有两种纸烟，一种价钱贵的，一种便宜的。便宜的是绿听子的，我不认识那是什么牌子，只记得烟头上带着黄纸的嘴，每 50 支的价钱大概是四角到五角，是鲁迅先生自己平日用的。另一种是白听子的，是前门烟，用来招待客人的，白听烟放在鲁迅先生书桌的抽屉里。来客人鲁迅先生下楼，把它带到楼下去，客人走了，又带回楼上来照样放在抽屉里。而绿听子的永远放在书桌上，是鲁迅先生随时吸着的。

鲁迅先生的休息，不听留声机，不出去散步，也不倒在床上睡觉，鲁迅先生自己说：

"坐在椅子上翻一翻书就是休息了。"

鲁迅先生从下午二三点钟起就陪客人，陪到五点钟，陪到六点钟，客人若在家吃饭，吃完饭又必要在一起喝茶，或者刚刚吃完茶走了，或者还没走又来了客人，于是又陪下去，陪到八点钟，十点钟，常常陪到十二点钟。从下午三点钟起，陪到夜里十二点，这么长的时间，鲁迅先生都是坐在藤躺椅上，不断地吸着烟。

客人一走，已经是下半夜了，本来已经是睡觉的时候了，可是鲁迅先生正要开始工作。

在工作之前，他稍微阖一阖眼睛，燃起一支烟来，躺在床边上，这一支烟还没有吸完，许先生差不多就在床里边睡着了（许先生为什么睡得这样快？因为第二天早晨六七点钟就要来管理家务。）海婴这时在三楼和保姆一道睡着了。

全楼都寂静下去，窗外也一点声音没有了，鲁迅先生站起来，坐到书桌边，在那绿色的台灯下开始写文章了。许先生说鸡鸣的时候，鲁迅先生还是坐着，街上的汽车嘟嘟地叫起来了，鲁迅先生还是坐着。

有时许先生醒了，看着玻璃窗白萨萨的了，灯光也不显得怎么亮了，鲁迅先生的背影不像夜里那样高大。

鲁迅先生的背影是灰黑色的，仍旧坐在那里。

人家都起来了，鲁迅先生才睡下。

海婴从三楼下来了，背着书包，保姆送他到学校去，经过鲁迅先生的门前，保姆总是吩咐他说：

"轻一点走，轻一点走。"

鲁迅先生刚一睡下，太阳就高起来了，太阳照着隔院子的人家，明亮亮的，照着鲁迅先生花园的夹竹桃，明亮亮的。

鲁迅先生的书桌整整齐齐的，写好的文章压在书下边，毛笔在烧瓷的小龟背上站着。

一双拖鞋停在床下，鲁迅先生在枕头上边睡着了。

鲁迅先生喜欢吃一点酒，但是不多吃，吃半小碗或一碗。鲁迅先生吃的是中国酒，多半是花雕。

老靶子路有一家小吃茶店，只有门面一间，在门面里边设座，座少，安静，光线不充足，有些冷落。鲁迅先生常到这里吃茶店来，有约会多半是在这里边，老板是犹太人也许是白俄，胖胖的，中国话大概他听不懂。

鲁迅先生这一位老人，穿着布袍子，有时到这里来，泡一壶红茶，和青年人坐在一道谈了一两个钟头。

有一天鲁迅先生的背后那茶座里边坐着一位摩登女子，身穿紫裙子、黄衣裳、头戴花帽子……那女子临走时，鲁迅先生一看她，用眼瞪着她，很生气地看了她半天。而后说：

"是做什么的呢？"

鲁迅先生对于穿着紫裙子、黄衣裳、花帽子的人就是这样看法的。

鬼到底是有的没有的？传说上有人见过，还跟鬼说过话，还有人被鬼在后边追赶过，吊死鬼一见了人就贴在墙上。但没有一个人捉住一个鬼给大家看看。

鲁迅先生讲了他看见过鬼的故事给大家听：

"是在绍兴……"鲁迅先生说："30 年前……"

那时鲁迅先生从日本读书回来，在一个师范学堂里也不知是什么学堂里教书，晚上没有事时，鲁迅先生总是到朋友家去谈天。这朋友住的离学堂几里路，几里路不算远，但必得经过一片坟地。谈天有的时候就谈得晚了，十一二点钟才回学堂的事也常有，有一天鲁迅先生就回去得很晚，天空有很大的月亮。

鲁迅先生向着归路走得很起劲时，往远处一看，远远有一个白影。

鲁迅先生不相信鬼的，在日本留学时是学的医，常常把死人抬来解剖的，鲁迅先生解剖过20几个，不但不怕鬼，对死人也不怕，所以对坟地也就根本不怕。仍旧是向前走的。

走了不几步，那远处的白影没有了，再看突然又有了。并且时小时大，时高时低，正和鬼一样。鬼不就是变幻无常的吗？

鲁迅先生有点踌躇了，到底向前走呢？还是回过头来走？本来回学堂不止这一条路，这不过是最近的一条就是了。

鲁迅先生仍是向前走，到底要看一看鬼是什么样，虽然那时候也怕了。

鲁迅先生那时从日本回来不久，所以还穿着硬底皮鞋。鲁迅先生决心要给那鬼一个致命的打击，等走到那白影旁边时，那白影缩小了，蹲下了，一声不响地靠住了一个坟堆。

鲁迅先生就用了他的硬皮鞋踢了出去。

那白影噢的一声叫起来，随着就站起来，鲁迅先生定眼看去，他却是个人。

鲁迅先生说在他踢的时候，他是很害怕的，好像若一下不把那东西踢死，自己反而会遭殃的，所以用了全力踢出去。

原来是个盗墓子的人在坟场上半夜做着工作。

鲁迅先生说到这里就笑了起来。

"鬼也是怕踢的，踢他一脚就立刻变成人了。"

我想，倘若是鬼常常让鲁迅先生踢踢倒是好的，因为给了他一个做人的机会。

从福建菜馆叫的菜，有一碗鱼做的丸子。

海婴一吃就说不新鲜，许先生不信，别的人也都不信。因为那丸子有的新鲜，有的不新鲜，别人吃到嘴里的恰好都是没有改味的。

许先生又给海婴一个，海婴一吃，又不是好的，他又嚷嚷着。别人都不注意，鲁迅先生把海婴碟里的拿来尝尝，果然不是新鲜的。鲁迅先生说：

"他说不新鲜，一定也有他的道理，不加以查看就抹杀是不对的。"

……

以后我想起这件事来，私下和许先生谈过，许先生说："周先生的做人，真是我们学不了的。哪怕一点点小事。"

鲁迅先生包一个纸包也要包得整整齐齐，常常把要寄出的书，鲁迅先生从许先生手里拿过来自己包，许先生本来包得多么好，而鲁迅先生还要亲自动手。

鲁迅先生把书包好了，用细绳捆上，那包方方正正的，连一个角也不准歪一点或扁一点，而后拿着剪刀，把捆书的那绳头都剪得整整齐齐。

就是包这书的纸都不是新的，都是从街上买东西回来留下来的。许先生上街回来把买来的东西一打开随手就把包东西的牛皮纸折起来，随手把小细绳卷了一个卷。若小细绳上有一个疙瘩，也要随手把它解开的。准备着随时用随时方便。

鲁迅先生住的是大陆新村九号。

一进弄堂口，满地铺着大方块的水门汀，院子里不怎样嘈杂，从这院子出入的有时候是外国人，也能够看到外国小孩在院子里零星地玩着。

鲁迅先生隔壁挂着一块大的牌子，上面写着一个"茶"字。

在1935年10月1日。

鲁迅先生的客厅里摆着长桌，长桌是黑色的，油漆不十分新鲜，但也并不破旧，桌上没有铺什么桌布，只在长桌的当处摆着一个绿豆青色的花瓶，花瓶里长着几株大叶子的万年青。围着长桌有七八张木椅子。尤其是在夜里，全弄堂一点什么声音也听不到。

那夜，就和鲁迅先生和许先生一道坐在长桌旁边喝茶的。当夜谈了许多关于伪满洲国的事情，从饭后谈起，一直谈到九点钟十点钟而后到十一点钟。时时想退出来，让鲁迅先生好早点休息，因为我看出来鲁迅先生身体不大好，又加上听许先生说过，鲁迅先生伤风了一个多月，刚好了的。

但鲁迅先生并没有疲倦的样子。虽然客厅里也摆着一张可以卧倒的藤椅，我们劝他几次想让他坐在藤椅上休息一下，但是他没有去，仍旧坐在椅子上。并且还上楼一次，去加穿了一件皮袍子。

那夜鲁迅先生到底讲了些什么，现在记不起来了。也许想起来的不是那夜讲的而是以后讲的也说不定。过了十一点，天就落雨了，雨点淅淅沥沥地打在玻璃窗上，窗子没有窗帘，所以偶一回头，就看到玻璃窗上有小水流往下流。夜已深了，并且落了雨，心里十分着急，几次站起来想要走，但是鲁迅先生和许先生一再说再坐一下："十二点以前终归有车子可搭的。"所以一直坐到将近十二点，才穿起雨衣来，打开客厅外边的响着的铁门，鲁迅先生非要送到铁门外不可。我想为什么他一定要送呢？对于这样年轻的客人，这样地送是应该的吗？雨不会打湿了头发，受了寒伤风不又要继续下去吗？站在铁门外边，鲁迅先生说，并且指着隔壁那家写着"茶"字的大牌子："下次来记住这个'茶'字，就是这个'茶'的隔壁。"而且伸出手去，几乎是触到了钉在铁门旁边的那个九号的'九'字，"下次来记住茶的旁边九号。"

于是脚踏着方块的水门汀，走出弄堂来，回过身去往院子里边看了一看，鲁迅先生那一排房子统统是黑洞洞的，若不是告诉的那样清楚，下次来恐怕要记不住的。

鲁迅先生的卧室，一张铁架大床，床顶上遮着许先生亲手做的白布刺花的围子，顺着床的一边折着两床被子，都是很厚的，是花洋布的被面。挨着门口的床头的方面站着抽屉柜。一进门的左手摆着八仙桌，桌子的两旁藤椅各一，立柜站在和方桌一排的墙角，立柜本是挂衣服的，衣裳却很少，都让糖盒子、饼干桶子、瓜子罐给塞满了。有一次老板的太太来拿版权的图章花，鲁迅先生就从立柜下边大抽屉里取出的。沿着墙角往窗子那边走，有一张装饰台，桌子上有一个方形的满浮着绿草的玻璃养鱼池，里边游着的不是金鱼而是灰色的扁肚子的小鱼。除了鱼池之外另有一只圆的表，其余那上边满装着书。铁床架靠窗子的那头的书柜里书柜外都是书。最后是鲁迅先生的写字台，那上边也都是书。

鲁迅先生家里，从楼上到楼下，没有一个沙发。鲁迅先生工作时坐的椅子是硬的，到楼下陪客人时坐的椅子又是硬的。

鲁迅先生的写字台面向着窗子，上海弄堂房子的窗子差不多满一面墙那么大，鲁迅先生把它关起来，因为鲁迅先生工作起来有一个习惯，怕吹风，风一吹，纸就动，时时防备着纸跑，文章就写不好。所以屋子里热得和蒸笼似的，请鲁迅先生到楼下去，他又不肯，鲁迅先生的习惯是不换地方。有时太阳照进来，许先生劝他把书桌移开一点都不肯。只有满身流汗。

鲁迅先生的写字桌，铺了张蓝格子的油漆布，四角都用图钉按着。桌子上有小砚台一方，墨一块，毛笔站在笔架上。笔架是烧瓷的，在我看来不很细致，是一个龟，龟背上带着好几个洞，笔就插在那洞里。鲁迅先生多半是用毛笔的，钢笔也不是没有，是放在抽屉里。桌上有一个方大的白瓷的烟灰盒，还有一个茶杯，杯子上戴着盖。

鲁迅先生的习惯与别人不同，写文章用的材料和来信都压在桌子上，把桌子都压得满满的，几乎只有写字的地方可以伸开手，其余桌子的一半被书或纸张占有着。

左手边的桌角上有一个带绿灯罩的台灯，那灯泡是横着装的，在上海那是极普通的台灯。

冬天在楼上吃饭，鲁迅先生自己拉着电线把台灯的机关从棚顶的灯头上拔下，而后装上灯泡子。等饭吃过，许先生再把电线装起来，鲁迅先生的台灯就是这样做成的，拖着一根长长的电线在棚顶上。

鲁迅先生的文章，多半是在这台灯下写。因为鲁迅先生的工作时间，多半是下半夜一两点起，天将明了休息。

卧室就是如此，墙上挂着海婴公子一个月婴孩的油画像。

挨着卧室的后楼里边，完全是书了，不十分整齐，报纸和杂志或洋装的书，都混在这间屋子里，一走进去多少还有些纸张气味。地板被书遮盖得太小了，几乎没有了，大网篮也堆在书中。墙上拉着一条绳子或者是铁丝，就在那上边系了小提盒、铁丝笼之类。风干荸荠就盛在铁丝笼，扯着的那铁丝几乎被压断了在弯弯着。一推开藏书室的窗子，窗子外边还挂着一筐风干荸荠。

"吃吧，多得很，风干的，格外甜。"许先生说。

楼下厨房传来了煎菜的锅铲的响声，并且两个年老的娘姨慢重重地在讲一些什么。

厨房是家庭最热闹的一部分。整个三层楼都是静静的，喊娘姨的声音没有，在楼梯上跑来跑去的声音没有。鲁迅先生家里五六间房子只住着五个人，三位是先生的全家，余下的二位是年老的女佣人。

来了客人都是许先生亲自倒茶，即或是麻烦到娘姨时，也是许先生下楼去吩咐，绝没有站到楼梯口就大声呼唤的时候。所以整个房子都在静悄悄之中。

只有厨房比较热闹了一点，自来水哗哗地流着，洋瓷盆在水门汀的水池子上每拖一下磨着嚓嚓地响，洗米的声音也是嚓嚓的。鲁迅先生很喜欢吃竹笋的，在菜板上切着笋片笋丝时，刀刃每划下去都是很响的。其他比起别人家的厨房来却冷清极了，所以洗米声和切笋声都分开来听得样样清清晰晰。

客厅的一边摆着并排的两个书架，书架是带玻璃橱的，里边有朵斯托益夫斯基的全集和别的外国作家的全集，大半都是日文译本。地板上没有地毯，但擦得非常干净。

海婴公子的玩具橱也站在客厅里，里边是些毛猴子、橡皮人、火车汽车之类，里边装得满满的，别人是数不清的，只有海婴自己伸手到里边找些什么就有什么。过新年时在街上买的兔子灯，纸毛上已经落了灰尘了，仍摆在玩具橱顶上。

客厅只有一个灯头，大概50烛光。客厅的后门对着上楼的楼梯，前门一打开有一个1方丈大小的花园，花园里没有什么花看，只有一株很高的七八尺高的小树，大概那树是柳桃，一到了春天，容易生长蚜虫，忙得许先生拿着喷蚊虫的机器，一边陪着谈话，一边喷着杀虫药水。沿着墙根，种了一排玉米，许先生说："这玉米长不大的，这土是没有养料的，海婴一定要种。"

春天，海婴在花园里掘着泥沙，培植着各种玩艺。

三楼则特别静了，向着太阳开着两扇玻璃门，门外有一个水门汀的突出的小廊子，春天很温暖的抚摸着门口长垂着的帘子，有时帘子被风打得很高，飘扬的饱满的和大鱼泡似的。那时候隔院的绿树照进玻璃门扇里边来了。

海婴坐在地板上装着小工程师在修着一座楼房，他那楼房是用椅子横倒了架起来修的，而后遮起一张被单来算作屋瓦，全个房子在他自己拍着手的赞誉声中完成了。

这间屋感到些空旷和寂寞，既不像女工住的屋子，又不像儿童室。海婴的眠床靠着屋子的一边放着，那大圆顶帐子日里也不打起来，长拖拖的好像从棚顶一直拖到地板上，那床是非常讲究的，属于刻花的木器一类的。许先生讲过，租这房子时，从前一个房客转留下来的。海婴和他的保姆，就睡在五六尺宽的大床上。

冬天烧过的火炉，三月里还冷冰冰地在地板上站着。

海婴不大在三楼上玩的，除了到学校去，就是在院里踏脚踏车，他非常欢喜跑跳，所以厨房、客厅、二楼，他是无处不跑的。

三楼整天在高处空着，三楼的后楼住着另一个老女工，一天很少上楼来，所以楼梯擦过后，一天到晚干净的溜明。

1936年3月里鲁迅先生病了，靠在二楼的躺椅上，心脏跳动得比平日厉害，脸色略微灰了一点。

许先生正相反的，脸色是红的，眼睛显得大了，讲话的声音是平静的，态度并没有比平日慌张。在楼下一走进客厅来许先生就告诉说：

"周先生病了，气喘……喘得厉害，在楼上靠在躺椅上。"

鲁迅先生呼喘的声音，不用走到他的旁边，一进了卧室就听得到的。鼻子和胡须在煽着，胸部一起一落。眼睛闭着，差不多永久不离开手的纸烟，也放弃了。藤椅后边靠着枕头，鲁迅先生的头有些向后，两只手空闲地垂着。眉头仍和平日一样没有聚皱，脸上是平静的，舒展的，似乎并没有任何痛苦加在身上。

"来了吧？"鲁迅先生睁一睁眼睛，"不小心，着了凉呼吸困难……到藏书的房子去翻一翻书……那房子因为没有人住，特别凉……回来就……"

许先生看周先生说话吃力，赶紧接着说周先生是怎样气喘的。

医生看过了，吃了药，但喘并未停。下午医生又来过，刚刚走。

卧室在黄昏里边一点一点地暗下去，外边起了一点小风，隔院的树被风摇着发响。别人家的窗子有的被风打着发出自动关开的响声，家家的流水道都是哗啦哗啦地响着水声，一定是晚餐之后洗着杯盘的剩水。晚餐后该散步的散步去了，该会朋友的会朋友去了，弄堂里来去地稀疏不断地走着人，而娘姨们还没有解掉围裙呢，就依着后门彼此搭讪起来。小孩子们三五一伙前门后门地跑着，弄堂外汽车穿来穿去。

鲁迅先生坐在躺椅上，沉静地，不动地阖着眼睛，略微灰了的脸色被炉里的火染红了一点。纸烟听子蹲在书桌上，盖着盖子，茶杯也蹲在桌子上。

许先生轻轻地在楼梯上走着，许先生一到楼下去，二楼就只剩了鲁迅先生一个人坐在椅子上，呼喘把鲁迅先生的胸部有规律性地抬得高高的。

"鲁迅先生必得休息的，"须藤医生这样说的。可是鲁迅先生从此不但没有休息，并且脑子里所想的更多了，要做的事情都像非立刻就做不可，校《海上述林》的校样，印珂勒惠支的画，翻译《死魂灵》下部，刚好了，这些就都一起开始了，还计算着出 30 年集（即鲁迅全集）。

鲁迅先生感到自己的身体不好，就更没有时间注意身体，所以要多做，赶快做。当时大家不解其中的意思，都以为鲁迅先生对于休息不以为然，后来读了鲁迅先生《死》的那篇文章才了然了。

鲁迅先生知道自己的健康不成了，工作的时间没有几年了，死了是不要紧的，只要留给人类更多，鲁迅先生就是这样。

不久书桌上德文字典和日文字典都摆起来了，果戈里的《死魂灵》，又开始翻译了。

鲁迅先生的身体不大好，容易伤风，伤风之后，照常要陪客人，回信，校稿子。所以伤风之后总要拖下去一个月或半个月的。

瞿秋白的《海上述林》校样，1935年冬，1936年的春天，鲁迅先生不断地校着，几十万字的校样，要看三遍，而印刷所送校样来总是十页八页的，并不是统统一道地送来，所以鲁迅先生不断地被这校样催索着，鲁迅先生竟说：

"看吧，一边陪着你们谈话，一边看校样，眼睛可以看，耳朵可以听……"

有时客人来了，一边说着笑话，鲁迅先生一边放下了笔。有的时候也说："剩几个字了……请坐一坐……"

1935年冬天许先生说：

"周先生的身体是不如从前了。"

有一次鲁迅先生到饭馆里去请客，来的时候兴致很好，还记得那次吃了一只烤鸭子，整个的鸭子用大钢叉子叉上来时，大家看这鸭子烤的又油又亮的，鲁迅先生也笑了。

菜刚上满了，鲁迅先生就到躺椅上吸一支烟，并且阖一阖眼睛。一吃完了饭，有的喝多了酒的，大家都乱闹了起来，彼此抢着苹果，彼此讽刺着玩，说着一些人可笑的话。而鲁迅先生这时候，坐在躺椅上，阖着眼睛，很庄严地在沉默着，让拿在手上纸烟的烟丝，袅袅地上升着。

别人以为鲁迅先生也是喝多了酒吧！

许先生说，并不的。

"周先生的身体是不如从前了，吃过了饭总要闭一闭眼睛稍微休息一下，从前一向没有这习惯。"

周先生从椅子上站起来了，大概说他喝多了酒的话让他听到了。

"我不多喝酒的。小的时候，母亲常提到父亲喝了酒，脾气怎样坏，母亲说，长大了不要喝酒，不要像父亲那样子……所以我不多喝的……从来没喝醉过……"

鲁迅先生休息好了，换了一支烟，站起来也去拿苹果吃，可是苹果没有了。鲁迅先生说：

"我争不过你们了，苹果让你们抢没了。"

有人抢到手的还在保存着的苹果，奉献出来，鲁迅先生没有吃，只在吸烟。

1936 年春，鲁迅先生的身体不大好，但没有什么病，吃过了夜饭，坐在躺椅上，总要闭一闭眼睛沉静一会。

许先生对我说，周先生在北平时，有时开着玩笑，手按着桌子一跃就能够跃过去，而近年来没有这么做过。大概没有以前那么灵便了。

这话许先生和我是私下讲的：鲁迅先生没有听见，仍靠在躺椅上沉默着呢。

许先生开了火炉门，装着煤炭哗哗地响，把鲁迅先生震醒了。一讲起话来鲁迅先生的精神又照常一样。

鲁迅先生睡在二楼的床上已经一个多月了，气喘虽然停止。但每天发热，尤其是在下午热度总在38度39度之间，有时也到39度多，那时鲁迅先生的脸是微红的，目力是疲弱的，不吃东西，不大多睡，没有一些呻吟，似乎全身都没有什么痛楚的地方。躺在床上的时候张开眼睛看着，有的时候似睡非睡地安静地躺着，茶吃得很少。差不多一刻也不停地吸烟，而今几乎完全放弃了，纸烟听子不放在床边，而仍很远地蹲在书桌上，若想吸一支，是请许先生付给的。

许先生从鲁迅先生病起，更过度地忙了。按着时间给鲁迅先生吃药，按着时间给鲁迅先生试温度表，试过了之后还要把一张医生发给的表格填好，那表格是一张硬纸，上面画了无数根线，许先生就在这张纸上拿着米度尺画着度数，那表面画得和尖尖的小山丘似的，又像尖尖的水晶石，高的低的一排连一排地站着。许先生虽每天画，但那像是一条接连不断的线，不过从低处到高处，从高处到低处，这高峰越高越不好，也就是鲁迅先生的热度越高了。

来看鲁迅先生的人，多半都不到楼上来了，为的请鲁迅先生好好地静养，所以把陪客人这些事也推到许先生身上来了。还有书、报、信，都要许先生看过，必要的就告诉鲁迅先生，不十分必要的，就先把它放在一处放一放，等鲁迅先生好些了再取出来交给他。然而这家庭里边还有许多琐事，比方年老的娘姨病了，要请两天假；海婴的牙齿脱掉一个要到牙医那里去看过，但是带他去的人没有，又得许先生。海婴在幼稚园里读书，又是买铅笔，买皮球，还有临时出些个花头，跑上楼来了，说要吃什么花生糖，什么牛奶糖，他上楼来是一边跑着一边喊着，许先生连忙拉住了他，拉他下了楼才跟他讲：

"爸爸病啦，"而后拿出钱来，嘱咐好了娘姨，只买几块糖而不准让他格外的多买。

收电灯费的来了，在楼下一打门，许先生就得赶快往楼下跑，怕的是再多打几下，就要惊醒了鲁迅先生。

海婴最喜欢听讲故事，这也是无限的麻烦，许先生除了陪海婴讲故事之外，还要在长桌上偷一点工夫来看鲁迅先生为有病耽搁下来尚未校完的校样。

在这期间，许先生比鲁迅先生更要担当一切了。

鲁迅先生吃饭，是在楼上单开一桌，那仅仅是一个方木桌，许先生每餐亲手端到楼上去，每样都用小吃碟盛着，那小吃碟直径不过 2 寸，一碟豌豆苗或菠菜或苋菜，把黄花鱼或者鸡之类也放在小碟里端上楼去。若是鸡，那鸡也是全鸡身上最好的一块地方拣下来的肉；若是鱼，也是鱼身上最好一部分，许先生才把它拣下放在小碟里。

许先生用筷子来回地翻着楼下的饭桌上菜碗里的东西，菜拣嫩的，不要茎，只要叶，鱼肉之类，拣烧得软的，没有骨头没有刺的。

心里存着无限的期望，无限的要求，用了比祈祷更虔诚的目光，许先生看着她自己手里选得精精致致的菜盘子，而后脚板触了楼梯上了楼。

希望鲁迅先生多吃一口，多动一动筷，多喝一口鸡汤。鸡汤和牛奶是医生所嘱的，一定要多吃一些的。

把饭送上去，有时许先生陪在旁边，有时走下楼来又做些别的事，半个钟头之后，到楼上去取这盘子。这盘子装得满满的，有时竟照原样一动也没有动又端下来了，这时候许先生的眉头微微地皱了一点。旁边若有什么朋友，许先生就说："周先生的热度高，什么也吃不落，连茶也不愿意吃，人很苦，人很吃力。"

有一天许先生用波浪式的专门切面包的刀切着面包，是在客厅后边方桌上切的，许先生一边切着一边对我说：

"劝周先生多吃东西，周先生说，人好了再保养，现在勉强吃也是没有用的。"

许先生接着似乎问着我：

"这也是对的？"

而后把牛奶面包送上楼去了。一碗烧好的鸡汤，从方盘里许先生把它端出来了，就摆在客厅后的方桌上。许先生上楼去了，那碗热的鸡汤在方桌上自己悠然地冒着热气。

许先生由楼上回来还说呢：

"周先生平常就不喜欢吃汤之类，在病里，更勉强不下了。"

许先生似乎安慰着自己似的。

"周先生人强，喜欢吃硬的，油炸的，就是吃饭也喜欢吃硬饭……"

许先生楼上楼下地跑，呼吸有些不平静，坐在她旁边，似乎可以听到她心脏的跳动。

鲁迅先生开始独桌吃饭以后，客人多半不上楼来了，经许先生婉言把鲁迅先生健康的经过报告了之后就走了。

鲁迅先生在楼上一天一天地睡下去，睡了许多日子，都寂寞了，有时大概热度低了点就问许先生：

"什么人来过吗？"

看鲁迅先生好些，就一一地报告过。

有时也问到有什么刊物来吗？

鲁迅先生病了一个多月了。

证明了鲁迅先生是肺病，并且是肋膜炎，须藤老医生每天来了，为鲁迅先生把肋膜积水用打针的方法抽净，共抽过两三次。

这样的病，为什么鲁迅先生一点也不晓得呢？许先生说，周先生有时觉得肋痛了就自己忍着不说，所以连许先生也不知道，鲁迅先生怕别人晓得了又要不放心，又要看医生，医生一定又要说休息。鲁迅先生自己知道做不到的。

福民医院美国医生的检查，说鲁迅先生肺病已经20年了。这次发了怕是很严重。

医生规定个日子，请鲁迅先生到福民医院去详细检查，要照 X 光的。

但鲁迅先生当时就下楼是下不得的，又过了许多天，鲁迅先生到福民医院去检查病去了。照 X 光后给鲁迅先生照了一个全部的肺部的照片。

这照片取来的那天许先生在楼下给大家看了，右肺的上尖是黑的，中部也黑了一块，左肺的下半部都不大好，而沿着左肺的边边黑了一大圈。

这之后，鲁迅先生的热度仍高，若再这样热度不退，就很难抵抗了。

那查病的美国医生，只查病，而不给药吃，他相信药是没有用的。

须藤老医生，鲁迅先生早就认识，所以每天来，他给鲁迅先生吃了些退热药，还吃停止肺病菌活动的药。他说若肺不再坏下去，就停止在这里，热自然就退了，人是不危险的。

在楼下的客厅里，许先生哭了。许先生手里拿着一团毛线，那是海婴的毛线衣拆了洗过之后又团起来的。

鲁迅先生在无欲望状态中，什么也不吃，什么也不想，睡觉似睡非睡的。

天气热起来了，客厅的门窗都打开着，阳光跳跃在门外的花园里。麻雀来了停在夹竹桃上叫了三两声就飞去，院子里的小孩们唧唧喳喳地玩耍着，风吹进来好像带着热气，扑到人的身上，天气刚刚发芽的春天，变为夏天了。

楼上老医生和鲁迅先生谈话的声音隐约可以听到。

楼下又来客人，来的人总要问：

"周先生好一点吗？"

许先生照常说："还是那样子。"

但今天说了眼泪又流了满脸。一边拿起杯子来给客人倒茶，一边用左手拿着手帕按着鼻子。

客人问：

"周先生又不大好吗？"

许先生说：

"没有的，是我心窄。"

过了一会鲁迅先生要找什么东西，喊许先生上楼去，许先生连忙擦着眼睛，想说她不上楼的，但左右看了一看，没有人能代替了她，于是带着她那团还没有缠完的毛线球上楼去了。

楼上坐着老医生，还有两位探望鲁迅先生的客人。许先生一看了他们就自己低了头不好意思地笑了，她不敢到鲁迅先生的面前去，背转着身问鲁迅先生要什么呢，而后又是慌忙地把毛线缕挂在手上缠了起来。

一直到送老医生下楼，许先生都是把背向着鲁迅先生而站着的。

每次老医生走，许先生都是替老医生提着皮提包送到前门外的。许先生愉快地、沉静地带着笑容打开铁门闩，很恭敬地把皮包交给老医生，眼看着老医生走了才进来关了门。

这老医生出入在鲁迅先生的家里，连老娘姨对他都是尊敬的，医生从楼上下来时，娘姨若在楼梯的半道，赶快下来躲开，站到楼梯的旁边。有一天老娘姨端着一个杯子上楼，楼上医生和许先生一道下来了，那老娘姨躲闪不灵，急得把杯里的茶都颠出来了。等医生走过去，已经走出了前门，老娘姨还在那里呆呆地望着。

"周先生好了点吧?"

有一天许先生不在家，我问着老娘姨。她说:

"谁晓得，医生天天看过了不声不响地就走了。"

可见老娘姨对医生每天是怀着期望的眼光看着他的。

许先生很镇静，没有紊乱的神色，虽然说那天当着人哭过一次，但该做什么，仍是做什么，毛线该洗的已经洗了，晒的已经晒起，晒干了的随手就把它团起团子。

"海婴的毛线衣，每年拆一次，洗过之后再重打起，人一年一年地长，衣裳一年穿过，一年就小了。"

在楼下陪着熟的客人，一边谈着，一边开始手里动着竹针。

这种事情许先生是偷空就做的，夏天就开始预备着冬天的，冬天就做夏天的。

许先生自己常常说:

"我是无事忙。"

这话很客气，但忙是真的，每一餐饭，都好像没有安静地吃过。海婴一会要这个，要那个;若一有客人，上街临时买菜，下厨房煎炒还不说，就是摆到桌子上来，还要从菜碗里为着客人选好地夹过去。饭后又是吃水果，若吃苹果还要把皮削掉，若吃荸荠看客人削得慢而不好也要削了送给客人吃，那时鲁迅先生还没有生病。

许先生除了打毛线衣之外，还用机器缝衣裳，剪裁了许多件海婴的内衫裤在窗下缝。

因此许先生对自己忽略了，每天上下楼跑着，所穿的衣裳都是旧的，次数洗得太多，钮扣都洗脱了，也磨破了，都是几年前的旧衣裳，春天时许先生穿了一个紫红宁绸袍子，那料子是海婴在婴孩时候别人送给海婴做被子的礼物。做被子，许先生说很可惜，就拣起来做一件袍子。正说着，海婴来了，许先生使眼神，且不要提到，若提到海婴又要麻烦起来了，一要说是他的，他就要要。

许先生冬天穿一双大棉鞋，是她自己做的。一直到二三月早晚冷时还穿着。

有一次我和许先生在小花园里拍一张照片，许先生说她的钮扣掉了，还拉着我站在她前边遮着她。

许先生买东西也总是到便宜的店铺去买，再不然，到减价的地方去买。

处处俭省，把俭省下来的钱，都印了书和印了画。

现在许先生在窗下缝着衣裳，机器声格哒格哒的，震着玻璃门有些颤抖。

窗外的黄昏，窗内许先生低着的头，楼上鲁迅先生的咳嗽声，都搅混在一起了，重续着、埋藏着力量。在痛苦中，在悲哀中，一种对于生的强烈的愿望站得和强烈的火焰那样坚定。

许先生的手指把捉了在缝的那张布片，头有时随着机器的力量低沉了一两下。

许先生的面容是宁静的、庄严的、没有恐惧的，她坦荡地在使用着机器。

海婴在玩着一大堆黄色的小药瓶，用一个纸盒子盛着，端起来楼上楼下地跑。向着阳光照是金色的，平放着是咖啡色的，他召集了小朋友来，他向他们展览，向他们夸耀，这种玩艺只有他有而别人不能有。他说：

"这是爸爸打药针的药瓶，你们有吗？"

别人不能有，于是他拍着手骄傲地呼叫起来。

许先生一边招呼着他，不叫他喊，一边下楼来了。

"周先生好了些？"

见了许先生大家都是这样问的。

"还是那样子，"许先生说，随手抓起一个海婴的药瓶来："这不是么，这许多瓶子，每天打针，药瓶也积了一大堆。"

许先生一拿起那药瓶，海婴上来就要过去，很宝贵地赶快把那小瓶摆到纸盒里。

在长桌上摆着许先生自己亲手做的蒙着茶壶的棉罩子，从那蓝缎子的花罩下拿着茶壶倒着茶。

楼上楼下都是静的了，只有海婴快活地和小朋友们地吵嚷躲在太阳里跳荡。

海婴每晚临睡时必向爸爸妈妈说："明朝会！"

有一天他站在上三楼去的楼梯口上喊着：

"爸爸，明朝会！"

鲁迅先生那时正病得沉重，喉咙里边似乎有痰，那回答的声音很小，海婴没有听到，于是他又喊：

"爸爸，明朝会！"他等一等，听不到回答的声音，他就大声地连串地喊起来：

"爸爸，明朝会，爸爸，明朝会，……爸爸，明朝会……"

他的保姆在前边往楼上拖他，说是爸爸睡下了，不要喊了。可是他怎么能够听呢，仍旧喊。

这时鲁迅先生说"明朝会"，还没有说出来喉咙里边就像有东西在那里堵塞着，声音无论如何放不大。到后来，鲁迅先生挣扎着把头抬起来才很大声地说出：

"明朝会，明朝会。"

说完了就咳嗽起来。

许先生被惊动得从楼下跑来了，不住地训斥着海婴。

海婴一边哭着一边上楼去了，嘴里唠叨着：

"爸爸是个聋人哪！"

鲁迅先生没有听到海婴的话，还在那里咳嗽着。

鲁迅先生在 4 月里，曾经好了一点，有一天下楼去赶一个约会，把衣裳穿得整整齐齐，手下夹着黑花布包袱，戴起帽子来，出门就走。

许先生在楼下正陪客人，看鲁迅先生下来了，赶快说：

"走不得吧，还是坐车子去吧。"

鲁迅先生说："不要紧，走得动的。"

许先生再加以劝说，又去拿零钱给鲁迅先生带着。

鲁迅先生说不要不要，坚决地走了。

"鲁迅先生的脾气很刚强。"

许先生无可奈何的，只说了这一句。

鲁迅先生晚上回来，热度增高了。

鲁迅先生说：

"坐车子实在麻烦，没有几步路，一走就到。还有，好久不出去，愿意走走……动一动就出毛病……还是动不得……"

病压服着鲁迅先生又躺下了。

7月里，鲁迅先生又好些。

药每天吃，记温度的表格照例每天好几次在那里面，老医生还是照常地来，说鲁迅先生就要好起来了。说肺部的菌已经停止了一大半，肋膜也好了。

客人来差不多都要到楼上来拜望拜望。鲁迅先生带着久病初愈的心情，又谈起话来，披了一张毛巾子坐在躺椅上，纸烟又拿在手里了，又谈翻译，又谈某刊物。

一个月没有上楼去，忽然上楼还有些心不安，我一进卧室的门，觉得站也没地方站，坐也不知坐在哪里。

许先生让我吃茶，我就依着桌子边站着。好像没有看见那茶杯似的。

鲁迅先生大概看出我的不安来了，便说：

"人瘦了，这样瘦是不成的，要多吃点。"

鲁迅先生又在说玩笑话了。

"多吃就胖了，那么周先生为什么不多吃点？"

鲁迅先生听了这话就笑了，笑声是明朗的。

从7月以后鲁迅先生一天天地好起来了，牛奶，鸡汤之类，为了医生所嘱也隔三差五地吃着，人虽是瘦了，但精神是好的。

鲁迅先生说自己体质的本质是好的，若差一点的，就让病打倒了。

这一次鲁迅先生保持了很久时间，没有下楼更没有到外边去过。

在病中，鲁迅先生不看报，不看书，只是安静地躺着。但有一张小画是鲁迅先生放在床边上不断看着的。

那张画，鲁迅先生未生病时，和许多画一道拿给大家看过的，小得和纸烟包里抽出来的那画片差不多。那上边画着一个穿大长裙子飞散着头发的女人在大风里边跑，在她旁边的地面上还有小小的红玫瑰的花朵。

记得是一张苏联某画家着色的木刻。

鲁迅先生有很多画，为什么只选了这张放在枕边。

许先生告诉我的，她也不知道鲁迅先生为什么常常看这小画。

有人来问他这样那样的，他说：

"你们自己学着做，若没有我呢！"

这一次鲁迅先生好了。

还有一样不同的，觉得做事要多做……

鲁迅先生以为自己好了，别人也以为鲁迅先生好了。

准备冬天要庆祝鲁迅先生工作 30 年。

又过了三个月。

1936 年 10 月 17 日，鲁迅先生病又发了，又是气喘。

17 日，一夜未眠。

18 日，终日喘着。

19 日的下半夜，人衰弱到极点了。天将发白时，鲁迅先生就像他平日一样，工作完了，他休息了。

1939. 10

为了纪念鲁迅逝世 3 周年，1939 年萧红应报刊杂志的邀请，写了《记我们的导师》（刊于 1939 年 10 月《中学生——战时半月刊》第 10 期）、《记忆中的鲁迅先生》（刊于 1939 年 10 月 18 至 28 日香港《星岛日报》副刊《星座》第 427 至 432 号）、《鲁迅先生生活散记》（刊于 1939 年 10 月 14 至 20 日新加坡《星洲日报》副刊《晨钟》与 11 月 1 日武汉出版的《文艺阵地》第 4 卷第 1 期）、《回忆鲁迅先生》（刊于 1939 年 10 月 1 日《中苏文化》第 4 卷第 3 期）、《鲁迅先生生活忆略》（刊于 1939 年 12 月《文学集林》第二辑）《望——》等，《回忆鲁迅先生》就是萧红综合以上各篇内容而写成的。

悼许地山先生

◎ 郑振铎

　　许地山先生在抗战中逝世于香港。我那时正在上海蛰居，竟不能说什么话哀悼他。——但心里是那么沉痛凄楚着。我没有一天忘记了这位风趣横逸的好友。他是我学生时代的好友之一，真挚而有益的友谊，继续了二十四五年，直到他的死为止。

　　人到中年便哀多而乐少。想起半生以来的许多友人们的遭遇与死亡，往往悲从中来，怅惘无已。有如雪夜山中，孤寺纸窗，卧听狂风大吼，出世之感，油然而生。而最不能忘的，是许地山先生和谢六逸先生，六逸先生也是在抗战中逝去的。记得二十多年前，我住在宝兴西里，他们俩都和我同住着，我那时还没有结婚，过着刻板似的编辑生活，六逸在教书，地山则新从北方来。每到傍晚，便相聚而谈，或外出喝酒。我那时心绪很恶劣，每每借酒浇愁，酒杯到手便干。常常买了一瓶葡萄酒来，去了瓶塞，一口气咕嘟嘟的全都灌下去。有一天，在外面小餐店里喝得大醉归来，他们俩好不容易的把我扶上电车，扶进家门口。一到门口，我见有一张藤的躺椅放在小院子里，便不由自主的躺了下去，沉沉入睡。第二天醒来，却睡在床上。原来他们俩好不容易的又设法把我抬上楼，替我脱了衣服鞋子。我自己是一点知觉也没有了。一想起这两位挚友都已辞世，再见不到他们，再也听不到他们的语声，心里便凄楚欲绝。为什么"悲哀"这东西老跟着人跑呢？为什么跑到后来，竟越跟越紧呢？

　　地山在北平燕京大学念书。他家境不见得好，他的费用是由闽南某一个教会负担的。他曾经在南洋教过几年书，他在我们这一群未经世故人情磨炼的年轻人里，天然是一个老大哥。他对我们说了许多我们从来没有听到过的话。他有好些书，西文的，中文的，满满的排了两个书架。这是我所最为羡慕的。我那时还在省下车钱来买杂志的时代，书是一本也买不起的。我要看书，总是向人借。有一天傍晚，太阳光还晒在西墙，我到地山宿舍里去。在书架上翻出了一本日本翻版的《太戈尔诗集》，读得很高兴。站在窗边，外面还亮着。窗外是一个水池，池里有些翠绿欲滴的水草，人工的流泉，在淙淙的响着。

"你喜欢太戈尔的诗么？"

我点点头，这名字我是第一次听到，他的诗，也是第一次读到。

他便和我谈起太戈尔的生平和他的诗来。他说道："我正在译他的《青檀迦利》呢。"随在抽屉里把他的译稿给我看。他是用古诗译的，很晦涩。

"你喜欢的还是《新月集》吧。"便在书架上拿下一本书来。"这便是《新月集》。"他道，"送给你，你可以选着几首来译。"

我喜悦的带了这本书回家。这是我译太戈尔诗的开始。后来，我虽然把英文本的《太戈尔集》，陆续的全都买了来，可是得书时的喜悦，却总没有那时候所感到的深切。

我到了上海，他介绍他的二哥敦谷给我。敦谷是在日本学画的。一位孤芳自赏的画家，与人落落寡合，所以，不很得意。我编《儿童世界》时，便请他为我作插图。第一年的《儿童世界》，所有的插图全出于他的手。后来，我不编这周刊了，他便也辞职不干。他受不住别的人的指挥什么的，他只是为了友情而工作着。

地山有五个兄弟，都是真实的君子人。他曾经告诉过我，他的父亲在台湾做官，在那里有很多的地产。当台湾被日本占去时，曾经宣告过，留在台湾的，仍可以保全财产；但离开了的，却要把财产全部没收。他父亲召集了五个兄弟们来，问他们谁愿意留在台湾，承受那些财产，但他们全都不愿意。他们一家便这样的舍弃了全部资产，回到了大陆。因此，他们变得很穷，兄弟们都不能不很早的各谋生计。

他父亲是丘逢甲的好友。一位仁人志士，在台湾被占时代，尽了很多的力量，写着不少慷慨激昂的诗。地山后来在北平印出了一本诗集。他有一次游台湾，带了几十本诗集去，预备送给他的好些父执，但在海关上，被日本人全部没收了。他们不允许这诗集流入台湾。

地山结婚得很早。生有一个女孩子后，他的夫人便亡故，她葬在静安寺的坟场里。地山常常一清早便出去，独自到了那坟地上，在她坟前，默默的站着，不时的带着鲜花去。过了很久，他方才续弦，又生了几个儿女。

他在燕大毕业后，他们要叫他到美国去留学，但他却到了牛津。他学的是比较宗教学。在牛津毕业后，他便回到燕大教书。他写了不少关于宗教的著作；他写着一部《道教史》，可惜不曾全部完成。他编过一部《大藏经引得》。这些，都是扛鼎之作，别的人不肯费大力从事的。

茅盾和我编《小说月报》的时候，他写了好些小说，像《换巢鸾凤》之类，风格异常的别致。他又写了一本《无从投递的邮件》，那是真实的一部伟大的书，可惜知道的人不多。

最后，他到香港大学教书，在那里住了好几年，直到他死。他在港大，主持中文讲座，地位很高，是在"绅士"之列的。在法律上有什么中文解释上的争执，都要由他来下判断。他在这时期，帮助了很多朋友们。他提倡中文拉丁化运动，他写了好些论文，这些，都是他从前所不曾从事过的。他得到广大的青年们的拥护。他常常参加座谈会，常常出去讲演。他素来有心脏病，但病状并不显著，他自己也并不留意静养。

有一天，他开会后回家，觉得很疲倦，汗出得很多，体力支持不住，使移到山中休养着。便在午夜，病情太坏，没等到天亮，他便死了。正当祖国最需要他的时候，正当他为祖国努力奋斗的时候，病魔却夺了他去。这损失是属于国家民族的，这悲伤是属于全国国民们的。

他在香港，我个人也受过他不少帮助。我为国家买了很多的善本书，为了上海不安全，便寄到香港去；曾经和别的人商量过，他们都不肯负这责任，不肯收受，但和地山一通信，他却立刻答应了下来。所以，三千多部的元明本书，抄校本书，都是寄到港大图书馆，由他收下的。这些书，是国家的无价之宝，虽然在日本人陷香港时曾被他们全部取走，而现在又在日本发现，全部要取回来，但那时如果仍放在上海，其命运恐怕要更劣于此。——也许要散失了，被抢得无影无踪了。这种勇敢负责的行为，保存民族文化的功绩，不仅我个人感激他而已！

他名赞塑，写小说的时候，常用落花生的笔名。"不见落花生么？花不美丽，但结的实却用处很大，很有益。"当我问他取这笔名之意时，他答道。

他的一生都是有益于人的，见到他便是一种愉快。他胸中没有城府。他喜欢谈话，他的话都是很有风趣的，很愉快的。老舍和他都是健谈的，他们俩曾经站在伦敦的街头，谈个三四个钟点，把别的约会都忘掉。我们聚谈的时候，也往往消磨掉整个黄昏，整个晚上而忘记了时间。

他喜欢做人家所不做的事。他收集了不少小古董，因为他没有多余的钱买珍贵的古物。他在北平时，常常到后门去搜集别人所不注意的东西。他有一尊元朝的木雕像，绝为隽秀，又有元代的壁画碎片几方，古朴有力。他曾经搜罗了不少"压胜钱"，预备做一部压胜钱谱，抗战后，不知这些宝物是否还保存无恙。他要研究中国服装史，这工作到今日还没有人做。为了要知道"纽扣"的起源，他细心的在查古画像、古雕刻和其他许多有关的资料。他买到了不少摊头上鲜有人过问的"喜神像"，还得到很多玻璃的画片。这些，都是与这工作有关的。可惜牵于他故，牵于财力、时力，这伟大的工作，竟不能完成。

我写中国版画史的时候，他很鼓励我。可惜这工作只做了一半，也困于财力而未能完工。我终要将这工作完成的，然而地山却永远见不到它的全部了！

他心境似乎一直很愉快，对人总是很高兴的样子。我没有见他疾言厉色过；即遇怫意的事，他似乎也没有生过气。然而当神圣的抗战一开始，他便挺身出来，献身给祖国，为抗战做着应该做的工作。

抗战使这位在研究室中静静的工作着的学者，变为一位勇猛的斗士。

他的死亡，使香港方面的抗战阵容失色了。他没有见到胜利而死，这不幸岂仅是他个人的而已！

他如果还健在，他一定会更勇猛的为和平建国，民主自由而工作着的。

失去了他，不仅是失去了一位真挚而有益的好友，而且是，失去了一位最坚贞、最有见地、最勇敢的同道的人。我的哀悼实在不仅是个人的友情的感伤！

1946 年 7 月

我所景仰的蔡先生之风格

◎傅斯年

凡认识蔡先生的，总知道蔡先生宽以容众；受教久的，更知道蔡先生的脾气，不严责人，并且不滥奖人，不像有一种人的脾气，称扬则上天，贬责则入地。但少人知道，蔡先生有时也很严词责人。我以受师训备僚属有 25 年之长久，颇见到蔡先生生气责人的事。他人的事我不敢说，说和我有关的。

蔡先生一切待人接物，他先假定一个人是善人，除非事实证明其不然。

凡有人以一说进，先假定其意诚，其动机善，除非事实证明其相反。如此办法，自然要上当，但这正是孟子所谓君子可欺以其方，难罔以非其道了。

若以为蔡先生能恕而不能严，便是大错了，蔡先生在大事上是丝毫不苟的。有人若做了他以为大不可之事，他虽不说，心中却完全有数。至于临艰危而不惧，有大难而不惑之处，只有古之大宗教家可比，虽然他是不重视宗教的。关于这一类的事，我只举一个远例。

在五四前若干时，北京的空气，已为北大师生的作品动荡得很了。北洋政府很觉得不安，对蔡先生大施压力与恫吓，至于侦探之跟随，是极小的事了。有一天路上，蔡先生在他当时的一个谋客家中谈起此事，还有一个谋客也在。

当时蔡先生有此两谋客，专商量如何对付北洋政府的，其中的那个老谋客说了无穷的话，劝蔡先生解陈独秀先生之聘，并要制约胡适之先生一下，其理由无非是要保存机关，保存北方读书人，一类似是而非之谈。蔡先生一直不说一句话。直到他们说了几个钟头以后，蔡先生站起来说：这些事我都不怕，我忍辱至此，皆为学校，但忍辱是有止境的。北京大学一切的事，都在我蔡元培一人身上，与这些人毫不相干。

这话在现在听来或不感觉如何，但试想当年的情景，北京城中，只是些北洋军匪、安福贼徒、袁氏遗孽（安福贼徒，指北洋皖系军阀操纵的官僚政客；袁氏遗孽，指窃国大盗袁世凯的余党。）具人形之识字者，寥寥可数。

蔡先生一人在那里办北大，为国家种下读书爱国革命的种子，是何等大无畏的行事！

1929 年

宗月大师

◎老 舍

在我小的时候，我因家贫而身体很弱。我九岁才入学。因家贫体弱，母亲有时候想叫我去上学，又怕我受人家的欺侮，更因交不上学费，所以一直到九岁我还不识一个字。说不定，我会一辈子也得不到读书的机会。因为母亲虽然知道读书的重要，可是每月间三四吊钱的学费，实在让她为难。母亲是最喜脸面的人。她迟疑不决，光阴又不等待着任何人，晃来晃去，我也许就长到十多岁了。一个十多岁的贫而不识字的孩子，很自然的去作个小买卖——弄个小筐，卖些花生、煮豌豆，或樱桃什么的。要不然就是去学徒。母亲很爱我，但是假若我能去做学徒，或提篮沿街卖樱桃而每天赚几百钱，她或者就不会坚决的反对。穷困比爱心更有力量。

有一天刘大叔偶然的来了。我说"偶然的"，因为他不常来看我们。他是个极富的人，尽管他心中并无贫富之别，可是他的财富使他终日不得闲，几乎没有工夫来看穷朋友。一进门，他看见了我。"孩子几岁了？上学没有？"他问我的母亲。他的声音是那么洪亮（在酒后，他常以学喊俞振庭的《金钱豹》自傲），他的衣服是那么华丽，他的眼是那么亮，他的脸和手是那么白嫩肥胖，使我感到我大概是犯了什么罪。我们的小屋，破桌凳，土炕，几乎禁不住他的声音的震动。等我母亲回答完，刘大叔马上决定："明天早上我来，带他上学，学钱、书籍，大姐你都不必管！"我的心跳起多高，谁知道上学是怎么一回事呢！

第二天，我像一条不体面的小狗似的，随着这位阔人去入学。学校是一家改良私塾，在离我的家有半里多地的一座道士庙里。庙不甚大，而充满了各种气味：一进山门先有一股大烟味，紧跟着便是糖精味（有一家熬制糖球糖块的作坊），再往里，是厕所味，与别的臭味。学校是在大殿里。大殿两旁的小屋住着道士和道士的家眷。大殿里很黑、很冷。神像都用黄布挡着，供桌上摆着孔圣人的牌位。学生都面朝西坐着，一共有三十来人。西墙上有一块黑板——这是"改良"私塾。老师姓李,一位极死板而极有爱心的中年人。刘大叔和李老师"嚷"了一顿,而后教我拜圣人及老师。老师给了我一本《地球韵言》和一本《三字经》。我于是,就变成了学生。

自从作了学生以后,我时常的到刘大叔的家中去。他的宅子有两个大院子,院中几十间房屋都是出廊的。院后,还有一座相当大的花园。宅子的左右前后全是他的房屋,若是把那些房子齐齐的排起来,可以占半条大街。此外,他还有几处铺店。每逢我去,他必招呼我吃饭,或给我一些我没有看见过的点心。他绝不以我为一个苦孩子而冷淡我,他是阔大爷,但是他不以富傲人。

在我由私塾转入公立学校去的时候,刘大叔又来帮忙。这时候,他的财产已大半出了手。他是阔大爷,他只懂得花钱,而不知道计算。人们吃他,他甘心教他们吃;人们骗他,他付之一笑。他的财产有一部分是卖掉的,也有一部分是被人骗了去的。他不管;他的笑声照旧是洪亮的。

到我在中学毕业的时候,他已一贫如洗,什么财产也没有了,只剩了那个后花园。不过,在这个时候,假若他肯用用心思,去调整他的产业,他还能有办法教自己丰衣足食,因为他的好多财产是被人家骗了去的。可是,他不肯去请律师。贫与富在他心中是完全一样的。假若在这时候,他要是不再随便花钱,他至少可以保住那座花园和城外的地产。可是,他好善。尽管他自己的儿女受着饥寒,尽管他自己受尽折磨,他还是去办贫儿学校、粥厂等等慈善事业。他忘了自己。就是在这个时候,我和他过往的最密。他办贫儿学校,我去作义务教师。他施舍粮米,我去帮忙调查及散放。在我的心里,我很明白:放粮放钱不过只是延长贫民的受苦难的日期,而不足以阻拦住死亡。但是,看刘大叔那么热心,那么真诚,我就顾不得和他辩论,而只好也出点力了。即使我和他辩论,我也不会得胜,人情是往往能战胜理智的。

在我出国以前,刘大叔的儿子死了。而后,他的花园也出了手。他入庙为僧,夫人与小姐入庵为尼。由他的性格来说,他似乎势必走入避世学禅的一途。但是由他的生活习惯上来说,大家总以为他不过能念念经,布施布施僧道而已,而绝对不会受戒出家。他居然出了家。在以前,他吃的是山珍海味,穿的是绫罗绸缎。他也嫖也赌。现在,他每日一餐,入秋还穿着件夏布道袍。这样苦修,他的脸上还是红红的,笑声还是洪亮的。对佛学,他有多么深的认识,我不敢说。我却真知道他是个好和尚,他知道一点便去做一点,能做一点便做一点。他的学问也许不高，但是他所知道的都能见诸实行。

出家以后，他不久就做了一座大寺的方丈。可是没有多久就被驱除出来。他是要做真和尚，所以他不惜变卖庙产去救济苦人。庙里不要这种方丈。一般的说，方丈的责任是要扩充庙产，而不是救苦救难的。离开大寺，他到一座没有任何产业的庙里做方丈。他自己既没有钱，他还须天天为僧众们找到斋吃。同时，他还举办粥厂等等慈善事业。他穷，他忙，他每日只进一顿简单的素餐，可是他的笑声还是那么洪亮。他的庙里不应佛事，赶到有人来请，他便领着僧众给人家去唪真经，不要报酬。他整天不在庙里，但是他并没忘了修持；他持戒越来越严，对经义也深有所获。他白天在各处筹钱办事，晚间在小室里作工夫。谁见到这位破和尚也不曾想到他曾是个在金子里长起来的阔大爷。

去年，有一天他正给一位圆寂了的和尚念经，他忽然闭上了眼，就坐化了。火葬后，人们在他的身上发现许多舍利。

没有他，我也许一辈子也不会入学读书。没有他，我也许永远想不起帮助别人有什么乐趣与意义。他是不是真的成了佛？我不知道。但是，我的确相信他的居心与言行是与佛相近似的。我在精神上物质上都受过他的好处，现在我的确愿意他真的成了佛，并且盼望他以佛心引领我向善，正像在三十五年前，他拉着我去入私塾那样！

他是宗月大师。

悼夏丏尊先生

◎郑振铎

夏丏尊先生（1886～1946）死了，我们再也听不到他的叹息，他的悲愤的语声了；但静静的想着时，我们仿佛还都听见他的叹息，他的悲愤的语声。

他住在沦陷区里，生活紧张而困苦，没有一天不在愁叹着。是悲天？是悯人？

胜利到来的时候，他曾经很天真的高兴了几天。我们相见时，大家都说道，"好了，好了！"各个人的脸上似乎都泯没了愁闷：耀着一层光彩。他也同样的说道："好了，好了！"

然而很快的，便又陷入愁闷之中。他比我们敏感，他似乎失望，愁闷得更迅快些。

他曾经很高兴的写过几篇文章，很提出些正面的主张出来。但过了一会儿，便又沉默下去，一半是为了身体逐渐衰弱的关系。

他是一个自由主义者，反对一切的压迫和统制。他最富于正义感。看不惯一切的腐败、贪污的现象。他自己曾经说道："自恨自己怯弱，没有直视苦难的能力，却又具有着对于苦难的敏感。"又道，"记得自己幼时，逢大雷雨躲入床内；得知家里要杀鸡就立刻逃避；看戏时遇到《翠屏山》《杀嫂》等戏，要当场出彩，预先俯下头去，以及妻每次产时，不敢走入产房，只在别室中闷闷地听着妻的呻吟声，默祷她安全的光景。"（均见《平屋杂文》）这便是他的性格。他表面上很恬淡，其实，心是热的；他仿佛无所褒贬，其实，心里是泾渭分得极清的。在他淡淡的谈话里，往往包含着深刻的意义。他反对中国人传统的调和与折衷的心理。他常常说，自己是一个早衰者，不仅在身体上，在精神上也是如此。他有一篇《中年人的寂寞》：

我已是一个中年的人。一到中年，就有许多不愉快的现象，眼睛昏花了，记忆力减退了，头发开始秃脱而且变白了，意兴、体力甚么都不如年青的时候，常不禁会感觉得难以名言的寂寞的情味。尤其觉得难堪的是知友的逐渐减少和疏远，缺乏交际上的温暖的慰藉。在《早老者的忏悔》里，他又说道：

我今年五十，在朋友中原比较老大。可是自己觉得体力减退，已好多年了。三十五六岁以后，我就感到身体一年不如一年，工作起不得劲，只得是恹恹地勉强挨，几乎无时不觉到疲劳，甚么都觉得厌倦，这情形一直到如今。十年以前，我还只四十岁，不知道我年龄的，都以我是五十岁光景的人，近来居然有许多人叫我"老先生"。论年龄，五十岁的人应该还大有可为，古今中外，尽有活到了七十八十，元气很盛的。可是我却已经老了，而且早已老了。

这是他的悲哀，但他的并不因此而消极，正和他的不因寂寞而厌世一样。他常常愤慨，常常叹息，常常悲愁。他的愤慨、叹息、悲愁，正是他的入世处。他爱世、爱人、尤爱"执着"的有所为的人，和狷介的有所不为的人，他爱年轻人；他讨厌权威，讨厌做作、虚伪的人。他没有机心；表里如一。他藏不住话，有什么便说什么，所以大家都称他"老孩子"。他的天真无邪之处，的确够得上称为一个"孩子"的。

他从来不提防什么人。他爱护一切的朋友，常常招心他们的安全与困苦。我在抗战时逃避在外，他见了面，便问道："没有什么？"我在卖书过活，他又异常关切的问道；"不太穷困么？卖掉了可以过一个时期吧。"

"又要卖书了么？"他见我在抄书目时问道。

我点点头：向来不作乞怜相，装作满不在乎的神气，有点倔强，也有点傲然，但见到他的皱着眉头，同情的叹气时，我几乎也要叹出气来。

他很远的挤上了电车到办公的地方来，从来不肯坐头等，总是挤在拖车里。我告诉他，拖车太颠太挤，何妨坐头等，他总是不改变态度，天天挤，挤不上，再等下一部；有时等了好几部还挤不上。到了办公的地方，总是叹了一口气后才坐下。

"丐翁老了，"朋友们在背后都这末说。我们有点替他发愁，看他显著的一天天的衰老下去。他的营养是那末坏，家里的饭菜不好，吃米饭的时候很少；到了办公的地方时，也只是以一块面包当作午餐。那时候，我们也都吃着烘山芋、面包、小馒头或羌饼之类作午餐，但总想有点牛肉、鸡蛋之类伴着吃，他却从来没有过；偶然是涂些果酱上去，已经算是很奢侈了。我们有时高兴上小酒馆去喝酒，去邀他，他总是不去。

在沦陷时代。他曾经被敌人的宪兵捉去过。据说，有他的照相，也有关于他的记录。他在宪兵队里，虽没有被打，上电刑或灌水之类，但睡在水门汀上，吃着冷饭，他的身体因此益发坏下去。敌人们大概也为他的天真而恳挚的态度所感动吧，后来，对待他很不坏。比别人自由些，只有半个月便被放了出来。

他说，日本宪兵曾经问起了我，"你有见到郑某某吗？"他撒了谎，说道，"好久好久不见到他了。"其实，在那时期，我们差不多天天见到的。他是那末爱护着他的朋友！

他回家后，显得更憔悴了；不久，便病例。我们见到他，他也只是叹气，慢吞吞的说着经过。并不因自己的不幸的遭遇而特别觉得愤怒。他永远是悲天悯人的。——连他自已也在内。

在晚年，他有时觉得很起劲，为开明书店计划着出版辞典；同时发愿要译《南藏》。他担任的是《佛本生经》（"Jataka"）的翻译，已经译成了若干，有一本仿佛已经出版了。我有一部英译本的"Jataka"，他要借去做参考，我答应了他，可惜我不能回家，托人去找，遍找不到。等到我能够回家，而且找到"Jataka"时。他已经用不到这部书了。我见到它，心里便觉得很难过，仿佛做了一件不可补偿的事。

他很耿直，虽然表面上是很随和。他所厌恨的事，隔了多少年，也还不曾忘记。有一次，在一个宴会上遇到了一个他在杭州第一师范学校教书时代的浙江教育厅长，他便有点不耐烦，叨叨的说着从前的故事。我们都觉得窘，但他却一点也不觉得。

他是爱憎分明的！

他从事于教育很久，多半在中学里教书。他的对待学生们从来不采取严肃的督责的态度。他只是恳挚的诱导着他们。

……我入学之后，常听到同学们谈起夏先生的故事，其中有一则我记得最牢，感动得最深的，是说夏先生最初在一师兼任舍监的时候，有些不好的同学，晚上熄灯，点名之后，偷出校门，在外面荒唐到深夜才回来；夏先生查到之后，并不加任何责罚，只是恳切的劝导，如果一次两次仍不见效，于是夏先生第三次就守候着他，无论怎样夜深都守候着他，守候着了，夏先生对他仍旧不加任何责罚，只是苦口婆心，更加恳切地劝导他，一次不成、二次，二次不成，三次……总要使得犯过者真心悔过，彻底觉悟而后已。（许志行：《不堪回首悼先生》）

他是上海立达学园的创办人之一，立达的几位教师对于学生们所应用的也全是这种恳挚的感化的态度。他在国立暨南大学做过国文系主任，因为不能和学校当局意见相同，不久，便辞职不干。此后，便一直过着编译的生活，有时，也教教中学。学生们对于他，印象都非常深刻，都敬爱着他。

他对于语文教学，有湛深的研究。他和刘薰宇合编过一本《文章作法》，和叶绍钧合编过《文章讲话》、《阅读与写作》及《文心》，也像做国文教师时的样子，细心而恳切的谈着作文的心诀。他自己作文很小心，一字不肯苟且；阅读别人的文章时，也很小心，很慎重，一字不肯放过。从前《中学生》杂志有过"文章病院"一栏，批评着时人的文章，有发必中；便是他在那里主持着的；他自己也动笔写了几篇东西。

古人说"文如其人"。我们读他的文章，确有此感。我很喜欢他的散文，每每劝他编成集子。《平屋杂文》一本，便是他的第一个散文集子。他毫不做作，只是淡淡的写来，但是骨子里很丰腴。虽然是很短的一篇文章，不署名的，读了后，也猜得出是他写的。在那里，言之有物；是那末深切的混和着他自己的思想和态度。

他的风格是朴素的，正和他为人的朴素一样。他并不堆砌，只是平平的说着他自己所要说的话。然而，没有一句多余的话，不诚实的话，字斟句酌，决不急就。在文章上讲，是"盛水不漏"，无懈可击的。

他的身体是病态的胖肥，但到了最后的半年，显得瘦了，气色很灰暗。营养不良，恐怕是他致病的最大原因。心境的忧郁，也有一部分的因素在内。友人们都说他"一肚皮不合时宜"。在这样一团糟的情形之下，"合时宜"的都是些何等人物，可想而知。怎能怪丐尊的牢骚太多呢！

想到这里，便仿佛听见他的叹息，他的悲愤的语声在耳边响着。他的忧郁的脸、病态的身体，仿佛还在我们的眼前出现。然而他是去了！永远的去了，那悲天悯人的语调是再也听不到了！

如今是，那末需要由叹息、悲愤里站起来干的人，他如不死，可能会站起来干的。这是超出于友情以外的一个更大的损失。

1946 年

忆六逸先生

◎郑振铎

谢六逸先生是我们朋友里面的一个被称为"好人"的人，和耿济之先生一样，从来不见他有疾言厉色的时候。他埋头做事，不说苦、不叹穷、不言劳。凡有朋友们的委托，他无不尽心尽力以赴之。我写《文学大纲》的时候，对于日本文学一部分，简直无从下手，便是由他替我写下来的——关于苏联文学的一部分是由瞿秋白先生写的。但他从来不曾向别人提起过。假如没有他的有力的帮忙，那部书是不会完成的。

他很早的便由故乡贵阳到日本留学。在早稻田大学毕业后，就到上海来做事。我们同事了好几年，也曾一同在一个学校里教过书。我们同住在一处，天天见面，天天同出同入，彼此的心是雪亮的。从来不曾有过芥蒂，也从来不曾有过或轻或重的话语过。彼此皆是二十多岁的人——我们是同庚——过着很愉快的生活，各有梦想，各有致力的方向，各有自己的工作在做着。六逸专门研究日本文学和文艺批评，关于日本文学的书，他曾写过三部以上。有系统的介绍日本文学的人，恐怕除他之外，还不曾有过第二个人。他曾发愿要译紫部式的《源氏物语》，我也极力怂恿他做这个大工作。后来不知道为什么他竟没有动笔。

他和其他的从日本留学回来的人，显得落落寡合。他没有丝毫的门户之见，他其实是外圆而内方的。有所不可，便决不肯退让一步，他喜欢和谈得来的朋友们在一道，披肝沥胆，无所不谈。但遇到了生疏些的人，他便缄口不发一言。

我们那时候，学会了喝酒，学会了抽烟。我们常常到小酒馆里去喝酒，喝得醉醺醺的回来。他总是和我们在一道，但他却是滴酒不入的。有一次，我喝了大醉回来，见到天井里的一张藤的躺椅，便倒了下去，沉沉入睡。不知什么时候，被他和地山二人抬到了楼上，代为脱衣盖被现在，他们二人都已成了故人，我也很少有大醉的时候。想到少年时代的狂浪，能不有"车过腹痛"之感!

我老爱和他开玩笑,他总是笑笑,说道"就算是这样吧"。那可爱的带着贵州腔的官话,仿佛到现在还在耳边响着。然而我们却再也听不到他的可爱的声音了!

我们一直同住到我快要结婚的时候,方才因为我的迁居而分开。

那时候,我们那里常来住住的朋友们很多。地山的哥哥敦谷,一位极忠厚而对于艺术极忠心的画家,也住在那儿。滕固从日本回国时,也常在我们这里住。六逸和他们都很合得来。我们都不善于处理日常家务,六逸是负起了经理的责任的,他担任了那些琐后的事务,毫无怨言,且处理得很有条理。

我的房里,乱糟糟的,书乱堆,画乱挂,但他的房里却收拾得整整有条,火炉架上,还陈列了石膏像之类的东西。

他开始教书了。他对于学生们很和气,很用心的指导他们,从来不曾见出不耐烦的心境过。他的讲义是很有条理的,写成了,就是一部很好的书,他的《日本文学史》,就是以他的讲义为底稿的。他对于学生们的文稿和试卷,也评改得很认真,没有一点马虎。好些喜欢投稿的学生,往往先把稿子给他评改,但他却从不迁就他们,从不马虎的给他们及格的分数。他永远是"外圆内方"的。曾经有一件怪事发生过。他在某大学里做某系的主任,教"小说概论"。过了一二年,有一个荒唐透顶的学生,到他家里,求六逸为他写的《小说概论》做一篇序,预备出版。他并没有看书,就写了。后来,那部书出版了,他拿来一看,原来就是他的讲义,差不多一字不易。我们都很生气,但他只是笑笑,不过从此再也不教那门课程了。他虽然是好脾气,对此种欺诈荒唐的行为,自不能不介介于心,他生性忠厚,却从来不曾揭发过。

他教了二十六七年的书,尽心尽责的。复旦大学的新闻学系,由他主持了很久的时候。在"七七"的举国抗战开始后,他便全家迁到后方去。总有三十年不曾回到他的故乡了,这是第一次的归去。他出来时是一个人,这一次回去,已经是儿女成群的了。那么远迢迢的路,那么艰难困顿的途程,他和他夫人,携带了自十岁到抱在怀里的几个小娃子们走着,那辛苦是不用说的。

自此一别,便成了永别,再也不会见到他了!胜利之后,许多朋友们都由后方归来了,他的夫人也携带了他的孩子们东归了,但他却永远永远的不再归来了,他的最小的一个孩子,现在已经靠十岁了。

记得我们别离的时候，我到他的寓所里去送别。房里家具凌乱的放着，一个孩子还在喂奶，他还是那么从容徐缓的说道："明天就要走了。"然而，我们的眼互相的望着，各有说不出的黯然之感。不料此别便是永别！

他从来没有信给我——仿佛只有过一封信吧，而这信也已抛失了——他知道我的环境的情形，也知道我行踪不定，所以，不便来信，但每封给上海友人的信，给调孚的信，总要问起我来。他很小心，写信的署名总是用的假名字，提起我来，也用的是假名字。他是十分小心而仔细的。

他到了后方，为了想住在家乡之故，便由复旦而转到大夏大学授课。后来，又在别的大学里兼课，且也在交通书局里担任编辑部的事。贵阳几家报纸的文学副刊，也多半由他负责编辑。他为了生活的清苦，不能不多兼事。而他办事，又是尽心尽力的，不肯马虎，所以，显得非常的疲劳，体力也日见衰弱下去。

生活的重担，压下去，压下去，一天天的加重，终于把他压倒在地。他没有见到胜利，便死在贵阳。

他素来是乐天的，胖胖的，从来不曾见过他的愤怒。但听说，他在贵阳时，也曾愤怒了好几回。有一次，一个主省政的官吏，下令要全贵阳的人都穿上短衣，不许着长衫。警察在街上，执着剪刀，一见有身穿长衫的人，便将下半截剪了去。这个可笑的人，听说便是下令把四川全省靠背椅的靠背全部锯了去的。六逸愤怒了！他对这幼稚任性，违抗人民自由与法律尊严的命令不断的攻击着。他的论点正确而有力。那个人结果是让步了，取消了那道可笑的命令。六逸其他为了人民而争斗的事，听说还有不少。这愤怒老在烧灼着他的心，靠五十岁的人也没有少年时代的好涵养了。

时代追着他愤怒、争斗，但同时也迫着他为了生活的重担而穷苦而死。

这不是他一个人所独自走着的路。许多有良心的文人们都走着同样的路。

我们能不为他——他们——而同声一哭么？

回忆梁实秋先生

◎季羡林

我认识梁实秋先生，同他来往，前后也不过两三年，时间是很短的。但是，他留给我的回忆却是很长很长的。分别之后，到现在已经四十年了。我仍然时常想到他。

1946年夏天，我在离开了祖国十一年之后，受尽了千辛万苦，又回到了祖国怀抱，到了南京。当时刚刚打败了日本侵略者，国民党的"劫收"大员正在全国满天飞，搜括金银财宝，兴高采烈。我这一介书生，"无条无理"，手里没有几个钱，北京大学还没有开学，拿不到工资，住不起旅馆，只好借住在我小学同学李长之在国立编译馆的办公室内。他们白天办公，我就出去游荡，晚上回来，睡在办公桌上。早晨一起床，赶快离开。国立编译馆地处台城下面，我多半在台城上云游。什么鸡鸣寺、胭脂井，我几乎天天都到。再走远一点，出城就到了玄武湖。山光水色，风物怡人。但是我并没有多少闲情逸致观赏风景。我的处境颇像旧戏中的秦琼，我心里琢磨的是怎样卖掉黄骠马。

我这样天天游荡，梦想有朝一日自己能安定下来，有一间房子，有一张书桌。别的奢望，一点没有。我在台城上面看到郁郁葱葱的古柳，心头不由得涌出了古人的诗：

> 江雨霏霏江草齐，
> 六朝如梦鸟空啼。
> 无情最是台城柳，
> 依旧烟笼十里堤。

这里讲的仅仅是六朝。从六朝到现在，又不知道有多少朝多少代过去了。古柳依然是葱茏繁茂，改朝换代并没有影响了它们的情绪。今天我站在古柳面前，一点也没有觉得它们"无情"，我觉得它们有情得很。我天天在六月的炎阳下奔波游荡，只有在台城古柳的浓阴下才能获得片刻的清凉，让我能够坐下来稍憩一会儿。我难道不该感激这些古柳而还说三道四吗？

又过了一些时候，有一天长之告诉我，梁实秋先生全家从重庆复员回到南京了。梁先生也在国立编译馆工作。我听了喜出望外。我不认识梁先生，论资排辈，他大我十几岁，应该算是我的老师。他的文章我在清华大学读书时就读过不少，很欣赏他的文才，对他潜怀崇敬之情。万万没有想到竟在南京能够见到他。见面之后，立刻对他的人品和谈吐十分倾倒。没有经过什么繁文缛节，我们成了朋友。我记得，他曾在一家大饭店里宴请过我。梁夫人和三个孩子：文茜、文蔷、文骐，都见到了。那天饭菜十分精美，交谈更是异常愉快，给我留下了深刻的印象，至今忆念难忘。我自谓尚非馋嘴之辈，可为什么独独对酒宴记得这样清楚呢？难道自己也属于饕餮大王之列吗？这真叫做没有法子。

解放前夕，实秋先生离开了北平，到了台湾，文茜和文骐留下没有走。在那极"左"的时代，有人把这一件事看得大得不得了。现在看来，也没有什么了不起的。一个人相信马克思主义，这当然很好，这说明他进步。一个人不相信，或者暂时不相信，他也完全有自由，这也决非反革命。我自己过去不是也不相信马克思主义吗？从来就没有哪一个人一生下就是马克思主义者，连马克思本人也不是，遑论他人。我们今天知人论事，要抱实事求是的态度。

至于说梁实秋同鲁迅有过一些争论，这是事实。是非曲直，暂作别论。我们今天反对对任何人搞"凡是"，对鲁迅也不例外。鲁迅是一个伟大人物，这谁也否认不掉。但不能说凡是鲁迅说的都是正确的。今天，事实已经证明，鲁迅也有一些话是不正确的，是形而上学的，是有偏见的。难道因为他对梁实秋有过批评意见，梁实秋这个人就应该永远打入十八层地狱吗？

实秋先生活到耄耋之年，他的学术文章，功在人民，海峡两岸，有目共睹，谁也不会有什么异辞。我想特别提出一点来说一说。他到了老年，同胡适先生一样，并没有留恋异国，而是回到台湾定居。这充分说明，他是热爱我们祖国大地的。至于他的为人毫无架子，像对我和李长之这样年轻一代的人，竟也平等对待，态度真诚和蔼，更令人难忘。这种作风，即使不是绝无仅有，也总算是难能可贵。对我们今天已经成为前辈的人，不是很有教育意义吗？

　　去年，他的女儿文茜和文蔷奉父命专门来看我。我非常感动，知道他还没有忘掉我。这勾引起我回忆往事。回忆虽然如云如烟，但是感情却是非常真实的。我原期望还能在大陆见他一面，不意他竟尔仙逝。我非常悲痛，想写点什么，终未果。去年，他的夫人从台湾来北京举行追思会。我正在南京开会，没能亲临参加，只能眼望台城，临风凭吊。我对他的回忆将永远保留在我的心中，直至我不能回忆为止。我的这一篇短文，他当然无法看到了。但是，我仿佛觉得，而且痴情希望，他能看到。四十年音问未通，这是仅有的一次也是最后一次通音问了。悲夫！

1988 年 3 月 26 日

教师千秋

◎梁晓声

　　我查遍书架上的词典，想找出对"老师"一词的说明；然而，没有一部词典的注解，能符合我此刻的心情。我再次将目光投向四川，遥望那些悲剧发生的地方，结果泪水再一次模糊了我的双眼。我什么都看不见，什么都看不见，只见仿佛有无数道圣光连成一片，升华到似乎是天堂的所在！

　　啊，我啊，我从不是什么宗教徒，现在却变得如宗教徒一般虔诚！我一遍遍祈祷我从未信仰过的神，让遇难者的灵魂皆升入天堂。

　　我眼前总是出现这样的情形——在宗教徒叫作"天堂之路"的路上，相互搀扶地走着男人、女人和老人，那是我们数万同胞的身影啊！他们背上，或怀里，是比花骨朵还可爱的儿童。还有，那些被视为花朵的学生——小学的、中学的、高中的。有的，边走边背着唐诗或者宋词——"墙头细雨垂纤草，水面风回聚落花"、"芳菲歇去何须恨，夏木阴阴正可人"……那种轻轻的声音，从"天堂之路"传下来，分明的，我是听到了的。

　　而有的，却蹲下来整理自己的书包，忽然抬起头说："老师，我少了一册课本！""别急，天堂里会补发课本！快跟上，不要掉队。哪位同学，起头唱一首歌。"于是我听到了少男少女们用方言所唱的四川民歌。是的，我确实听到了，不是仿佛。歌声是足以使孩子们暂时忘忧的，他们在"天堂之路"上匆匆前行，脸上充满坚卓毅忍的精神。如同是在跟随大人们，进行临时决定的迁徙。我看到在歌声中，几乎所有的老师都驻足了，向下界投注着眷恋的目光——他们还能望得到那一处处震后可怕的废墟吗？

　　废墟底下，埋着他们的丈夫、妻子、父母或儿女。我看到一位教师抹去了眼角的泪花，对他的学生们大声说："不要往下看，要朝前看，天堂有震不塌的学校！"转瞬间，不知从哪里飞临了千万只孔雀、天鹅、还有仙鹤！喙落千万朵花朵，将天堂之路铺成一条花路！啊，十二飞天也翩翩而至，弹奏琵琶，吹着长箫。啊，那些婀娜的身影，难道不是缪斯和美惠三女神吗？蓦然间天堂之门辉煌地敞开，于是啊，所有行走在"天堂之路"上的我们的同胞，皆长出了天使的翅膀！……

他们与灵鸟们，与飞天和缪斯们共赴天堂！……

朋友，你聆听我这自言自语的朋友啊，也许，你同样是一位老师；也许，你不是；也许，你一生都不会是。但你肯定曾是学生。那么，请回答我，当你是一个孩子的时候，当你第一次走入教室，第一次对一个陌生人叫"老师"的时候，你可曾想到，正是那一个男人或者女人，某一天，某一时刻，意会舍生忘死地本能般地保护你不受危害？如你的父亲所立即做的那样。如你的母亲所立即做的那样！

朋友啊，也许你难以回答。因为在以前，你也许是不相信的。即使有类似的报导，你也认为是个别的事例。是啊，我以前，和你也持同样的看法。但是现在，我的整个心灵，一次次受到强烈的震撼。在中国，在四川，在灾区，忽有那么多原本平平凡凡的老师体现出普罗米修斯般的品格，如同圣母玛利亚的化身！

他们要是神就好了……

他们要是神多好啊！

可他们不是。

他们原本只不过是些普普通通的乡村老师，县城老师……

但他们却以几乎一至的姿势，本能的选择了死亡！

那姿势就是，伸展开他们的手臂，将尽量多的学生们护在身下！

那只不过是一种母禽保护雏禽的姿势啊！

他们的背，并不是神的背，也不是巨人之背啊！

但是血肉之躯对于血肉之躯，居然也能起到神盾般的作用！

我们远离灾区的人们，除了唏嘘和悲叹，除了心怀大的肃然和大的敬意，还能再说什么呢？

化作天使的老师们，带领你们化作小天使的学生们，在"天堂之路"走好啊！想要飞翔的时候，不妨朝下界回眸一望啊，重建家园，重建校园的事，有你们十三亿多同胞呀！……

在来的教师节，我相信你们或会看到——在灾区，将有一座特别的教师纪念碑矗立着。那是你们长着翅膀的形象，身边是你们长着翅膀的学生……

纪念我的老师王玉田

◎史铁生

9月8号那天，我甚至没有见到他。老同学们推选我给他献花，我捧着花，把轮椅摇到最近舞台的角落里。然后就听人说他来了，但当我回头朝他的座位上张望时，他已经倒下去了。

他曾经这样倒下去不知有多少回了，每一回他都能挣扎着起来，因到他所热爱的学生和音乐中间。因此全场几百双眼睛都注视着他倒下去的地方，几百颗心在为他祈祷，期待着他再一次起来。可是，离音乐会开始还有几分钟，他的心弦已经弹断了，这一次他终于没能起来。

唯一可以让他的学生和他的朋友们稍感宽慰的是：他毕竟是走进了那座最高贵的音乐的殿堂，感受到了满场庄严热烈的气氛。舞台上的横幅是"王玉田从教三十五周年作品音乐会"——他自己看见了吗？他应该看见了，同学们互相说，他肯定看见了。

主持人走上台时，他在急救车上。他的心魂恋恋不去之际，又一代孩子们唱响了他的歌，恰似我们当年。纯洁、高尚、爱和奉献，是他的音乐永恒的主题；海浪、白帆、美和创造，是我们从小由他那儿得来的憧憬；祖国、责任、不屈和信心，是他留给我们永远的遗产。

我只上过两年中学，两年的班主任都是他——王玉田老师。那时他二十八九岁，才华初露，已有一些音乐作品问世。我记得他把冼星海、聂耳、格琳卡和贝多芬的画像挂在他的音乐教室，挂在那进行教改探索：开音乐必修课、选修课；编写教材，将歌曲作法引进课堂；组织合唱队、军乐队、舞蹈队、话剧队……工作之余为青少年创作了大量优秀歌曲。如果有人诧异，清华附中这样一所以理工科见长的学校，何以他的学生们亦不乏艺术情趣？答案应该从附中一贯的教育思想中去找，而王老师的工作是其证明之一。要培养更为美好的人而不仅仅是更为有效的劳动力，那是美的事业……在这伟大（多少人因此终生受益）而又平凡（多少人又常常会忘记）的岗位上，王老师 35 年如一日默默无闻地实现着他的理想。35 年过去，他白发频添，步履沉缓了……

9 月 8 日，我走进音乐厅，一位记者采访我，问我：王老师对你有怎样的影响？

我说我最终从事文学创作，肯定与我的班主任是个艺术家分不开，与他的夫人我的语文老师分不开。在我双腿瘫痪后，我常常想起我的老师是怎样对待疾病的。

音乐会进行到一半的时候，主持人报告说：王老师被抢救过来了！每个人都鼓掌，掌声持续了几分钟。

那时他在急救中心，一定是在与病魔作着最艰难的搏斗。他热爱生命，热爱着他的事业。他曾说过："我真幸福，我找到了一个最美好的职业。"

据说他的心跳和呼吸又恢复了一会儿。我们懂得他，他不忍就去，他心里还有很多很多孩子们——那些还没有长大的孩子，和那些已经长大了的孩子——所需要的歌呢。

音乐会结束时，我把鲜花交在董老师手中。

一个人死了，但从他心里流出的歌还在一代代孩子心中涌荡、传扬，这不是随便谁都可以享有的幸福。

安息吧，王玉田老师！

或者，如果灵魂真的还有，你必是不会停歇，不再为那颗破碎的心脏所累，天上地下你尽情挥洒，继续赞叹这世界的美，浇灌这人世的爱……

嵌在心灵深处的一课

◎胡子宏

自从两岁那年一场重感冒夺去了我健康的左腿，小儿麻痹症就开始成为我生活的羁绊。等终于能够靠拐杖支撑起自己的身体走路时，我又发现，身体的不适倒在其次，我一斜一歪的姿势常常引起小朋友乃至同学们对我有意无意的歧视。

我一天天地成长起来，我皮肤白皙，满头黑发，我的双眸清澈明亮，我的笑妩媚动人。可这些都是同学们说的。对于一个女孩子，有什么比缺乏苗条健全的双腿更痛苦的呢？我不敢穿裙子，不敢大步地走，甚至在雨天路滑时，我还要重新拾起早在小学就扔掉的拐杖。我的体育成绩也是一塌糊涂——我怎么能比得上那些健全的同学们呢？

好在我是一个勤奋的女孩，我的成绩在班里乃至全年级都是第一名。但这并不能消除我的自卑和别人对我的歧视，我心灵深处常常自卑和沮丧到极点。直到初三时，一节英语课改变了我几乎一生的心情——那节课在我心灵深处震荡起惊天动地的雷声。

那节课其实是很普通的一课，当时我任班里的学习委员，每篇课文我都要预习，凭了自己的勤奋，我早已将老师即将讲解的新课熟读了许多遍了。可是那篇课文是关于一匹骆驼的，偏偏那是一匹瘸骆驼，那个 Lame（瘸子）单词使我的心狂跳不已。我仿佛感到：自己苗条的身躯偏偏摊了条瘸瘸的左腿，就像瘸骆驼。我不敢想象：英语王老师带领全班同学读 Lame 的英语单词时，定会有许多同学把目光投向我这个"瘸骆驼"。我的心惊跳着，甚至好几次晚上睡觉前都淌出了痛苦的泪水……

令我胆战心惊的英语课终于来临了。预备铃刚刚响过，王老师就来到教室，镇定地站在讲台上。未等班长喊"起立"，王老师就说："同学们，今天要讲新课。"王老师顿了一下，拍了一下脑门，"糟了，我忘记带备课本了，还有 5 分钟，来得及，学习委员、科代表，麻烦你们去我的宿舍好吗？把我的备课本拿来。"

我和科代表王颖出了教室，慢悠悠地去王老师的宿舍。王老师的宿舍很乱，我们找了好大一会儿，才在一堆书本中找到他的备课本。

在回教室的路上，我的心怦怦地跳起来，Lame——瘸子，等会儿，王老师肯定要读这个单词了，那么多的同学肯定得嘲笑我。王颖拿着备课本，一言不发，我们又慢悠悠地回到教室。

王老师说句谢谢，我们坐到座位上，我的脸热辣辣的，心狂跳不已。我记不起王老师讲了些什么，我的心在念叨着，Lame，瘸子，我是瘸子。

王老师开始领读单词了，同学们很安静，读得很整齐，王老师的皮鞋踏在砖地上清脆地响。单词一个个地读下去，王老师和同学们的声音洪亮，我闭上双眼心里在想，到 Lame 了，到 Lame 了……

王老师和同学们一遍遍地读生单词，除此，教室里没有其他的声音，没有我事先想象的哄笑。我慢慢地抬起头，打量着周围的同学，大家都在专心致志跟王老师读单词，其他什么都没发生。慢慢地，我也强开口跟王老师朗读单词了。

后来我发现，王老师没有读 Lame，每一次他都跳过这个单词，似有意又似无意。

终于，难挨的一课结束了。王老师布置了作业，像平常一样，叮嘱我和科代表及时把同学们的作业送到他的办公室。

第二天的晨读课时，我的心又开始忐忑不安。晨读课上同学们都要读英语，还会有 Lame，还会有瘸子，可是，那天的晨读课，同学们静悄悄的，没有一个人读英语单词和课文，没有一个人读 Lame，读瘸子。

再上英语课的时候，我常常偷偷地凝视王老师，他那么英俊、高大，他还那么善良，尤其是他没有读 Lame，读瘸子。从此，我的英语成绩牢牢地在年级中排在第一名，我又开始穿裙子、跳猴皮筋，不仅如此，我每科成绩都更加出色，甚至，在一节体育课上，我掷铅球的成绩排到了女生的第七位。

五年后，我考上了北京那所众所周知的大学。

又过了五年，在一次同学聚会上，我和丈夫遇到了也是夫妻成双的王颖。这时我已是一所专科学校的英语老师。丈夫高大英俊，是一家化工厂的工程师。谈笑间，我们回忆起少年往事，不由得扯到王老师，我又想到那个单词——Lame。

　　王颖说：你知道吗，那节课是王老师事先安排好的，他对我讲过，你的肢体残废了，但关键是你的心灵也受到了打击，Lame 那个单词肯定会影响你的情绪。在我们去他宿舍取备课本的 10 分钟里，王老师领着同学们学了Lame，而且共同约定领读单词时不再读 Lame，第二天晨读时也不要读英语课文……

　　呀，原来如此。我的泪水哗哗地淌出来。Lame——Lame——，那节课的情景在我头脑中过了多少遍。命运这厮，曾一度扼杀了我的活泼的健康，尤其是，它也一度扼杀了我健康的奋斗精神，折断我理想的翅膀。是王老师，是那节课，那节使我终生难忘的英语课，使我在征服命运时没有扑倒，使我寻回了自信心，抛开了歧视和自卑。

　　那节课，嵌在心灵深处，王老师教给我的不仅仅是知识，也赐给了我战胜不幸命运的人格力量。

盲道上的爱

◎张丽钧

上班的时候，看见同事夏老师正搬走学校门口一辆辆停放在人行道上的自行车。我走过去，和她一道搬。我说："车子放得这么乱，的确有碍观瞻。"她冲我笑了笑，说："那是次要的，主要是侵占了盲道。"我不好意思地红了脸，说："您瞧我，多无知。"

夏老师说："其实，我也是从无知过来的。两年前，我女儿视力急剧下降，到医院一检查，医生说视网膜出了问题，告诉我说要有充足的心理准备。我没听懂，问是啥充足的心理准备。医生说，当然是失明了。我听了差点儿死过去。我央求医生说，我女儿才20多岁呀，没了眼睛怎么行？医生啊，求求你，把我的眼睛抠出来给了我女儿吧！那一段时间，我真的是做好了把双眼捐给女儿的充足心理准备。为了让自己适应失明以后的生活，我开始闭着眼睛拖地抹桌、洗衣做饭。每当辅导完了晚自习，我就闭上眼睛沿着盲道往家走。那盲道，也就两砖宽，砖上有八道杠。一开始，我走得磕磕绊绊的，脚说什么也踩不准那两块砖。在回家的路上，石头绊倒过我，车子碰破过我，我多想睁开眼睛瞅瞅呀，可一想到有一天我将生活在彻底的黑暗里，我就硬是不叫自己睁眼。到后来，我盲道上走熟了，脚竟认得了那八道杠！我真高兴，自己终于可以做个百分之百的盲人了！也就在这个时候，我女儿的眼病居然奇迹般地好了！有天晚上，我们一家人在街上散步，我让女儿解下她的围巾蒙住我的眼睛，我要给她和她爸表演一回走盲道。结果，我一直顺利地走到了家门前。解开围巾，看见走在后面的女儿和她爸都哭成了泪人儿……

"你说，在这一条条盲道上，该发生过多少叫人流泪动心的故事啊。要是这条人间最苦的道连起码的畅通都不能保证，那不是咱明眼人的耻辱吗！"

带着夏老师讲述的故事，我开始深情地关注那条"人间最苦的道"，国内的，国外的，江南的，塞北的……

我向每一条畅通的盲道问好，我弯腰捡起盲道上碍脚的石子。有时候，我一个人走路，我就跟自己说：喂，闭上眼睛，你也试着走一回盲道吧。尽管我的脚不认得那八道杠，但是，那硌脚的感觉那样真切地瞬间从足底传到了心间。我明白，有一种挂念深深地嵌入了我的生命。痛与爱纠结着，压迫我的心房。

让那条窄路宽心地延伸，我替他们谢谢你。

老师，这样，可以吗

◎张晓风

醒过来的时候只见月色正不可思议地亮着。

这是中国的一个古城，名叫日惹，四境多是蠢蠢欲爆的火山，那一天，因为是月圆，所以城郊有一场舞剧表演，远远近近用；黑色火成岩垒成的古神殿都在月下成了舞台布景，舞姿在夭矫游走之际，别有一种刚猛和深情。歌声则曼永而凄婉欲绝（不知和那不安的时时欲爆的山石，以及不安的刻刻欲震的大地是否有关）。看完表演回旅舍，疲累之余，倒在床上便睡着了。

梦时，我遇见李老师。

她还是十年前的老样子，奇怪的是，我在梦中立刻想她已谢世多年。当时，便在心中暗笑起来："老师啊，你真是老顽皮一个哩！人都明明死了，却偷偷溜回来人世玩。好吧，我且不说破你，你好好玩玩吧！"

梦中的老师依然是七十岁，依然兴致冲冲，依然有女子的柔和与男子的刚烈炽旺，也依然是台山人那份一往不知回顾的执拗。

我在梦中望着她，既没有乍逢亲故的悲恸，也没有梦见死者的惧怖，只以近乎宠爱的心情看着她。觉得她像一个小女孩，因为眷恋人世，便一径跑了回来，生死之间，她竟能因爱而持有度牒。

然后，老师消失了，我要异乡泪枕上醒来，搬了张椅子，独坐在院子里，流量惊人的月光令人在沉浮之际不知如何自持。我怔怔然坐着，心中千丝万绪轻轻互牵，不是痛，只是怅惘，只觉温温的泪与冷冷的月有意无意的互映。

是因为方才月下那场舞剧吗？是那上百的人在舞台上串演其悲欢离合而引起的悸动吗？是因为《拉玛那那》戏中原始神话的惊怖悲怆吗？为什么今夜我梦见她呢？

想起初识李老师时，她极为鼓励我写出戏。记得多次在天的夜晚，我到她办公的小楼上把我最初的构想告诉她，而她又如何为我一一解惑。

而今晚她来，是要和我说什么呢？是兴奋的要与我讨论来自古印度的拉玛那那舞剧呢？还是要责问我十年来有何可以呈之于人的成就呢？赤道地带的月色不意如此清清如水，我有一点点悲伤了，不是为老师，而是为自己。所谓一生是多么长而又多么短啊，所谓人世，可做的是如许之多而又如许之少啊！而我，这个被爱过，被期待过，被呵宠过，且被诋毁的我，如今魂梦中能否无愧于一个我曾称她为老师的人？

月在天，风在树，山在远方沸腾其溶浆，老师的音容犹在梦趄。此际但觉悲喜横胸，生死无隔。我能说的只是，老师啊，我仍在活着、走着、看着、想着、惑着、求着、爱着，以及给着——老师啊！这样，可以吧吗？

后记：《画》是我的第一个剧本，因为觉得练习成分太多，便没有正式收入剧集里，近日蒙友人江伟必写粤语演出，特记此梦付之。李曼瑰老师是当年鼓励——说确实一点是"勉强"——我写剧的人，今已作古十年，此文怀师之馀，兼以自勉，希望自己是个"有以与人"的人。

贝多芬百年祭

◎萧伯纳

一个世纪以前，一位五十七岁的老人，最后一次举着拳向天空呼喊，尽管他听不到天空的雷声和大型交响乐队演奏他的乐曲。

就这样，他永远地离开了世界，至死，他都还像生前那样唐突神灵，蔑视天地。

他是反抗性的化身；他甚至在街上遇上一位大公和他的随从时也总不免把帽子向下按得紧紧的，然后从他们中间大踏步地直穿而过。

他有那种不听话的蒸汽轧路机的风度，他穿衣服之不讲究尤甚于田间的稻草人：事实上，有一次他竟被当做流浪汉给抓了起来，因为警察不肯相信穿得这样破破烂烂的人竟会是一位大作曲家，更不能相信这副躯体竟能容得下纯音响世界最奔腾澎湃的灵魂。

贝多芬的灵魂是伟大的，但是如果我使用了最伟大的这种字眼，那就是说比汉德尔的灵魂还要伟大，贝多芬自己就会责怪我。而且谁又能自负为灵魂比巴赫的还伟大呢？但是说贝多芬的灵魂是最奔腾澎湃的是没有任何争议的。

他的狂风怒涛一般的力量他自己能很容易控制住，可他常常并不愿去控制，这个和他狂呼大笑的滑稽诙谐之处是在别的作曲家作品里都找不到的。

毛头小伙子们现在一提起切分音就好像是一种使音乐节奏成为最强而有力的新方法。但是在听过贝多芬的第三里昂诺拉前奏曲之后，最狂热的爵士乐听起来也像"少女的祈祷"那样温和了。

可以肯定地说，我听过的任何黑人的集体狂欢都不会像贝多芬的第七交响乐最后的乐章那样可以引起最黑最黑的舞蹈家拼了命地跳下去，而也没有另外哪一个作曲家可以先以他的乐曲的阴柔之美使得听众完全溶化在缠绵悱恻的境界里，而后突然以铜号的猛烈声音吹向他们，带着嘲讽似的，使他们觉得自己是真傻。

除了贝多芬之外，谁也管不住贝多芬，而疯劲上来之后，他总有意不去管住自己，于是他的乐曲就像他的人性一样奔放了。

这样奔腾澎湃，这种有意的散乱无章，这种嘲讽，这样无所顾忌的骄纵和不理不睬的传统的风尚——这些就是贝多芬与十七和十八世纪谨守法度的其他音乐天才的最大区别。他是造成法国革命的精神风暴中的一个巨浪。

他不拜任何人为师，他同行里的先辈莫扎特从小起就是梳洗干净，穿着华丽，在王公贵族面前举止大方的。莫扎特小时候曾为了彭巴杜夫人发脾气说："这个女人是谁，也不来亲亲我，连皇后都亲我呢。"

这种事在贝多芬是不可想像的，因为甚至在他已老到像一头苍熊时，他仍然是一只未经驯服的熊崽子。

莫扎特天性文雅，与当时的传统和社会很合拍，但也有灵魂的孤独。莫扎特和格鲁克之文雅就犹如路易十四宫廷之文雅。海顿之文雅就犹如他同时的最有教养的乡绅之文雅。

和他们比起来，从社会地位上说，贝多芬却是个浪荡不羁的艺术家，一个不穿紧腿裤的激进共和主义者。

海顿从不知道什么是嫉妒，曾称呼比他年轻的莫扎特是有史以来最伟大的作曲家，可他就是不满意贝多芬。

莫扎特却是很有远见的，他听了贝多芬的演奏后说："总有一天他是要出名的。"但是即使莫扎特活得长些，这两个人恐怕也难以相处下去。

贝多芬对莫扎特有一种出于道德原因的恐惧。

莫扎特在他的音乐中给贵族中的浪子唐璜加上了一圈迷人的圣光，然后像一个天生的戏剧家那样运用道德的灵活性又回过来给莎拉斯特罗加上了神人的光辉，给他口中的歌词谱上了前所未有的、就是出自上帝口中都不会显得不相称的乐调。

贝多芬不是戏剧家，神圣的道德感是他依据的做人原则，他讨厌所谓灵活性的道德，但他仍然认为莫扎特是大师中的大师（这不是一顶空洞的高帽子，莫扎特的确是个为作曲家们欣赏的作曲家，而远远不是流行作曲家）；可是他是穿紧腿裤的宫廷侍从，而贝多芬却是个穿散腿裤的激进共和主义者；同样的，海顿也是穿传统制服的侍从。

在贝多芬和他们之间隔着一场法国大革命，划分开了十八世纪和十九世纪。

但对贝多芬来说，莫扎特可不如海顿，因为他把道德当儿戏，用迷人的音乐掩盖罪恶的龌龊。

如同每一个真正的激进共和主义者那样，贝多芬身上的清教徒性格使他反对莫扎特，即使莫扎特曾对他十九世纪的音乐创新有所启迪。因此贝多芬上溯到汉德尔，一位和贝多芬同样倔强的老单身汉，把他作为英雄。

汉德尔瞧不起莫扎特崇拜的英雄格鲁克，虽然汉德尔的《弥赛亚》里的田园乐有格鲁克的歌剧《奥菲阿》里那些天堂的原野的各个场面的影子。

今年是贝多芬先生百年大祭，因为有了无线电广播，成百万的对音乐还接触不多的人将在今年首次听到贝多芬的宏大乐曲。

充斥在大报小刊的成百篇颂扬大音乐家的纪念文章，将使人们抱有通常少有的期望。

像贝多芬同时代的人一样，虽然他们可以懂得格鲁克、海顿和莫扎特，但从贝多芬那里得到的不仅是一种使他们困惑不解的意想不到的音乐，而且有时候简直是听不出是音乐的由管弦乐器发出来的杂乱音响。

这种现象要解释也不难。

十八世纪的音乐都是舞蹈音乐，舞蹈音乐是不跳舞也听起来令人愉快的由声音组成的对称的样式。

因此，这些乐式虽然起初不过是像棋盘那样简单，但被展开了，复杂化了，用和声丰富起来了，最后变得类似波斯地毯，而设计像波斯地毯那种乐式的作曲家也就不再期望人们跟着这种音乐跳舞了。当然，若有神巫打旋子的本领依然能跟着莫扎特的交响乐跳舞。

有一回，我还真请了两位训练有素的青年舞蹈家跟着莫扎特的一阕前奏曲跳了一次，结果差点没把他们累垮了。

就是音乐上原来使用的有关舞蹈的名词也慢慢地不用了，人们不再使用包括萨拉班德舞、巴万宫廷舞、加伏特舞和快步舞等等在内的组曲形式，而把自己的音乐创作表现为奏鸣曲和交响乐，里面所包含的各部分也干脆叫做乐章，每一章都用意大利文记上速度，如快板、柔板、谐谑曲板、急板等等。

但在任何时候，从巴赫的序曲到莫扎特的《天神交响乐》，音乐总呈现出一种对称的音响样式给我们以一种舞蹈的乐趣来作为乐曲的形式和基础。

可是音乐的作用并不仅仅是创作悦耳的旋律，它还应表达丰富的感情。

你能去津津有味地欣赏一张波斯地毯或者听一曲巴赫的序曲，但乐趣只止于此。

可是你听了《唐璜》前奏曲之后却不可能不发生一种复杂的心情，它使你心里有准备去面对将淹没那种无限欢乐的可怖的末日悲剧。

听莫扎特的《大神交响乐》最后一章时，你会觉得那和贝多芬的第七交响乐的最后乐章一样，都是狂欢的音乐：它用响亮的鼓声奏出如醉如狂的旋律，而从头到尾又交织着一开始就有的具有一种不寻常的悲伤之美的乐调，因之更加使人心醉神迷。莫扎特的这一乐章又自始至终是乐式设计的杰作。

但是贝多芬乐曲的表现形式，有时也使得某些与他同时的伟人把他看成是一个疯子，他的创作出些洋相或者显示出格调不高的一点，在于他把音乐完全用作了表现心情的手段，并且完全不把设计乐式本身作为目的。

不错，他一生非常保守地（顺便说一句，这也是激进共和主义者的特点）使用着旧的乐式，但是他使它们产生了惊人的活力和激情，使得感觉的激情显得仅仅是感官上的享受，于是他不仅打乱了旧乐式的对称，而且常常使人听不出在感情的风暴之下竟还有什么样式存在着了。

他的《英雄交响乐》一开始使用了一个乐式（这是从莫扎特幼年时一个前奏曲里借来的），跟着又用了另外几个很漂亮的乐式；这些乐式被赋予了巨大的内在力量，所以到了乐章的中段，这些乐式就全被不客气地打散了。

于是，从只追求正统乐式的音乐家看来，贝多芬是发了疯了，他抛出了同时使用音阶上所有单音的可怖的和弦。他这么做只是因为他觉得非如此不可，而且还要求你也觉得非如此不可呢。

这些就是贝多芬之谜的全部内容。他有能力设计最好的乐式；他能写出使你终身享受不尽的美丽的乐曲；他能挑出那些最干燥无味的旋律，把它们展开得那样引人，就算你听上一百次也都能发现新东西。

一句话，你可以拿所有用来形容以乐式见长的作曲家的话来形容他。

但是他的最大不同，就是他那独特的激动人的品质，他把他那奔放的感情笼罩于我们。而一位法国作曲家听了贝多芬的音乐却说："我喜欢听能使我入睡的音乐。"这事令贝里奥滋非常生气。

贝多芬的音乐是使人清醒的音乐；而当你想独自一个人静一会儿的时候，你就怕听他的音乐。

了解了这么多，你就好比从十八世纪前进了一步，也好比从旧式的跳舞乐队前进了一步，然后，不但能懂得贝多芬的音乐，也能懂得贝多芬以后的最有深度的音乐了。

照亮心灵的人

◎海伦·凯勒

1887年3月3日，我刚好6岁零9个月，我的老师安妮·曼斯菲尔德·莎莉文来到了我的身边，这一天在我的一生中至关重要，因此我记得特别清楚。她的到来给我带来了与以前截然不同的生活，这令我感慨万分。

那天下午，这件特殊的事是母亲用手势告诉我的，而我也看到其他人匆匆忙忙地进出，我默不作声地走到门口，站在走廊上，静静地等候着莎莉文小姐的到来。

午后的阳光温暖而柔和，它穿过阳台上的金银花叶子斑斑驳驳地照在我仰着的脸上。我有意无意地搓捻着那熟悉的花草的叶子，抚弄着那些为拥抱春天而绽放的花朵。我不知晓未来的生活会发生怎样的奇迹，生活会向我敞开怎样的大门，我也没有深入地想过。在这以前的数个星期，我已被伤心、苦恼和暴怒折磨得疲惫不堪，心烦意乱了。

你曾经驾驶着大船在茫茫的大雾中、在烟波浩淼的大海上航行过吗？你是不是会紧张而谨慎地向对岸缓慢驶去？你还会不时地用各种仪器探测方位和距离，而且你的心会怦怦乱跳，对那些意外事件心怀恐惧，难道这不是事实吗？没有接受教育之前的岁月中，我就是这样，像航行在茫茫大雾中的船只，没有任何测量仪器，更不知晓哪儿是我的最终目标。我常常在心中呼唤："光明！光明！我要光明！"正是在这个时候，来到我身边的这位小姐照亮了我的心灵。

突然，敏锐的感觉告诉我，一串轻盈的脚步由远及近，正在慢慢地向我靠拢，是母亲吧，我下意识地伸出了双手。一双手握住了我，接着把我紧紧地抱在怀里。当时，我似乎感觉到了，这个人能带给我光明，能为我启示世间真理，能像母亲那样深切地关怀我，她就是我的良师益友——安妮·莎莉文小姐。

第二天清晨，莎莉文老师就把我叫到她的房间，并拿出一个漂亮的娃娃送给我。后来她告诉我，那是柏金斯盲人学校的朋友们集体赠给我的，娃娃的衣服是年老的劳拉·布里奇曼亲手缝制的。我抱着娃娃玩了一会儿，莎莉文小姐把我的手掌摊开，在上面缓慢地拼写出"doll（洋娃娃）"这个词。我把这种用手指拼写当做一种妙趣横生的游戏，兴致盎然地模仿着在她手上画。最后，当我的拼写被老师确定准确无误时，我感觉无比自豪，兴奋得涨红了脸，我飞快地跑下楼，在母亲摊开的手掌上拼写我刚刚学到的词。

当时，我并不知道这就是拼写，更不知道世界上还有文字，只是依靠我的感觉，单纯地模仿莎莉文老师的动作而已。尽管我只知其然，不知其所以然，但是我还是通过这种不求甚解的方式学会了不少词汇，而且知道它们的意思，比如：sit（坐）、walk（走）、pin（针）、stand（站）、cup（杯子）等等这些词汇。几个星期后，我逐渐领悟到了，原来世上的每一件东西都有自己的名字，它们是固定不变的。

有一天，我在玩莎莉文小姐送给我的新娃娃时，她把我原来的那个布娃娃也拿来放在我的腿上，然后她又在我的手掌上拼写出"doll"这个词，我就明白了大娃娃和小娃娃都叫"doll"它们的名字相同。

一天上午，cup（杯子）和water（水）的关系我始终弄不明白，并且和莎莉文老师纠缠了半天。她告诉我"杯"是"杯"，"水"是"水"，而我却固执地认为"杯"就是"水"，"水"就是"杯"，把两者混为一谈。见我暂时转不过脑子，她只好把问题暂时搁在一边，重新教我拼写"doll（洋娃娃）"这个词。我正在为刚才的问题烦恼，而且现在的练习更会令我感到腻烦，我忍无可忍地将洋娃娃摔在了地上，而且感到非常痛快。我从来没有觉得发这种脾气有什么不对，既不觉得惭愧，也没有悔恨感，我根本不知道爱惜娃娃这类的东西，在我的世界里，只有黑暗和寂静，温柔和同情根本就无从谈起。莎莉文小姐对我的行为没有任何表示，只是把那些碎片扫到炉子边上，我觉得很得意也很满足。最后，她把帽子戴在了我的头上，我知道她要带我去户外感受和煦的阳光，呼吸新鲜、纯洁的空气。

我们沿着小路走到井房，房顶上的金银花此时开得正艳，一阵阵芬芳扑鼻而来。有人正在提水。莎莉文老师引导着我把一只手放在水龙头下，一股清凉的水瞬间倾泻在我的手上。然后她在我的一只手上拼写"water（水）"这个词开始写得很缓慢，后来逐渐加快速度。我一动不动地站着，全神贯注于她手指的动作。就在那一刹那，灵感袭遍了我的全身，我记起了忘却已久的事情。我似乎拿到了通向语言宫殿的金钥匙，一股神奇的感觉激励着我的大脑。我彻底地区分了"杯"和"水"两个单词，这种从我手上流过的清凉而奇妙的东西就是水。

可以说，水开启了我的心灵、光明、快乐、希望和自由都是它赐予我的。当然，未来生活的路上仍然会有许多阻碍，但最终一定能克服。

我的求知欲开始日益强烈，这都是因为受到了"水"的启发。虽然宇宙万物相互间都有着千丝万缕的联系，但它们有各自的名字，而每个名字都启发了我的新思想。回到房间后，由于我开始以全新的观点和新奇的眼光看待世间万物，因此，我觉得我碰到的所有东西都是有生命的活体。我想起了那个摔碎的娃娃，就摸索到炉子跟前，想把那些碎片拼凑起来，可是摔破的东西怎么能像原来一样完好无损呢？想起自己的所做所为，我的眼睛里充满了悔恨的泪水，意识到自己做了一件无法弥补的事情，我深感惭愧和懊悔，这是我有生以来第一次有如此感受和认识。

就在那一天，我学会了许多单词的拼写，现在还依稀记得有 father（父亲）、mother（母亲）、sister（妹妹）、teacher（老师）等等。这些词汇就像一团团花簇把我的整个世界装点得异常美丽。晚上，我美滋滋地躺在床上，觉得这一天收获巨大，企盼着雄鸡破晓，开始新的学习。我感觉自己是世界上最快乐的孩子！

我的灵魂因莎莉文老师的到来而觉醒了，她使我的心灵充满了和煦的阳光，是伟大的莎莉文老师重塑了我的生命。

第五部分

感恩朋友

范爱农

◎鲁 迅

在东京的客店里，我们大抵一起来就看报。学生所看的多是《朝日新闻》和《读卖新闻》，专爱打听社会上琐事的就看《二六新闻》。一天早晨，辟头就看见一条从中国来的电报，大概是：

"安徽巡抚恩铭被 Jo　Shiki　Rin 刺杀，刺客就擒。"

大家一怔之后，便容光焕发地互相告语，并且研究这刺客是谁，汉字是怎样三个字。但只要是绍兴人，又不专看教科书的，却早已明白了。这是徐锡麟，他留学回国之后，在做安徽候补道，办着巡警事务，正合于刺杀巡抚的地位。

大家接着就预测他将被极刑，家族将被连累。不久，秋瑾姑娘在绍兴被杀的消息也传来了，徐锡麟是被挖了心，给恩铭的亲兵炒食净尽。人心很愤怒。有几个人便秘密地开一个会，筹集川资；这时用得着日本浪人了，撕乌贼鱼下酒，慷慨一通之后，他便登程去接徐伯荪的家属去。

照例还有一个同乡会，吊烈士，骂满洲；此后便有人主张打电报到北京，痛斥满政府的无人道。会众即刻分成两派：一派要发电，一派不要发。我是主张发电的，但当我说出之后，即有一种钝滞的声音跟着起来：

"杀的杀掉了，死的死掉了，还发什么屁电报呢。"

这是一个高大身材，长头发，眼球白多黑少的人，看人总像在渺视。他蹲在席子上，我发言大抵就反对；我早觉得奇怪，注意着他的了，到这时才打听别人：说这话的是谁呢，有那么冷？认识的人告诉我说：他叫范爱农，是徐伯荪的学生。

我非常愤怒了，觉得他简直不是人，自己的先生被杀了，连打一个电报还害怕，于是便坚执地主张要发电，同他争起来，结果是主张发电的居多数，他屈服了。其次要推出人来拟电稿。

"何必推举呢？自然是主张发电的人罗。"他说。

我觉得他的话又在针对我，无理倒也并非无理的。但我便主张这一篇悲壮的文章必须深知烈士生平的人做，因为他比别人关系更密切，心里更悲愤，做出来就一定更动人。于是又争起来。结果是他不做，我也不做，不知谁承认做去了；其次是大家走散，只留下一个拟稿的和一两个干事，等候做好之后去拍发。

从此我总觉得这范爱农离奇，而且很可恶。天下可恶的人，当初以为是满人，这时才知道还在其次；第一倒是范爱农。中国不革命则已，要革命，首先就必须将范爱农除去。

然而这意见后来似乎逐渐淡薄，到底忘却了，我们从此也没有再见面。直到革命的前一年，我在故乡做教员，大概是春末时候罢，忽然在熟人的客座上看见了一个人，互相熟视了不过两三秒钟，我们便同时说：

"哦哦，你是范爱农！"

"哦哦，你是鲁迅！"

不知怎地我们便都笑了起来，是互相的嘲笑和悲哀。他眼睛还是那样，然而奇怪，只这几年，头上却有了白发了，但也许本来就有，我先前没有留心到。他穿着很旧的布马褂，破布鞋，显得很寒素。谈起自己的经历来，他说他后来没有了学费，不能再留学，便回来了。回到故乡之后，又受着轻蔑，排斥，迫害，几乎无地可容。现在是躲在乡下，教着几个小学生糊口。但因为有时觉得很气闷，所以也趁了航船进城来。

他又告诉我现在爱喝酒，于是我们便喝酒。从此他每一进城，必定来访我，非常相熟了。我们醉后常谈些愚不可及的疯话，连母亲偶然听到了也发笑。一天我忽而记起在东京开同乡会时的旧事，便问他：

"那一天你专门反对我，而且故意似的，究竟是什么缘故呢？"

"你还不知道？我一向就讨厌你的，——不但我，我们。"

"你那时之前，早知道我是谁么？"

"怎么不知道。我们到横滨，来接的不就是子英和你么？你看不起我们，摇摇头，你自己还记得么？"

我略略一想，记得的，虽然是七八年前的事。那时是子英来约我的，说到横滨去接新来留学的同乡。汽船一到，看见一大堆，大概一共有十多人，一上岸便将行李放到税关上去候查检，关吏在衣箱中翻来翻去，忽然翻出一双绣花的弓鞋来，便放下公事，拿着仔细地看。我很不满，心里想，这些鸟男人，怎么带这东西来呢。自己不注意，那时也许就摇了摇头。检验完毕，在客店小坐之后，即须上火车。不料这一群读书人又在客车上让起坐位来了，甲要乙坐在这位上，乙要丙去坐，揖让未终，火车已开，车身一摇，即刻跌倒了三四个。我那时也很不满，暗地里想：连火车上的坐位，他们也要分出尊卑来……。自己不注意，也许又摇了摇头。然而那群雍容揖让的人物中就有范爱农，却直到这一天才想到。岂但他呢，说起来也惭愧，这一群里，还有后来在安徽战死的陈伯平烈士，被害的马宗汉烈士；被囚在黑狱里，到革命后才见天日而身上永带着匪刑的伤痕的也还有一两人。而我都茫无所知，摇着头将他们一并运上东京了。徐伯荪虽然和他们同船来，却不在这车上，因为他在神户就和他的夫人坐车走了陆路了。

　　我想我那时摇头大约有两回，他们看见的不知道是那一回。让坐时喧闹，检查时幽静，一定是在税关上的那一回了，试问爱农，果然是的。

　　"我真不懂你们带这东西做什么？是谁的？"

　　"还不是我们师母的？"他瞪着他多白的眼。

　　"到东京就要假装大脚，又何必带这东西呢？"

　　"谁知道呢？你问她去。"

　　到冬初，我们的景况更拮据了，然而还喝酒，讲笑话。忽然是武昌起义，接着是绍兴光复。第二天爱农就上城来，戴着农夫常用的毡帽，那笑容是从来没有见过的。

　　"老迅，我们今天不喝酒了。我要去看看光复的绍兴。我们同去。"

　　我们便到街上去走了一通，满眼是白旗。然而貌虽如此，内骨子是依旧的，因为还是几个旧乡绅所组织的军政府，什么铁路股东是行政司长，钱店掌柜是军械司长……。这军政府也到底不长久，几个少年一嚷，王金发带兵从杭州进来了，但即使不嚷或者也会来。他进来以后，也就被许多闲汉和新进的革命党所包围，大做王都督。在衙门里的人物，穿布衣来的，不上十天也大概换上皮袍子了，天气还并不冷。

　　我被摆在师范学校校长的饭碗旁边，王都督给了我校款二百元。爱农做监学，还是那件布袍子，但不大喝酒了，也很少有工夫谈闲天。他办事，兼教书，实在勤快得可以。

　　"情形还是不行，王金发他们。"一个去年听过我的讲义的少年来访问我，慷慨地说，"我们要办一种报来监督他们。不过发起人要借用先生的名字。还有一个是子英先生，一个是德清先生。为社会，我们知道你决不推却的。"

我答应他了。两天后便看见出报的传单，发起人诚然是三个。五天后便见报，开首便骂军政府和那里面的人员；此后是骂都督，都督的亲戚，同乡，姨太太……。

这样地骂了十多天，就有一种消息传到我的家里来，说都督因为你们诈取了他的钱，还骂他，要派人用手枪来打死你们了。

别人倒还不打紧，第一个着急的是我的母亲，叮嘱我不要再出去。但我还是照常走，并且说明，王金发是不来打死我们的，他虽然绿林大学出身，而杀人却不很轻易。况且我拿的是校款，这一点他还能明白的，不过说说罢了。

果然没有来杀。写信去要经费，又取了二百元。但仿佛有些怒意，同时传令道：再来要，没有了！

不过爱农得到了一种新消息，却使我很为难。原来所谓"诈取"者，并非指学校经费而言，是指另有送给报馆的一笔款。报纸上骂了几天之后，王金发便叫人送去了五百元。于是乎我们的少年们便开起会议来，第一个问题是：收不收？决议曰：收。第二个问题是：收了之后骂不骂？决议曰：骂。理由是：收钱之后，他是股东；股东不好，自然要骂。

我即刻到报馆去问这事的真假。都是真的。略说了几句不该收他钱的话，一个名为会计的便不高兴了，质问我道：

"报馆为什么不收股本？"

"这不是股本……。"

"不是股本是什么？"

我就不再说下去了，这一点世故是早已知道的，倘我再说出连累我们的话来，他就会面斥我太爱惜不值钱的生命，不肯为社会牺牲，或者明天在报上就可以看见我怎样怕死发抖的记载。

然而事情很凑巧，季茀写信来催我往南京了。爱农也很赞成，但颇凄凉，说：

"这里又是那样，住不得。你快去罢……。"

我懂得他无声的话，决计往南京。先到都督府去辞职，自然照准，派来了一个拖鼻涕的接收员，我交出账目和余款一角又两铜元，不是校长了。后任是孔教会会长傅力臣。

　　报馆案是我到南京后两三个星期了结的，被一群兵们捣毁。子英在乡下，没有事；德清适值在城里，大腿上被刺了一尖刀。他大怒了。自然，这是很有些痛的，怪他不得。他大怒之后，脱下衣服，照了一张照片，以显示一寸来宽的刀伤，并且做一篇文章叙述情形，向各处分送，宣传军政府的横暴。我想，这种照片现在是大约未必还有人收藏着了，尺寸太小，刀伤缩小到几乎等于无，如果不加说明，看见的人一定以为是带些疯气的风流人物的裸体照片，倘遇见孙传芳大帅，还怕要被禁止的。

　　我从南京移到北京的时候，爱农的学监也被孔教会会长的校长设法去掉了。他又成了革命前的爱农。我想为他在北京寻一点小事做，这是他非常希望的，然而没有机会。他后来便到一个熟人的家里去寄食，也时时给我信，景况愈困穷，言辞也愈凄苦。终于又非走出这熟人的家不可，便在各处飘浮。不久，忽然从同乡那里得到一个消息，说他已经掉在水里，淹死了。

　　我疑心他是自杀。因为他是浮水的好手，不容易淹死的。

　　夜间独坐在会馆里，十分悲凉，又疑心这消息并不确，但无端又觉得这是极其可靠的，虽然并无证据。一点法子都没有，只做了四首诗，后来曾在一种日报上发表，现在是将要忘记完了。只记得一首里的六句，起首四句是："把酒论天下，先生小酒人。大圜犹酩酊，微醉合沉沦。"中间忘掉两句，末了是"旧朋云散尽，余亦等轻尘。"

　　后来我回故乡去，才知道一些较为详细的事。爱农先是什么事也没得做，因为大家讨厌他。他很困难，但还喝酒，是朋友请他的。他已经很少和人们来往，常见的只剩下几个后来认识的较为年青的人了，然而他们似乎也不愿意多听他的牢骚，以为不如讲笑话有趣。

　　"也许明天就收到一个电报，拆开来一看，是鲁迅来叫我的。"他时常这样说。

　　一天，几个新的朋友约他坐船去看戏，回来已过夜半，又是大风雨，他醉着，却偏要到船舷上去小解。大家劝阻他，也不听，自己说是不会掉下去的。但他掉下去了，虽然能浮水，却从此不起来。

　　第二天打捞尸体，是在菱荡里找到的，直立着。

　　我至今不明白他究竟是失足还是自杀。

　　他死后一无所有，遗下一个幼女和他的夫人。有几个人想集一点钱作他女孩将来的学费的基金，因为一经提议，即有族人来争这笔款的保管权，——其实还没有这笔款，——大家觉得无聊，便无形消散了。

现在不知他唯一的女儿景况如何？倘在上学，中学已该毕业了罢。

十一月十八日

本篇最初发表于一九二六年十二月二十五日《莽原》半月刊第
一卷第二十四期

恩厚之来信

◎徐志摩

　　上月泰谷尔的朋友英人恩厚之从印度来电，问拟于今春与泰氏同来，此问招待便否，我当时就发出欢迎的回电，随后又写了一封信去，今天接到恩厚之君（L. K. Elnhiet）的复信，说泰氏定于三月中动身，中途稍有停逗，大约至迟四月中必可到华。同来除恩厚之君外，有泰氏大弟子 KaildasNay（拟留京专研中国学问），及女书记美国人葛玲姑娘（MissGreen）。今将来信节译如下圣谛尼开登孟买印度一月二十八日

　　徐君……来信给我异常的欢喜，我已经决定与诗人同来，再不肯错过这样难得的机会，去年泰氏虽在病中，还想勉强来华，但他所有的朋友都不愿意他冒险；我从英国回到此地后，想伴他抄过西伯利亚到中国，管他危险不危险，但始终不曾走成。他见了你的来信，高兴的不得了，他立刻要我去定三月中的船位，等定妥后再通知你。他想乘便到缅甸香港停逗几天。他同来有他的学生南君（Knli-dasNay），极有学问，人也有趣；还有一位葛玲姑娘，美国人，是他的书记。他的计划是想一到上海，就去北京（约四月底），也许南京等处稍为停逗，因为他要先把南君安置在北京，让他接近相当的中国学者，葛玲姑娘他也想放下在北京的；然后我们出去游历，最好是上溯扬子江，一直到四川，因为他最企慕那边的风色。只要他的身体好，我们这一次真是有趣极了！他是真正伟大的人格，你知道我们怎样的爱戴他。

KElmhirst

二月二十八日

寄山中的玉薇

◎石评梅

夜已深了，我展着书坐在窗前案旁。月儿把我的影映在墙上，那想到你在深山明月之夜，会记起漂泊在尘沙之梦中的我，远远由电话铃中传来你关怀的问讯时，我该怎样感谢呢，对于你这一番抚慰念注的深情。

你已惊破了我的沉寂，我不能令这心海归于死静；而且当这种骤获宠幸的欣喜中，也难于令我漠然冷然的不起感应；因之，我挂了电话后又想给你写信。

你现在是在松下望月沉思着你凄凉的倦旅之梦吗？是伫立在溪水前，端详那冷静空幻的月影？也许是正站在万峰之颠了望灯火莹莹的北京城，在许多黑影下想找我渺小的灵魂？也许你睡在床上静听着松涛水声，回想着故乡往日繁盛的家庭，和如今被冷寂凄凉包围着的母亲？

玉薇！自从那一夜你掬诚告我你的身世后，我才知道世界上有不少这样苦痛可怜而又要扎挣奋斗的我们。更有许多无力挣扎，无力奋斗，屈伏在铁蹄下受践踏受凌辱，受人间万般苦痛，而不敢反抗，不敢诅咒的母亲。

我们终于无力不能拯救母亲脱离痛苦，也无力超拔自己免于痛苦，然而我们不能不去挣扎奋斗而思愿望之实现，和一种比较进步的效果之获得。不仅你我吧！在相识的朋友中，处这种环境的似乎很多。每人都系恋着一个孤苦可怜的母亲，她们慈祥温和的微笑中，蕴藏着人间最深最深的忧愁，她们枯老皱纹的面靥上，刻划着人间最苦最苦的残痕。然而她们含辛茹苦柔顺忍耐的精神，绝不是我们这般浅薄颓唐，善于呻吟，善于诅咒，不能吃一点苦，不能受一点屈的女孩儿们所能有。所以我常想：我们固然应该反抗毁灭母亲们所居处的那种恶劣的环境，然而却应师法母亲那种忍耐坚苦的精神，不然，我们的痛苦是愈沦愈深的！

你问我现时在做什么？你问我能不能拟想到你在山中此夜的情况？你问我在这种夜色苍茫，月光皎洁，繁星闪烁的时候我感到什么？最后你是希望得到我的长信，你愿意在我的信中看见人生真实的眼泪。我已猜到了，玉薇！你现时心情一定很纷乱很汹涌，也许是很冷静很凄凉！你想到了我，而且这样的关怀我，我知道你是想在空寂的深山外，得点人间同情的安慰和消息呢！

这时窗角上有一弯明月，几点疏星，人们都转侧在疲倦的梦中去了；只有你醒着，也只有我醒着，虽然你在空寂的深山，我在繁华的城市。这一刹那我并不觉寂寞，虽然我们距离是这样远。

我的心情矛盾极了。有时平静得像古佛旁打坐的老僧，有时奔腾涌动如驰骋沙场的战马，有时是一道流泉，有时是一池冰湖；所以我有时虽然在深山也会感到一种类似城市的嚣杂，在城市又会如在深山一般寂寞呢！我总觉人间物质的环境，同我幻想精神的世界，是两道深固的堑壁。

为了你如今在山里，令我想起西山的夜景。去年暑假我在卧佛寺住了三天，真是浪漫的生活，不论日夜的在碧峦翠峰之中，看明月看繁星，听松涛，听泉声，镇日夜沉醉在自然环境的摇篮里。

同我去的是梅隐、揆哥，住在那里招待我的是几个最好的朋友，其中一个是和我命运仿佛，似乎也被一种幻想牵系而感到失望的惆怅，但又要隐藏这种惆怅在心底去咀嚼失恋的云弟。

第一夜我和他去玉皇顶，我们睡在柔嫩的草地上等待月亮。远远黑压压一片松林，我们足底山峰下便是一道清泉，因为岩石的冲击，所以泉水激荡出碎玉般的声音。那真是令人忘忧沉醉的调子。我和他静静地等候着月亮，不说一句话，心里都在想着各人的旧梦，其初我们的泪都避讳不让它流下来。过一会半弯的明月，姗姗地由淡青的幕中出来，照的一切都现着冷淡凄凉。夜深了，风涛声，流水声，回应在山谷里发出巨大的声音；这时候我和云弟都忍不住了，伏在草里偷偷地咽着泪！我们是被幸福快乐的世界摒弃了的青年，当人们在浓梦中沉睡时候，我们是被抛弃到一个山峰的草地上痛哭！谁知道呢？除了天上的明月和星星。涧下的泉声，和山谷中卷来的风声。

一个黑影摇晃晃的来了，我们以为是惊动了山灵，吓的伏在草里不敢再哭。走近了，喊着我的名字才知道是揆哥，他笑着说："让我把山都找遍了，我以为狼衔了你们去。"

他真像个大人，一只手牵了一个下山来，云弟回了百姓村，我和揆哥回到龙王庙，梅隐见我这样，她叹了口气说："让你出来玩，你也要伤心！"那夜我未曾睡，想了许多许多的往事。

第二夜在香山顶上"看日出"的亭上看月亮，因为有许多人，心情调剂的不能哭了，只觉着热血中有些儿凉意。上了夹道绿荫的长坡，夜中看去除了斑驳的树影外，从树叶中透露下一丝一丝的银光；左右顾盼时，又感到苍黑的深林里，有极深极静的神秘隐藏着。我走的最慢，留在后面看他们向前走的姿势，像追逐捕获什么似的，我笑了！云弟回过头来问我："你为什么笑呢？又走这样慢。"

"我没有什么追求，所以走慢点。"我有意逗他的这样说。我们走到了亭前，晚风由四面山谷中吹来，舒畅极了！不仅把我的炎热吹去，连我心底的忧愁，也似乎都变成蝴蝶飞向远处去了。可以看见灯光闪铄的北京，可以看见碧云寺尖塔上中山灵前的红旗，更能看见你现在栖息的静宜园。

第三夜我去碧云寺看一个病的朋友。我在寺院中月光下看见了那棵柿树，叶子尚未全红，我在这里徘徊了许久，想无知的柿树不知我留恋凭吊什么吧？这棵树在不同的时间里，不同的人心中，结下相同的因缘。留下一样的足痕和手泽。这真不能不令我赞叹命运安排得奇巧了。有这三天三夜的浪游，我一想到西山便觉着可爱恋。玉薇！你呢？也许你虽然住在山中，不能像我这样尽兴的游玩吧？山中古庙钟音，松林残月，涧石泉声，处处都令人神思飞越而超脱，轻飘飘灵魂感到了自由；不像城市生活处处是虚伪，处处是桎梏，灵魂�伏于黑暗的囚狱不能解脱。

夜已深了，我神思倦极，搁笔了吧！我要求有一个如意的梦。

自己的快乐

◎石评梅

晶清：

这封信你看了不只是不替我陪泪，或者还代我微笑？这简直是灰色人生中的一枝蔷薇。昨天晚上我由女高师回到梅窠的时候，闪闪的繁星，皎皎的明月，照着我这舒愉的笑靥；清馨的惠风，拂散了我鬓边的短发，我闭目宁神的坐在车上默想。

玉钗轻敲着心弦，警悟的曲儿也自然流露于音外，是应该疑而诅咒的，在我的心灯罩下，居然扑满了愉快的飞蛾。进了温暖的梅窠后，闹市的喧哗，已渐渐变成幽雅的清调了。我最相信在痛苦的人生里，所感到的满足和愉快是真实，只有这灵敏的空想，空想的机上织出各样的梦境，能诱惑人到奇异的环帷之下。这里有四季不断的花木，有温和如春的天气，有古碧清明的天河，有光霞灿烂的虹桥，有神女有天使。这梦境的沿途，铺满了极飘浮的白云，梦的幕后有很不可解的黑影，常常狞笑的伏着。人生的慰藉就是空想，一切的不如意不了解，都可以用一层薄幕去遮蔽，这层薄幕，我们可以说是梦，末一次，就是很觉悟的死！

死临到快枯腐的身体时，凡是一切都沉静寂寞，对于满意快乐是撒手而去，对于遗憾苦痛也归消灭，这时一无所有的静卧在冷冰的睡毡上，一切都含笑的拒绝了！

玄想吗？我将对于灰色的人生，一意去找我自心的快乐，因为在我们这狭小的范围，表现自己是最倏忽飘浮的一瞥；同时在空间的占领，更微小到不可形容：所以我相信祝福与诅咒都是庸人自扰的事。

晶清：你又要讪笑我是虚伪了！但我这时觉得这宇宙是很神秘，我想，世间最古的是最高而虚玄的天，最多情而能安慰万物的是那清莹的月，最光明而照耀一切的是那火球似的太阳！其余就是这生灭倏忽，苦乐无常的人类。

附带告你一件你爱听的故事，天辛昨天来封信，他这样说："宇宙中我原知道并莫有与我预备下什么，我又有什么系恋呵——在这人间：海的波浪常荡着心的波浪，纵然我伏在神座前怎样祝祷，但上帝所赐给我的——仅仅是她能赐给我的。世间假若是空虚的，我也希望静沉沉常保持着空寂。

"朋友：人是不能克服自己的，至少是不能驾御自我的情感；情感在花草中狂骋怒驰的时候，理智是镇囚在不可为力的铁链下；所以我相信用了机械和暴力剥夺了的希望，是比利刃剥出心肺还残忍些！不过朋友！这残忍是你赐给我的，我情愿毁灭了宇宙，接受你所赐给我的！"

听听这迷惘的人们，辗转在生轮下，有多么可怜？同时又是多么可笑!？我忍着笑，写了封很'幽默'的信复他：

"我唯恐怕我的苦衷，我的隐恨，不能像一朵蔷薇似的展在你的心里，或者像一支红烛照耀着这晦暗而恐怖的深夜，确是应当深虑的，我猛然间用生疏的笛子，吹出你不能相谅的哀调呵！

"沙漠的旅程中，植立着个白玉女神的美型，虽然她是默默地毫无知觉，但在倦旅的人们，在乾燥枯寂的环境中，确能安慰许多惆怅而失望的旅客，使她的心中依稀似的充满了甘露般的玫瑰？

"我很愿意：替你拿了手杖和行囊，送你登上那漂泊的船儿，祝祷着和那恶潮怒浪搏战的胜利！当你渡到了彼岸，把光明的旗帜飘在塔尖，把美丽的花片，满洒了人间的时候：朋友呵！那时我或者赠你一柄霜雪般的宝剑，献到你的马前！

"朋友：这是我虔诚希望你的，也是我范围内所酬谢你的。请原谅了我！让我能在毒蟒环绕中逃逸，在铁链下毁断了上帝所赐给人的圆环。"

晶清：你或者又为了他起同情责备我了：不过评梅当然是评梅，评梅既然心灵想着'超'，或者上帝所赐给评梅的也是'超'？但是这话是你所窃笑绝不以为然的。

近来心情很倦，像夕阳照着蔷薇一样似的又醉又懒！你能复我这封生机活泼的信吗？在盼！

评梅

朱湘致友人书

◎朱　湘

一樵社友：

　　大著及一封引起我感谢与感动的信都愉快的收到了。我这次脱离清华虽有多处觉着不快，但因此得了许多新交，旧交也因此而愈密，这是令我极其畅快的。

　　我离校的详情曾有一信告诉了一多。望你向他函索。恕我不另函了。我离校的原故简单说一句，是向失望宣战。这种失望是各方面的。失望时所作的事在回忆炉中更成了以后失望的燃料。这种精神上的失望，越陷越深。到头幸有离校这事降临，使我生活上起了一种变化。不然，我一定要疯了。我这一二年来很少与人满意的谈过一次话，以致口齿钝拙，这口钝不能达意，甚至有时说出些去我心中意思刚刚相反能令我以后懊悔的话。我相信不是先天的，只是外来势力逼迫成的。我心中虽知如此，懊悔究竟免不了。于是因懊悔而失望，因失望而更口钝。一件小事如说话尚且如此，别的可以想见了。

　　所以清华是我必离的。可是清华又有许多令我不舍之处。这种两面为难的心情是最难堪的了。反不如清华一点令人留恋的地方也无倒好些。而我这两年来竟完全生活于这两面为难的情绪之中！你看这种彷徨苦闷灰心是多么难受！——人生或者也是处于不断的彷徨之中。至少我晓得一个人是有强处有弱处的。而这弱处恰与强处同源！什么是善？不过强处作到适宜的适度与范围而止，不使它流入弱处罢了。我看我如不离清华，不疯狂则堕落。所以我就决定了。虽然有许多新交如你样劝我留校，并得了校中的同意，我也只感谢的领了盛意，而没留校。关于游学一层，校中已允明夏用专科生名义或半费派送至美。

　　说到研究西方文学，我以为有下列各种目的：一，辅助养成一种纯粹"文学"的眼光。二，比较的方法。三，本国文学外其它高尚快乐之源泉的发源。这几种目的诚然须到西方，始能圆满的达到。并且到西方还可以结交到许多热诚而眼光远大（如已去世的 Arnold 与 Saintsbury）的从事文学者。

纯粹文学的眼光是很难养成的。就是上面提到的英文文学批评上两大将阿氏山氏也都不能称为有最纯粹的文学眼光。据阿氏山氏的著作看来。法国生了一人（山白夫 Sainte - Beuve）是批评人最高的人了。将来我倒要仔细读读他的书。并以山此百里、阿诺忒两人为辅。外有法国其它的大批评者及英国的柯立已（Coleridge 的 BiographiaLiteraria）。我这几个月来才觉着批评的重要。批评最初一步是讨论作品好坏的问题。批评作到最高妙处还是讨论好坏这问题。我们看山此百里说柯立已、歇里（Shelley）的诗好。而阿诺忒氏对于柯氏一字不提，对于歇氏大有微词。可见，他们对于米屯（Milton）的争论也是如此。我在未离清华以前几个月内旁观他们这种极有兴趣极开心窍的争执。可惜功课牵绊住。他们的著作清华图书馆不都有。我的经济又困难，不能皆见。但见到的一部分已使我叹为观止了。将来见到他们的著作全体以及山白夫氏的著作更不知要快乐到什么田地。

比较的方法是比较西方文人与东方文人，古代文人与近代文人，此文人与彼文人。比较并非排列先后，如古人治李杜样。比较只是想求出各人之长处及短处，各人精神所聚之所在（题材）以及各人的艺术（解释及体裁）。

不过到美国能不能算是到西方，是一个问题；并且本国文化没有研究时而去西方能不能得益，又是一个问题。这种种问题使我对于留学一问题起了研究之心。如有所得，当函告请教。

我如今在这面大学教书。环境很好，省立第一图书馆又在近邻。所以学生虽不多（大学部八人），也还可以补偿。现在正筹划《李杜诗选》附一四万言长评——李诗评已定先投中文学号——约暑假左右可以出版。届时当呈教。

社弟 朱湘 顿首
载 1947 年 4 月《文艺复兴》三卷五期

我所见的叶圣陶

◎朱自清

　　我第一次与圣陶见面是在民国十年的秋天。那时刘延陵兄介绍我到吴淞炮台湾中国公学教书。到了那边，他就和我说："叶圣陶也在这儿。"我们都念过圣陶的小说，所以他这样告我。我好奇地问道："怎样一个人？"出乎我的意外，他回答我："一位老先生哩。"但是延陵和我去访问圣陶的时候，我觉得他的年纪并不老，只那朴实的服色和沉默的风度与我们平日所想象的苏州少年文人叶圣陶不甚符合罢了。

　　记得见面的那一天是一个阴天。我见了生人照例说不出话；圣陶似乎也如此。我们只谈了几句关于作品的泛泛的意见，便告辞了。延陵告诉我每星期六圣陶总回角直去；他很爱他的家。他在校时常邀延陵出去散步；我因与他不熟，只独自坐在屋里。不久，中国公学忽然起了风潮。我向延陵说起一个强硬的办法；——实在是一个笨而无聊的办法！——我说只怕叶圣陶未必赞成。但是出乎我的意外，他居然赞成了！后来细想他许是有意优容我们吧；这真是老大哥的态度呢。我们的办法天然是失败了，风潮延宕下去；于是大家都住到上海来。我和圣陶差不多天天见面；同时又认识了西谛，予同诸兄。这样经过了一个月；这一个月实在是我的很好的日子。

　　我看出圣陶始终是个寡言的人。大家聚谈的时候，他总是坐在那里听着。他却并不是喜欢孤独，他似乎老是那么有味地听着。至于与人独对的时候，自然多少要说些话；但辩论是不来的。他觉得辩论要开始了，往往微笑着说："这个弄不大清楚了。"这样就过去了。他又是个极和易的人，轻易看不见他的怒色。他辛辛苦苦保存着的《晨报》副张，上面有他自己的文字的，特地从家里捎来给我看；让我随便放在一个书架上，给散失了。当他和我同时发见这件事时，他只略露惋惜的颜色，随即说："由他去末哉，由他去末哉！"我是至今惭愧着，因为我知道他作文是不留稿的。他的和易出于天性，并非阅历世故，矫揉造作而成。他对于世间妥协的精神是极厌恨的。在这一月中，我看见他发过一次怒；——始终我只看见他发过这一次怒——那便是对于风潮的妥协论者的蔑视。

风潮结束了，我到杭州教书。那边学校当局要我约圣陶去。圣陶来信说："我们要痛痛快快游西湖，不管这是冬天。"他来了，教我上车站去接。我知道他到了车站这一类地方，是会觉得寂寞的。他的家实在太好了，他的衣着，一向都是家里管。我常想，他好像一个小孩子；像小孩子的天真，也像小孩子的离不开家里人。必须离开家里人时，他也得找些熟朋友伴着；孤独在他简直是有些可怕的。所以他到校时，本来是独住一屋的，却愿意将那间屋做我们两人的卧室，而将我那间做书室。这样可以常常相伴；我自然也乐意，我们不时到西湖边去；有时下湖，有时只喝喝酒。在校时各据一桌，我只预备功课，他却老是写小说和童话。初到时，学校当局来看过他。第二天，我问他，"要不要去看看他们？"他皱眉道："一定要去么？等一天吧。"后来始终没有去。他是最反对形式主义的。

那时他小说的材料，是旧日的储积；童话的材料有时却是片刻的感兴。如《稻草人》中《大喉咙》一篇便是。那天早上，我们都醒在床上，听见工厂的汽笛；他便说："今天又有一篇了，我已经想好了，来的真快呵。"那篇的艺术很巧，谁想他只是片刻的构思呢！他写文字时，往往拈笔伸纸，便手不停挥地写下去，开始及中间，停笔踌躇时绝少。他的稿子极清楚，每页至多只有三五个涂改的字。他说他从来是这样的。每篇写毕，我自然先睹为快；他往往称述结尾的适宜，他说对于结尾是有些把握的。看完，他立即封寄《小说月报》；照例用平信寄。我总劝他挂号；但他说："我老是这样的。"他在杭州不过两个月，写的真不少，教人羡慕不已。《火灾》里从《饭》起到《风潮》这七篇，还有《稻草人》中一部分，都是那时我亲眼看他写的。

在杭州待了两个月，放寒假前，他便匆匆地回去了；他实在离不开家，临去时让我告诉学校当局，无论如何不回来了。但他却到北平住了半年，也是朋友拉去的。我前些日子偶翻十一年的《晨报副刊》，看见他那时途中思家的小诗，重念了两遍，觉得怪有意思。北平回去不久，便入了商务印书馆编译部，家也搬到上海。从此在上海待下去，直到现在——中间又被朋友拉到福州一次，有一篇《将离》抒写那回的别恨，是缠绵悱恻的文字。这些日子，我在浙江乱跑，有时到上海小住，他常请了假和我各处玩儿或喝酒。有一回，我便住在他家，但我到上海，总爱出门，因此他老说没有能畅谈；他写信给我，老说这回来要畅谈几天才行。

十六年一月，我接着北来，路过上海，许多熟朋友和我饯行，圣陶也在。那晚我们痛快地喝酒，发议论；他是照例地默着。酒喝完了，又去乱走，他也跟着。到了一处，朋友们和他开了个小玩笑；他脸上略露窘意，但仍微笑地默着。圣陶不是个浪漫的人；在一种意义上，他正是延陵所说的"老先生"。但他能了解别人，能谅解别人，他自己也能"作达"，所以仍然——也许格外——是可亲的。那晚快夜半了，走过爱多亚路，他向我诵周美成的词，"酒已都醒，如何消夜永！"我没有说什么；那时的心情，大约也不能说什么的。我们到一品香又消磨了半夜。这一回特别对不起圣陶；他是不能少睡觉的人。他家虽住在上海，而起居还依着乡居的日子；早七点起，晚九点睡。有一回我九点十分去，他家已熄了灯，关好门了。这种自然的，有秩序的生活是对的。那晚上伯祥说："圣兄明天要不舒服了。"想起来真是不知要怎样感谢才好。

第二天我便上船走了，一眨眼三年半，没有上南方去。信也很少，却全是我的懒。我只能从圣陶的小说里看出他心境的迁变；这个我要留在另一文中说。圣陶这几年里似乎到十字街头走过一趟，但现在怎么样呢？我却不甚了然。他从前晚饭时总喝点酒，"以半醺为度"；近来不大能喝酒了，却学了吹笛——前些日子说已会一出《八阳》，现在该又会了别的了吧。他本来喜欢看看电影，现在又喜欢听听昆曲了。但这些都不是"厌世"，如或人所说的；圣陶是不会厌世的，我知道。又，他虽会喝酒，加上吹笛，却不曾抽什么"上等的纸烟"，也不曾住过什么"小小别墅"，如或人所想的，这个我也知道。

1930 年 7 月，北平清华园

一群朋友

◎ 胡也频

在一个星期日薄暮时分，向"唯利书局"代领了稿费，我便赶紧走出四马路，到了这个不知名的街头，跳上电车，因为我惦念着云仓君那过了夜就必得交付的房租和饭线，恐怕他等得过分的盼望，或者，这时他已经心焦了。云仓君是一个不很能耐烦的情感热烈而易于急躁的人。

电车上挤满着人。我站着，抓住那藤圈子，随着铁轨不平的震动，大家都前前后后的斜着。这正是经过了黄梅时节的天气。落过了绵绵的苦雨之后，现出青天，展开阳光来，全空间都漫腾腾的喷着发烧似的蒸气，热得几乎要使人宁肯生活在霉天的里面。所以，虽说已薄暮了，只留着残照的影，然而在电车上，从互相拥挤的人体中间，就发生了一种头痛的闷热的空气。我时时拿出手巾来，揩去额上的汗，但立刻觉得在唇边又沁出了汗珠。

"真热得奇怪，"我想，"在北京这时候还是穿夹衣。"

于是我忽然觉得北京的许多可爱——单是那迷目地弥漫的灰尘，似乎也充满着一种强烈的力，不象上海的霉雨，绵绵的，落着，毫不起劲，好像正代表属于上海的国民性一般。

然而站在这会使人厌恶的人堆中，并不害怕热，我所担心的却是：在裤袋中的三十块钱。因了这人堆，使我想起了仿佛是在一本名为《怪现象之纪实》的书上曾这样说："上海扒手之多，几乎触目皆是。"而且，从报纸上看来，在热闹的区域之中，发生了半敲诈似的路劫的事，近来也常有过。因此我实在有点忧虑。看着，象这些举止轻飘飘的，穿得非常漂亮的人（倘若漂亮的衣服不能保证人的品格），的确的，说不定在我的身边便有了那所谓的扒手之类。万一扒走了这稿费，虽说只是有限的钱，不能说，算是损失，却实在是，简直等于开玩笑了：在这个异常受窘的时候。

我便想着："假使，真扒了，那末，一到天明，云仓君就得打起铺卷……"一联想到云仓君曾有一次被房东赶走的情形，我便懔然有了一种可怕和黯淡的感觉。

"这三十块钱真不可在这时失掉！"至于这样想，似乎带点祷告了。

所以在越挤越紧的人堆中，我的手始终放在裤袋里面，防范着几张钞票，好像这防范就等于挽救了一个将濒于危险的命运。于是，因为这样谨慎地防范的缘故，我忽然难过起来——在心中，潮水似的，涌起来普遍的怜悯心情。我缄默了。静静的忍受那复杂情绪的每一个波动。在这些波动经过的时候，我觉得，而且想着：云仓君，我的朋友以及我自己，生活着，凑巧又碰上这大家神往的所谓了不得的时代，却非常的执迷，不去作那种如同闭起眼睛去摸索的把戏，只愿辛辛苦苦的著作着，翻译着，永远压迫于书局老板的营利的心之下，这样只能向自己呕气似的过着每一天，每一星期，每一年，一直到了……如果不是跳海的死，恐怕连尸首也将遗累给几个穷朋友的。这样想，立刻，许多感想又重新生了翅，狂督的蜂似的飞起了，包围着我，似乎把我挤得成一个小点，如同一个伟大的想象逼迫着作家一样。那许多热烈的情感真弄得发呆了。后来慢慢的清白来，我才想起了很象我所要说的什么人的诗句："苍蝇在得意呢，它站在饿死的鹰身上！"

然而这情绪，不久也就为了我的嘲笑，潜伏如的平静了。这时电车又停着，却已经多走过两站了。我便急急的跳下来，摸一下裤袋（因为不知在什么时候手已经不放在那里了），触到那钞票，便不觉一喜——钞票的平安的确是一件可喜的事。这近乎可笑的欢喜，便一直伴我到了云仓君的房门外。

房里响着杂乱的谈笑声音。

门推开了，如同展开了一幅图画，房里高高矮矮的满了人。

我一眼看去并没有一个生客。

云仓君现着兴奋的脸色，站在朋友们中间，好像他正在谈着什么使人激昂的事情。他看见了我，便立刻象嘲讽似的问："没有拿到吧？那般骗子！"显然他的心中又有了悲感的模样。

"倒是拿到了，"我答说，"不过——又抹去了四分之一。"

忽然响来了这一句："奶奶的！"这是刚从洛阳回来的采之君，声音非常坚实的说出一句河南腔的愤语，他这时从床上撑起身来，用力的丢下香烟头，那手势，好像他要丢去了一种烦恼或愤怒。随着他又斜躺下去了。采之君很带点所谓军人的爽快性格。

衰弱地靠在一张沙发上正沉思着什么的无异君，忽在采之君躺下去的时候，昂起了那个忧郁的——永远都是那样忧郁的脸，冷讽似的说："能够拿到钱，这位老板总算是恩人了。"说着，看到云仓君。然而云仓君却不说什么话，他不耐烦的走了几步，坐到一张放在暗处的椅上，默默的想着，一只手撑住低低垂下的头。

我便走到宛约君身旁，坐下了。

"听说你又要写一篇长篇小说，写了多少?"我问。"不写了，"宛约君便带点愤恶的答说："无论是长篇短篇，都不必写。小说这东西根本就没有用处!"

"那末你们俩做什么呢?"

"睡觉。"

"进款呢?"

"从当铺。"

谈话中止了。我默默。他转过脸去向他的伴——一番女士正在看着《申报》。这是一位非常懂得恋爱心理的，刚刚作小说便被人注意的那《曼梨女士的日记》的作者。"革命尚未成功，"她忽然从报上朗声的念起来了。大家的眼光便惊诧的望到她脸上。她现着不动声色的接着念下去："同志仍须努力，这两句是孙总理中山先生临死的遗言，所以凡是同胞，如果不愿做亡国奴，则必须用国货，以免亡国。本馆即国货中之最纯粹者，极盼爱国之仕女，驾临敝馆一试，以证言之非谬。兹为优待顾客起见，特别减价两星期，价目列下：午餐分八角一元一元二；晚餐分一元一元五二元。漂亮英法西菜馆启。"念完了，掷下报纸，淡淡的向大家看了一眼。

朋友们听着，一面默起来了，好像每人的心都受了这一张广告的刺激。

过了半晌，皱紧着眉头。显得非常难过的无异君，便自语似的说："一切都是欺骗……吃人!"

"吃人，"许久都不开口的采之君，忽然插口说，"不错的，这世界上只有吃人! 不吃人的人便应该被人吃! 聪明的人并且吃死人! ……"从声音里，显得他是非常的愤慨了。"的确是，"宛约君接下说，"记得周作人也曾说过'吃烈士'。"

默坐在暗处的云仓君，便兴奋的跳了起来。"近来呢，大家都在吃孙中山!"他用力的说，"并且，连西菜馆也利用起孙中山的遗言了。"说了，吞下一口气，又默着，坐在椅上，好像受了他自己的话的激动。

"同样，"无异君也开口了，却用嘲笑的口吻说，"我们呢，——这一穷光棍，——说起来真不如是倒霉还是荣幸，居然被书局的老板吃着。"

"可不是？"采之君更显得兴奋了，"我们越努力越给我们吃得厉害！我们不断的努力，就等于不断的替他们做奴隶！"似一面从床上坐起来，"简直是奴隶！"便非常用力的补足说，脸紧张着。

"谁叫你们要努力呢？"一番女士嘲讽似的凭空插了这一句。

大家的眼光便奇怪的射到她脸上。

"本来是，"她接着说，变了一种很正经的态度。"一个人活着，限定要写文章么？既然对于做文章感到这样的痛苦，那末改途好了。"

"你自己呢？"采之君质问似的说。

"我已经不再写小说了。"她回答。

"改了那一途呢？"

"还没有定。"她说，"不过，在现代，决定没有一个年青女人饿死的事！只要是年青的女人，只要是不太丑，还怕没有公子少爷漂亮男子的追随么？至少，我也不难在天黑之后，站在四马路……"在她病后的脸上，便涌上了如同健康的那颜色。

宛约君比别人更特别的注视着她。

"其实，"她又说，"如果定要著作，那就得找一个副业：就是做官也行。"于是脸朝着采之君："你打算怎样呢？"

采之君不作声，躺下去，想着什么去了。

无异君便大声的自白："我也下决心改了：这种鬼生活！"

"改做什么呢？"一番女士又转过脸来问。

"从翻译改做创作：创作现在还可以卖几个钱，翻译差不多走到倒运的时候了。"

"假使创作也不时兴呢？"是宛约君带笑的声音。

"那末——从创作再改做翻译。"

一番女士又开口了，讥刺似的说："翻译和创作，一辈子就这样打滚！……"

"我能够做什么呢？"说了，无异君便默着。

毫无声息的云仓君，却出乎别人意外的，跳起来了，好像他长久的忍耐着激动，而热血忽然冲出他的口。叫出了几乎是发狂的声音。

"只有这两条路——"他大喊。

大家的脸上便换了一种神色，看住他。

他近乎粗野的用力挥着拳头，这态度，如同激发无数的良民去作一种暴动的样子，气勃勃的叫："一条自杀一条做土匪！"

这的确是一句又痛心，又真切警语。因为，一直默着，冷静地听这朋友们谈话的我，为了这句话，也有点感动了。"做土匪，是的，象我们这样的人，只有这条是最好的路！"我想，便觉得心中也逐渐发烧起来。

云仓君大约在我低头想着的时候，又颓然的坐在暗处了。大家也都默着。一只表，从抽屉里便发出小机器走动的声音。仿佛一种荒凉的，沉寂的空气把我们困住了。过了一会，宛约君才站了起来。在一番女士的耳边说了几句话。

"晚饭么，到我们那里去吃好了。"她回答。

于是我想到，时候已经不早了。

"还是到我那里吃去，"我便向她说，"我那里比较方便些。"

"……"她想说什么。

然而云仓君斜过惊诧的脸，冒失的问："怎么，你们想回去么？"宛约君便向他说："沙子要我们到他那里去吃饭。"

"哦……"他恍然的，一种象想起了什么的神气，接着便固执的说："不。你们都不要走。我请你们吃大菜。"

一面就站了起来，唤着那象是睡了的，寂寞地躺在床上的采之君。

大家都不拒绝。采之君坐起来，并且预备就要走的样子。

然而我——我却踌躇了。因为，心想着，云仓君并没有钱，有的只是这呕尽气，写了几封信和跑了几趟路而拿到的稿费。这三十元不就是明天得交给房租和饭钱的么？我便问他："你从别处又拿到钱吧？"

"没有。"他诧异的看着我。"你不是把稿费已经拿到了？"

"那末，明天呢？"

"假使我今夜死了呢？"他笑了——很不自然的笑了一声，便扬声说，"我们走吧！"

我默然了——一种沉重的情绪压在我心上。

锁着门的时候，云仓君好像非常之阔的样子，向着一番女士问："你喜欢喝香槟么？"

"我只愿喝白兰地。"

大家挤着下楼去了。走出了巷口，云仓君便独自向前去，向着一家名叫"飞鸟"的汽车行。"

到意大利饭店……"他说。不久，汽车便开走了。"

这真是穷开心咧。"我惘惘的想。

在汽车上，大家都不作声，好像各人都沉思在生活里，而追忆那种种已经幻灭的憧憬，感伤着彼此几乎是一个同样的命运——这灰色的，荡着悲哀记忆的命运，飘在这世界上，仿佛是一朵浮云，茫然地飘着，不知着落。我自己呢，看着这朦朦的夜色，也非常伤心着这如同我生活的象征似的，那黯淡的，沉默默的情调。

天的一边正反射着血一般的，一片电灯的红光。

记黄小泉先生

◎郑振铎

我永远不能忘记了黄小泉先生，他是那样的和蔼、忠厚、热心、善诱。受过他教诲的学生们没有一个能够忘记他。

他并不是一位出奇的人物，他没有赫赫之名；他不曾留下什么有名的著作，他不曾建立下什么令年轻人眉飞色舞的功勋。他只是一位小学教员，一位最没有野心的忠实的小学教员，他一生以教人为职业，他教导出不少位的很好的学生。他们都跑出他的前面，跟着时代上去，或被时代拖了走去。但他留在那里，永远的继续的在教诲，在勤勤恳恳的做他的本份的事业。他做了五年，做了十年，做了二十年的小学教员，心无旁骛，志不他迁，直到他儿子炎甫承继了他的事业之后，他方才歇下他的担子，去从事一件比较轻松些、舒服些的工作。

他是一位最好的公民。他尽了他所应尽的最大的责任；不曾一天躲过懒，不曾想到过变更他的途程。——虽然在这二十年间尽有别的机会给他向比较轻松些、舒服些的路上走去。他只是不息不倦的教诲着，教诲着，教诲着。

小学校便是他的家庭之外的唯一的工作与游息之所。他没有任何不良的嗜好，连烟酒也都不入口。

有一位工人出身的厂主，在他从绑票匪的铁腕之下脱逃出来的时候，有人问他道："你为什么会不顾生死的脱逃出来呢？"

他答道："我知道我会得救。我生平不曾做过一件亏心的事，从工厂出来便到礼拜堂，从家里出来便到工厂。我知道上帝会保佑我的。"

小泉先生的工厂，便是他的学校，而他的礼拜堂也便是他的学校。他是确确实实的不曾到过第三个地方去；从家里出来便到学校，从学校出来便到家里。

他在家里是一位最好的父亲。他当然不是一位公子少爷，他父亲不曾为他留下多少遗产，也许只有一所三四间搭的瓦房——我已经记不清了，说不定这所瓦房还是租来的。他的薪水的收入是很微小的，但他的家庭生活很快活。他的儿子炎甫从少是在他的"父亲兼任教师"的教育之下长大的。炎甫进了中学，可以自力研究了，他才放手。但到了炎甫在中学毕业之后，却因为经济的困难，没有希望升学，只好也在家乡做着小学教员。炎甫的收入极小，他的帮助当然是不多。这几十年间，他们的一家，这样的在不充裕的生活中度过。

但他们很快活。父子之间，老是像朋友似的在讨论着什么，在互相帮助着什么。炎甫结了婚，他的妻是我少时候很熟悉的一位游伴，她在他们家里觉得很舒服，他们从不曾有过什么不愉快的争执。

小泉先生在学校里，对于一般小学生的态度，也便是像对待他自己的儿子炎甫一样；不当他们是被教诲的学生们，不以他们为知识不充足的小人们；他只当他们是朋友，最密切亲近的朋友。他极善诱导启发，出之以至诚，发之于心坎。我从不曾看见他对于小学生有过疾言厉色的责备。有什么学生犯下了过错，他总是和蔼的在劝告，在絮谈，在闲话。

没有一个学生怕他，但没有一个学生不敬爱他。

他做了二十年的高等小学校的教员、校长。他自己原是科举出身，对于新式的教育却努力的不断的在学习，在研究，在讨论。在内地，看报的人很少，读杂志的人更少；我记得他却订阅了一份《教育杂志》，这当然给他以不少的新的资料与教导法。

他是一位教国文的教师。所谓国文，本来是最难教授的东西；清末到民国六七年间的高等小学的国文，尤其是困难中之困难。不能放弃了旧的《四书》《五经》，同时又必须应用到新的教科书。教高小学生以《左传》《孟子》《古文观止》之类是"对牛弹琴"之举，但小泉先生却能给我们以新鲜的材料。

我在别一个小学校里，国文教员拖长了声音，板正了脸孔，教我读《古文观止》。我至今还恨这部无聊的选本！

但小泉先生教我念《左传》，他用的是新的方法，我却很感到趣味。

仿佛是到了高小的第二年，我才跟从了小泉先生念书，我第一次有了一位不可怕而可爱的先生。这对于我爱读书的癖性的养成是很有关系的。

高小毕业后，预备考中学。曾和炎甫等几个同学，在一所庙宇里补习国文、教员也便是小泉先生。在那时候，我的国文，进步得最快。我第一次学习着作文。我永远不能忘记了那时候的快乐的生活。

到进了中学校，那国文教师又在板正了脸孔，拖长了声音在念《古文观止》！求小泉那个时代那么活泼善诱的国文教师是终于不可得了！

所以，受教的日子虽不很多，但我永远不能忘记了他。

他和我家有世谊，我和炎甫又是很好的同学，所以，虽离开了他的学校，他还不断的在教诲我。

假如我对于文章有什么一得之见的话，小泉先生便是我的真正的"启蒙先生"、真正的指导者。

我永远不能忘记了他，永远不能忘记了他的和蔼、忠厚、热心、善诱的态度——虽然离开了他已经有十几年，而现在是永不能有再见到他的机会了。

但他的声音笑貌在我还鲜明如昨日！

1934 年 7 月 9 日

友 谊

◎贾平凹

画面上站着的是我，坐着的是邢庆仁。

邢庆仁是一位画家。

我们曾一起在深圳何香凝美术馆办过书画展，展名叫《长安男人》，实在是长安城里两个最丑陋的男人。托尔斯泰说过幸福的家庭是一样的，不幸的家庭有各自的不幸，其实人的长相也是这样，美人差不多一个模式，丑人之间的丑的距离却大了，我俩就是证据。

和邢庆仁来往频繁始于二十世纪之末，到现在差不多已四年。四年里几乎每礼拜见一次，我还没有发现他有什么大的毛病，友谊日渐坚刚。我想了想，这是什么原因呢？可能我们都是乏于交际，忠厚老实，在这个太热闹的社会里都一直孤独吧。再是，我也总结了，做朋友一定得依着性情，而不是别的目的，待朋友就多理解朋友，体谅朋友，帮助朋友，不要成为朋友的拖累。中国十多亿人，我也活了近五十年，平日交往的也就是七八个人的小圈子，这个小圈子且随着时间不断地在变换，始终下来的才是朋友。那些在阶级斗争年月里学会了给他人掘坑的人，那些太精明聪明的人，那些最能借势的人，我是应付不了，吃些亏后，就萧然自远了。人的生活就是扒吃扒喝和在人群里扒着友谊的过程，所以，我画下了这幅画。

这样的画我同时画了两幅，一幅庆仁索要了去，一幅就挂在我的书屋。庆仁那天取画的时候，说他读了一本书，书上有这样一句话：穷人容易残忍，富人常常温柔。

"这话当然不仅指经济上的穷与富，"他说，"你想想，事业上，精神上，何尝不是这样呢？"

我想了想，就笑了。

2002 年 3 月 25 日早

三毛致贾平凹的信

◎三 毛

平凹先生：

现在时刻是西元一九九一年一月一日清晨两点。下雨了。

今年开笔的头一封信，写给您：我心极喜爱的大师。恭恭敬敬的。

感谢您的这支笔，带给读者如我，许多个不睡的夜。虽然只看过两本您的大作，《天狗》与《浮躁》，可是反反复复，也看了快二十遍以上，等于四十本书了。

在当代中国作家中，与您的文笔最有感应，看到后来，看成了某种孤寂。一生酷爱读书，是个读书的人，只可惜很少有朋友能够讲讲这方面的心得。读您的书，内心寂寞尤甚，没有功力的人看您的书，要看走样的。

在台湾，有一个女朋友，她拿了您的书去看，而且肯跟我讨论，但她看书不深入，能够抓捉一些味道，我也没有选择的只有跟这位朋友讲讲"天狗"。这一年来，内心积压着一种苦闷，它不来自我个人生活，而是因为认识了您的书本。在大陆，会有人搭我的话，说"贾平凹是好呀！"我盯住人看，追问"怎么好法？"人说不上来，我就再一次把自己闷死。看您书的人等闲看看，我不开心。

平凹先生，您是大师级的作家，看了您的小说之后，我胸口闷住已有很久，这种情形，在看"红楼梦"，看张爱玲时也出现过，但他们仍不那么"对位"，直到有一次在香港有人讲起大陆作家群，其中提到您的名字。一口气买了十数位的，一位一位拜读，到您的书出现，方才松了口气，想长啸起来。对了，是一位大师。一颗巨星的诞生，就是如此。我没有看走眼。以后就凭那两本手边的书，一天四五小时的读您。

要不是您的赠书来了，可能一辈子没有动机写出这样的信。就算现在写出来，想这份感觉——由您书中获得的，也是经过了我个人读书历程的"再创造"，即使面对的是作者您本人，我的被封闭感仍然如旧，但有一点也许我们是可以沟通的，那就是：您的作品实在太深刻。不是背景取材问题；是您本身的灵魂。

今生阅读三个人的作品，在二十次以上，一位是曹禺，一位是张爱玲，一位是您。深深感谢。

没有说一句客套的话，您所赠给我的重礼，今生今世当好好保存，珍爱，是我极为看重的书籍。不寄我的书给您，原因很简单，相比之下，三毛的作品是写给一般人看的，贾平凹的著作，是写给三毛这种真正以一生的时光来阅读的人看的。我的书，不上您的书架，除非是友谊而不是文字。

台湾有位作家，叫做"七等生"，他的书不销，但极为独特，如果您想看他，我很乐于介绍您这些书。

想我们都是书痴，昨日翻看您的"自选集"，看到您的散文部分，一时里有些惊吓。原先看您的小说，作者是躲在幕后的，散文是生活的部分，作者没有窗帘可挡，我轻轻地翻了数页。合上了书，有些想退的感觉。散文是那么直接，更明显的真诚，令人不舍一下子进入作者的家园，那不是"黑氏"的生活告白，那是您的。今晨我再去读。以后会再读，再念，将来再将感想告诉您。先念了三遍"观察"（人道与文道杂说之二）。

四月（一九九〇年）底在西安下了飞机，站在外面那大广场上发呆，想，贾平凹就住在这个城市里，心里有着一份巨大的茫然，抽了几支烟，在冷空气中看烟慢慢散去，尔后我走了，若有所失的一种举步。

吃了止痛药才写这封信的，后天将住院开刀去了，一时里没法出远门，没法工作起码一年，有不大好的病。

如果身子不那么累了，也许四五个月可以来西安，看看您吗？倒不必陪了游玩，只想跟您讲讲我心目中所知所感的当代大师———贾平凹。

用了最宝爱的毛边纸给您写信，此地信纸太白。这种纸台北不好买了，我存放着的。我地址在信封上。

您的故乡，成了我的"梦魅"。商州不存在的。

三毛敬上

几种友谊

◎ 罗 兰

一份豪纵，一份猖狂，一份不羁，一份敏细，加上一份无从捉摸的飘忽，就织成那样一种令人系心的性格。我欣赏那种来去自如的我行我素，欣赏当谈话时，忽然提起与话题全不相干的天外事；也欣赏那点对新鲜事物的好奇与穷究不舍的兴致。

对一切的才华，我都有一种发自光大的向慕。我沉迷海顿的音乐，那份欢乐感情与幸福感，通过百年的岁月，带来对人生的颂赞。某钢琴家的一首短曲令我系念至今。柴可夫斯基的胡桃钳，鲍洛汀的中央亚细亚旷原，德沃夏克的新世界；以至于电影《未终之歌》里的音乐和爱情，都令我难忘。

我爱放翁的诗，爱那份高傲——"挥袖上西峰，孤绝去天无尺"，"零落成泥碾做尘，只有香如故"；我爱李白的豪纵——"君不见，黄河之水天上来……"；苏轼的旷达——"莫听穿林打叶声，何妨吟啸且徐行"；朱希真的潇洒——"免被花迷，不为酒困，到处惺惺地"，"老屋穿空，幸有无遮蔽"；稼轩的超脱放逸——"都将今古无穷事，放在愁边，放在愁边，却自移家向酒泉"，及"若教王谢诸郎在，未抵柴桑陌上尘"。

我也喜欢朋友 C 的性格。喜欢他那种年纪的读书人所特有的那份书卷气。那是未被五四完全拦截掉，而又沐了近在身边的五四的、那么一种虽新实旧，虽旧而又极新的书卷气，那种既拥有中国文人的种种特色，而又极其认真地探索过西方文学的书卷气。因此，在举止上从容悠闲，在见解上超逸深透，在态度上却是朴实、含蓄，而又谦虚。

才华有如一片肥沃的园地，种种可爱的性格是这片园地上的花朵。"唯大英雄能本色"，猖狂、敏细、旷达、不羁、潇洒、放逸，以至于朴实与谦虚都是真性情的流露，因此而引人激赏，惹人牵系，或可说是一种更广义、更真挚的感情的传递吧？

时常，当我有什么事迟疑不决时，就打个电话问问朋友 D。他会在电话那边把问题条分缕析一番之后，为我下一个清清爽爽的决定。

对朋友D，我有一份信赖。信赖他清晰冷静的思路，与诚恳认真的性格。他既不会像现代一般人那样的自顾不暇，也不像另一些老于世故的人那般的圆滑虚伪。他不会乱捧我的为人或做事，如果他认为某些地方不好，那是真的不好；因此如果他说好，我才会相信他不是敷衍或客套。有时我有事情请他帮忙，如果他说"乐为之"，我就一定可以相信他不会一面做，一面抱怨我剥夺了他的时间，因为如果他真是没有时间，他会告诉我他忙。

他并不善于处理事务。但是他那不善处理事务的建议也正可以使我放宽心情，相信如果在事务上失败，在金钱上吃亏，你仍可感谢上帝给了你另外那厚厚一份，而不想向上帝索讨得太多。

我遇事容易激动，感情常常走在理智前面，因此徒增许多困扰。我就更喜欢有一些像D君这样的朋友，冷静、坚定、能高瞻远瞩视野远阔，如同广播发射台的塔架；使我也能学习尝试用他们那样冷静而坚定的眼光去分析问题、辩论事理，而又始终使自己置身事外，保持超然。

有些朋友是在精神领域上相接近的，可以谈诗文，论音乐。讲人生悟境。另有些朋友不是互相谈心的，那是另一种友谊，有另一种可爱可敬处。

比如说，今年早春某天，读高中的老大忽然坚持要去山中露营。而他刚刚两天前还在感冒发烧，我不允他去，他执意要去，说感冒已愈，不必过分小心，并且已经与同学约好，不能失信。当下使我大感为难，无奈之下想起做医生的朋友E，拨了个电话给他，问他要主意。他在电话那边立刻用坚决的语气说：

"开玩笑！不能去！"

于是，我把朋友E的决定告诉老大——医生的话当不是毫无根据，不能再说我过分小心了吧？

老大虽深怪E君多事，但却取消了原有的计划。

能有几个人肯如此为你负责地下如此的决定呢？就因为现在乡愿式的人太多，人人都知道为别人下决定是大难事，也是最不易讨好的事，因此我们日常多听到依违两可、不负责任的话。直言净谏，明知道会惹人不高兴的事，谁肯做呢？何况他是医生，以目前把赚钱放在医德之上的风气来说，你得了肺炎，我才有生意可做呢！何必挨骂不讨好？

老大先是怨他，继而服他、敬他。这才是我的朋友，他的长辈。这才是真关心，不顾自己被抱怨，而只想到你的安全。

像这样的朋友，而且还不止一位。

别看我平时常为别人分析问题，但轮到我自己有些生活上的实际事务须待解决时，却常举棋不定。如女儿报考高中，某些学校要不要去考考看呢？有事要去高雄，是买坐卧两用的观光号票，还是买对号车的卧铺票呢？请客的时候，怎样请才最省事呢？热水器要哪一种呢？有朋友要搬到家里来住，可以不可以呢？

诸如此类，只要我问到朋友 F，他总会给你一个迅速而肯定的抉择。"你要带她去考才对。""对号卧铺好得多了。""请吃蒙古烤肉算啦！""买个电热水器吧！我家用的那个牌子就好。""谁要搬到你家里来住？女的呀？不行！"

简单明了，连理由都不用说，就这么决定。我真的由衷感谢这种快刀斩乱麻式的决断。就好像你原来置身在一个嘈杂混乱的场所，忽然有人把电钮一关，一切都在瞬间归于宁静，使你立觉神清气爽。你发现，原来刚才的一番混乱只是一种幻觉，而你那认为不可终日的烦心的问题，原来如此简单的一句话即可解决。这种"有人为你负责"的轻快心情，常伴随着无限的感动以俱来。

不是吗？这年头，能有多少人肯如此真诚地、有担当地来为朋友决定问题呢？

令人得益的社交

◎休 谟

社交界是由一帮有着种种兴趣爱好喜欢交际的人汇聚而成。愉快的鉴赏，轻松优雅的理智，对各种人类生活事务深浅不一的思考，对公共生活的责任感，对具体事物的缺陷或完美的观察，把人们从四面八方各个阶层聚拢在一起。思考这样的一些问题，如果只靠一个人孤寂地进行是缺乏力度的，也是行不通的，需要与他一样的人参与进来，需要与同类的人谈话交流，以获得心智上应有的训练。这样一来人们自然会形成社会团体，其中的每个人都能够以他力所能及的最好方式发表他对种种问题的见解，交流信息，彼此获得愉快。

但是，这种聚会交谈必须要借助到诗歌、政论、历史及哲学中的道理，因为如果不借助这些，将不会有什么交谈的题目能适合于有理性的人的交谈。如果没有这类话题，我们的全部交谈岂不都成了无聊乏味的哼哼唧唧了吗，那样我们的心智还能有什么增益，除了老是那一套：

没完没了的胡吹瞎说和无聊之谈。

闲言碎语，家长里短。

搞得糊里糊涂，意乱心烦。

这样消磨时间在同伴间是最不受欢迎的，也是最耗损我们情趣和意志的。

全部奉献于你的灵魂

◎梅克夫人

我衷心恭喜你，亲爱的朋友，恭喜你走上新的一步，这一步往往是一场赌博。你的情形使我高兴，因为一个人有着如此善良的心，如此纤细的感情，竟把这些宝贝埋没，那真是一种罪过。你已经把幸福给了一个人，所以你自己也将愉快，而且实际上如果不是你，还有谁会快乐呢——你是把那样巨大的欢乐给与别人的呀。在这当中，你用了你所常有的高贵和纤巧而行动了。你是善良的，彼得·伊里奇，所以你一定会快活。

在信中所表现的信赖和坦白，我真没有法子向你表示深深的真诚的感激。这信赖和坦白对于我，就像幸辐一样的宝贵。请你相信，彼得·伊里奇，我一定遵守你的信托，在必要沉默的时候一定一声不响的。

我很高兴关于普希金和彼沙列夫你表示了和我稍有不同的意见，因为在这件事本身，我看出友谊的模范。但如果说我不同意彼沙列夫关于音乐的说法，我却对他颇有好感。普希金——我也和你一样，爱他的诗中的音乐，但是我的喜欢是完全客观的。

我衷心谢谢你的贡献——那部《交响曲》将永远是我的生涯的光彩……

我深信，亲爱的好友，你在新的生活中，或者在任何情形下面，都不会忘记，你有一个非常忠实的朋友，而且将不顾舆论的一切造谣中伤，在我身上看出了对你真诚的一个灵魂。你会不会坦白地把你自己的一切，一切都写给我呢？当然，亲爱的彼得·伊里奇，凡是关于你的事，都不会叫我厌恶的。

我希望你下次来信会告诉我说，你满足于新的生活，说，你很快乐。愿苍天送给你一切好事。

我真心地握你的手。别忘记一个全部奉献于你的灵魂……

N. V. M.

友　谊

◎培　根

古人有一句话说得很富有哲理，也很直接，这句话就是：与孤独为伴的人不是神灵便是野兽。这句话一语道破了真理与谬误混合于一起的事实。如果说，当一个人脱离了社会，甘愿遁入山林与野兽为伴，那他也只能算野兽而非神灵。尽管有人这样做的目的，好像是要到社会之外去寻找一种更高尚的生活，古代的诺曼、埃辟门笛斯、埃辟克拉斯、阿波罗尼斯就是那种人。

一些人选择了孤独，并不是他天生愿意过这种生活，而是他从未在充满友谊和仁爱的群体中生活过，那种苦闷正如一句古代拉丁谚语所说的："一座城市如同一片旷野。"人们的面目淡如一张图案，人们的语言则不过是一片噪音，这就使得人们选择了孤独。

由此不难看出，友情在人生中所占的比重有多大。得不到友谊的人将是终身可怜的孤独者。没有友情的社会则只是一片繁华的沙漠。因此那种乐于孤独的人，其本性也许更接近于野兽。

在你遇到不如意，不顺心而抑郁彷徨之时，如把你的忧伤向你的好友倾诉，那你的不良情绪就会得到缓解。否则这种积郁会使人致病。医学上这样讲："沙沙帕拉"可以理通肝气；磁铁粉可以理通脾气；硫磺粉可以理通肺气；海狸胶可以治疗头昏。但是除了一个知心挚友以外，却没有任何一种药物是可以舒通心灵之郁闷的。在挚友面前，你才可以尽情倾诉你的忧愁与欢乐、恐惧与希望、猜疑与劝慰。总之，那沉重地压在你心头的一切，通过友谊的肩头而被分担了。

正是出于这个原因，甚至连许多高高在上的君王也不能没有友谊。以致许多人竟宁愿降低自己的身份去追求它。

按照友谊要求平等原则来看，君王是享受不到友谊的，因为君王与臣民的地位悬殊太大了。于是许多君王便不得不把他所宠爱的人推升为"宠臣"或"近侍"，这样做的目的便是寻求友谊，罗马人称这种人为"君硝的分忧者"，这种称呼恰如其分地道出了他们的作用。实际上，不仅那些性格脆弱敏感的君王曾这样做，就连许多性格坚毅、智勇过人的君王，也采取了类似的办法。而为了结成这种关系，他们需要尽量忘记是个国君。

罗马的大独裁者苏拉曾与部下庞培结交。以致为此有一次竟容忍了庞培言语上的冒犯，庞培曾当面自夸："崇拜朝阳的人自然多于崇拜落日的人。"伟大的恺撒大帝也曾经与布鲁图斯结为密友，并把他立为继承人之一，结果这人恰好成为诱使恺撒堕入圈套而被谋杀的人。难怪安东尼后来把布鲁图斯称为"恶魔"，仿佛他诱惑恺撒的魅力是来自一种妖术似的……

毕达哥拉斯说过这么一句意味深长的话："不要损伤自己的心"。的确如此，如果一个人有心事却无法向朋友诉说，那么他必然使自己的心受伤。实际上，友谊的一大奇特作用是：如果你把快乐告诉一个朋友，你将得到两个快乐；而如果你把忧愁向一个朋友倾吐，你将被分掉一半忧愁，所以友谊对于人生，真像炼金术士所要寻找的那种"点金石"。它能使黄金加倍，又能使黑铁成金。实际上，这也是一种很自然的规律。在自然界中，物质通过结合可以得到增强。这规模用在友谊地同样起作用。

实事上友谊不单可以调剂感情，因为友谊不但能使人走出暴风骤雨的感情世界而进入和风细雨的春天，而且能使人摆脱黑暗混乱的胡思乱想而走入光明与理性的思考。这不仅是因为一个朋友能给你提出忠告，而且任何一种平心静气的讨论都能把搅扰着你心头的一团乱麻整理得井然有序。当人把一种设想用语言表达的时候，他也就渐渐看到了它们可能招来的后果。有人曾对波斯王说："思想是卷着的绣毯，而语言则是张开的绣毯。"所以有时与朋友作一小时的促膝交谈可以比一整天的沉思默想更能令人聪明。

假如你的朋友不能给你一份忠告，但是也可以通过于其的交流增长你的见识，给你启迪。讨论犹如砺石，思想好比锋刃。两相砥砺将使思想更加锐利。对一个人来说，与其把一种想法紧锁在心头，倒不如哪怕把它倾吐给一座雕像，这也是有好处的。

赫拉克利特曾说过："初始之光最亮。"但实际上，一个人自身所发生的理智之光，是往往受到感情、习惯、偏见的影响而不那么明亮的。俗话说："人总是乐于把最大的奉承留给自己。"而友人的逆耳忠言却是医治这个毛病的最好良方。朋友之间可以从两个方面提出忠告，品行是一方面，事业是另一方面。

就前者而言，朋友的良言劝诫是一味最好的药。历史上的许多伟人，往往由于在紧要关头听不到朋友的忠告，而做出后悔莫及的错事。固然可以提醒自己应注意哪些问题，但毕竟如圣雅各所说："虽然照过镜子，可终究是忘了原形。"

有这样几个论调很盛行，一种论调认为一双眼睛未必比两双眼睛看得要少，第二种论调以为一个发怒的人未必没有一个沉默的人聪明，或者以为毛瑟枪不论托在自己肩上放，还是支在一个支架上放会打得一样准。总之，认为有没有别人的帮助结果都一样。但这些话实际上是十分骄傲而愚蠢的说法。在听取意见的时候，有人喜欢一会儿问问这个人，一会儿又问问那个人。这当然比不问任何人好。但也要注意，在这种情况下得到的意见或建议有两个弊端。一是这种零敲碎打来的意见可能是一些不负责任的看法。因为最好的忠告只能来自诚实而公正的友人。二是这些不同源泉的意见还可能会互相矛盾，使你左右为难，不知该遵照那个建议执行。比如你有病求医，这位医生虽会治这种病却不了解你的身体情况，结果服了他的药这种病虽然好了，却又使你得了另一种新病。所以最可靠的忠告，也还是只能来自最了解你事业情况的友人。

实事上友谊的好处绝不止这些，比那要多出好多倍，可以说多得如同一个石榴上的果仁，难以一一细数。如果一定要说的话，那么只能这样来说：只要你想想一个人一生中有多少事务是不能靠自己去做的，就可以知道友谊有多少种益处了。所以古人说：朋友是人的第二个"我"。实际上还不够准确，因为第二个"我"的作用要比朋友们的作用要低许多。

人一生所能干的事是极其有限的，有许多人还没有完成自认为应该做的事就死了，留下了遗憾，而这个遗憾是可以由朋友来替其完成。因此一个好朋友实际上使你获得了又一次生命。人生中又有多少事，是一个人由自己出面所不便去办的。比如人为了避免自夸之嫌，因此很难由自己讲述自己的功绩。人的自尊心又使人无法放下架子去恳求别人，但是如果有一个可靠而忠实的朋友，这些事就多数可以迎刃而解。又比如在儿子面前，你要保持父亲的身份，在妻子面前，你要考虑作为男子汉的脸面；在仇敌面前，你要维护自己的尊严，但一个作为第三者的朋友，就可以全然不计较这一切，而就事论事、实事求是地替你出面主持公道。

从上面的论述中不难看出，友谊在人的一生中占着何等重要的地位。它的好处简直是无穷无尽的。总而言之，当一个人面临危难的时候，如果他平生没有任何可信托的朋友，那么他的一生将是无法快乐的，也是快乐不起来的。

马 霞

◎屠格涅夫

许多年以前，我住在彼得堡的时候，我每次坐雪车，总要和车夫谈些闲话。

我特别喜欢和那些夜间赶车的车夫谈话，他们都是近乡的贫苦农人，赶了他们的赭色的车子和瘦弱的小马到京城里来做生意，想挣得他们的饮食和主人的田租回去。

有一天我雇了这样一个车夫的车子……他是一个二十岁光景的年轻人，高个子，身材魁梧，是一个漂亮的小伙子。他有一对蓝眼睛，和红红的面颊，他那顶窄小的破帽子盖到他的眉毛上，在帽子下面露出来他的卷成一串串小圈的亚麻色头发，他那宽头的肩头想不到却穿上一件那么窄小的外衣。

这个车夫没有胡须的漂亮的脸上却带了忧郁、沮丧的神情。

我和他谈起话来，他的声音也是带着忧郁的。

"朋友，什么事情？"我问他道："你为什么不高兴？你有什么不如意的事？"

他起先并不回答我，后来他才说，"先生，是的，再没有比这更不幸的了。我死了妻子。"

"你爱她……你的妻子？"

这个年轻人并不掉过头看我。他只是把头微微俯下去。

"先生，我爱她。已经过了八个月了……可是我还不能够忘记。真的……我的心一天天给它吃尽了……为什么她应该死呢？她年轻，又强壮。只有一天的工夫她就被霍乱症带走了。"

"她待你好吗？"

"呵，先生！"这个可怜的男子深深叹了一口气，"我和她在一块儿过得多么快活！她不等我回答就死了！你知道我刚在这儿听到那个消息，他们就已经把她安葬好了，我立刻赶回村里，回到家中。我到那儿——已经过了半夜了。我走进我的小屋，一个人站在屋子中间低声唤着：'马霞，喂，马霞！'没有一声回应，我只听见蟋蟀的哀叫。——我不觉哭起来，就坐在地上，用我的拳头打着地面，我说：'你这贪吃的土地，你吞了她……把我也吞下去吧！'啊！马霞……"

"马霞！"他突然放低声音再唤了一次。他依旧拉住缰绳不放松，一面却用袖子揩去了眼角的泪，他挥着袖耸了耸肩，就不再做声了。

我下车的时候，多给了他十五个戈贝。他双手捧着帽子，对我深深鞠了一躬，便踏着荒凉的街上的积雪，在寒冷的正月浓雾里缓缓地驱车走远了。

通向友人之路

◎普里什文

追 随

生活中经常有这样的情形发生：某人辛辛苦苦地在很深的雪地里走过，另一个人怀着感激之情顺着他的脚印走过去，然后是第三个、第四个……于是那里渐渐形成一条老少皆可通行的新路。就这样，由于一个人，整整一冬就有一条冬季的道路。

但也有这样的情形发生，那人走过之后，脚印白白留在那里，再没有人跟着走，于是紧贴地面吹过的暴风雪掩盖了它，很快雪地恢复原样。

大地上我们所有的人命运都是这样的：往往是同样劳动，运气却各不相同。

美的诞生

世人都知道玫瑰需要粪的滋养，但世人看到的只是娇艳的玫瑰而看不见粪，也就是肥料。应当展示玫瑰本身，也稍许留下一点儿腐臭变质的粪，为的是指出美的近旁是粪，紧挨着自由的是它从中挣脱出来的必需。

通向友人之路

亲爱的朋友，不要理会，更不要惧怕那些使你不得安宁，不得入睡的思想。不要睡去，就让这思想钻透你的心灵，你要忍耐些，这烦忧是会有个尽头的。

你不久就能感觉到，你极需要从心里开通与另一个人心灵的路，而在这个夜晚使你心绪不宁的，就正是要从你这里开辟一条通向另一个人的路径，为的是让你们能在一起聚会。

论友谊

◎纪伯伦

于是一个青年说：请给我们谈友谊。

他回答说：

你的朋友是你的有回应的需求。

他是你用爱播种，用感谢收获的田地。

他是你的饮食，也是你的火炉。

因为你饥渴地奔向他，你向他寻求平安。

当你的朋友向你倾吐胸臆的时候，你不要怕说出心中的"否"，也不要瞒住你心中的"可"。

当他静默的时候，你的心仍要倾听他的心；

因为在友谊里不用言语，一切的思想、一切的愿望、一切的希冀都在无声的喜乐中发生而共享了。

当你与朋友别离的时候，不要忧伤。

因为你觉得他最可爱之点，当他不在时愈见清晰，正如登山者在平原上眺望山峰加倍地分明。

但愿除了寻求心灵的加深之外，友谊没有别的目的。

因为那只寻求着要显露自身的神秘的爱，不算是爱，只算是一张撒下的网，只网住一些无益的东西。

让你的最佳美的事物，都给你的朋友。

假如他必须知道你潮水的下退，也让他知道你潮水的高涨。

你找他只为消磨光阴的人，还能算作你的朋友么？

你要在生长的时间中去找他。

因为他的时间是满足你的需要，不是填满你的空虚。

在友谊的温柔中，要有欢笑和共同的喜悦。

因为在那微末事物的甘露中，你的心能寻到他的友情而焕发了精神。

版权声明

本书部分作品无法与权利人取得联系，为了尊重作者的著作权，特委托北京版权代理有限责任公司向权利人转付稿酬。请您与北京版权代理有限责任公司联系并领取稿酬。联系方式如下：

北京版权代理有限责任公司

北京海淀区知春路 23 号量子银座 1403 室

邮编：100191

电话：（010）82357058 / 57 / 56　　　传真：（010）82357055

E-mail：bookpodcn@ gmail. com

Website：www. bookpod. cn